百家文库

鲁迅《野草》解读
LuXun YeCao JieDu

魏洪丘 著

中国书籍出版社
China Book Press

图书在版编目（CIP）数据

鲁迅《野草》解读 / 魏洪丘著. -- 北京：中国书籍出版社，2019.1
ISBN 978-7-5068-7161-7

Ⅰ.①鲁… Ⅱ.①魏… Ⅲ.①《野草》—诗歌研究 Ⅳ.① I210.97

中国版本图书馆 CIP 数据核字（2018）第 281752 号

鲁迅《野草》解读

魏洪丘 著

责任编辑	毕 磊
责任印制	孙马飞　马 芝
封面设计	中联华文
出版发行	中国书籍出版社
地　　址	北京市丰台区三路居路 97 号（邮编：100073）
电　　话	（010）52257143（总编室）　（010）52257140（发行部）
电子邮箱	eo@chinabp.com.cn
经　　销	全国新华书店
印　　刷	三河市华东印刷有限公司
开　　本	710 毫米 × 1000 毫米
字　　数	182 千字
印　　张	14
版　　次	2019 年 1 月第 1 版　2019 年 1 月第 1 次印刷
书　　号	ISBN 978-7-5068-7161-7
定　　价	78.00 元

版权所有　翻印必究

目 录
CONTENTS

题辞 …………………………………… 1

秋夜 …………………………………… 7

影的告别 ……………………………… 16

求乞者 ………………………………… 23

我的失恋 ……………………………… 30

复仇 …………………………………… 36

复仇（其二）………………………… 42

希望 …………………………………… 49

雪 ……………………………………… 58

风筝 …………………………………… 64

好的故事 ……………………………… 71

过客 …………………………………… 77

死火 …………………………………… 88

狗的驳诘 ……………………………… 95

失掉的好地狱 ………………………… 100

墓碣文 ………………………………… 107

颓败线的颤动 ·················· 112
　　立论 ·························· 120
　　死后 ·························· 126
　　这样的战士 ···················· 135
　　聪明人和傻子和奴才 ············ 141
　　腊叶 ·························· 148
　　淡淡的血痕中 ·················· 154
　　一觉 ·························· 160

附　录 ························· 216
　　论《野草》之梦境的幻觉型创造 ·· 168
　　《复仇》：复仇话语的内在构成 ·· 175
　　中国现代浪漫主义文学思潮的滥觞 182
　　鲁迅与中国儿童文学传统 ········ 192
　　鲁迅小说的叙述观点 ············ 199
　　简论鲁迅关于动物题材的小说 ···· 209

后　记 ························· 216

题　辞

　　当我沉默着的时候，我觉得充实；我将开口，同时感到空虚。

　　过去的生命已经死亡。我对于这死亡有大欢喜，因为我借此知道它曾经存活。死亡的生命已经朽腐。我对于这朽腐有大欢喜，因为我借此知道它还非空虚。

　　生命的泥委弃在地面上，不生乔木，只生野草，这是我的罪过。

　　野草，根本不深，花叶不美，然而吸取露，吸取水，吸取陈死人的血和肉，各各夺取它的生存。当生存时，还是将遭践踏，将遭删刈，直至于死亡而朽腐。

　　但我坦然，欣然。我将大笑，我将歌唱。

　　我自爱我的野草，但我憎恶这以野草作装饰的地面。

　　地火在地下运行，奔突；熔岩一旦喷出，将烧尽一切野草，以及乔木，于是并且无可朽腐。

　　但我坦然，欣然。我将大笑，我将歌唱。

　　天地有如此静穆，我不能大笑而且歌唱。天地既不如此静穆，我或者也将不能。我以这一丛野草，在明与暗，生与死，过去与未来之际，献于友与仇，人与兽，爱者与不爱者之前作证。

　　为我自己，为友与仇，人与兽，爱者与不爱者，我希望这野草的死亡与朽腐，火速到来。要不然，我先就未曾生存，这实在比死亡与朽腐更其不幸。

去罢，野草，连着我的题辞！

一九二七年四月二十六日，鲁迅记于广州之白云楼上。

解读

《野草》的23篇散文诗，作于1924年9月到1926年4月。

从创作道路的情况来看，这一时期正是鲁迅的思想发展的急剧变化时期。面对社会斗争的深入和复杂化，原先持进化论的他，一时无法理解现实的突变："《新青年》的团体解散掉了，有的高升，有的退隐，有的前进，我又经验了一回同一战阵中的伙伴还是会这么变化"，而陷入了苦闷、彷徨的矛盾之中。他称自己"落得一个'作家'的头衔，依然在沙漠中走来走去，……成了游勇，布不成阵了"。就如他在《题〈彷徨〉》诗中所写："寂寞新文苑，平安旧战场。两间余一卒，荷戟独彷徨。"

作为苦闷彷徨时期的产物的《野草》，正突出地反映了鲁迅这时的思想状况：抑郁、苦闷，进行深刻的反思、反省，艰苦的探索、追求。交织在其中的是战斗与颓丧、希望与绝望。这里，我们可以看到作为革命先驱者的战士的一贯作风——坚强不屈的英勇抗战，战斗追求的牺牲精神，也可以看到作为生活中一位活生生的血肉构成的普通人的七情六欲——爱与恨、充实与空虚、坚定与彷徨、热烈与冷峻、顽强与凄怆、欢快与悲凉……

和鲁迅自己的其他体裁的文学创作相比，《野草》更倾注于自我解剖——内省式的感情真实流露，因此，它更显露出鲁迅的本来面目：他是一个生活中的平凡的人，同时他又是一个超凡脱俗的先知先觉者。《题辞》则正是《野草》的总体概括，是鲁迅人生态度的总体表白，也是他在特定历史时期的真实情感的总体再现。

"野草"本身的含义是广泛的，它既是散文诗作品的象征，也是鲁迅人格的象征。作为思想家的鲁迅，思想深处有着强烈的反传统色彩，自小他就憎恶历来被视为"正统"的一切，他热衷于民间的野史、野书，喜欢有别于礼教常俗的异端邪说，取自己的作品名为"野草"，也就不足为怪了。加之，"野火烧不尽，春风吹又生"的本质，决定了野草的地位卑微而生命力旺盛，更是鲁迅所赞扬的。他在《题辞》中写道："野草，根本不深，花叶不美，然而吸取露，吸取水，吸取陈死人的血和肉，各各夺取它的生存。"因此，他大声疾呼："我自爱我的野草。"

爱野草，以野草自喻，作用于社会，比拟成"生命的泥委弃在地面上，不生乔木，只生野草，这是我的罪过"，是鲁迅的自谦之词。《野草》的篇什篇幅短小，外形与野草极似，然其意蕴深远，远非野草所比，鲁迅自称是"罪过"，表现出极严厉的自责精神，反省精神。

可是，正是这野草，它在鲁迅的笔下又成了"当生存时，还是将遭践踏，将遭删刈，直至于死亡而朽腐"。这让我们从野草的遭际中悟出鲁迅和他的作品的遭遇。在反动统治的白色恐怖下，鲁迅常常"运交华盖欲何求，未敢翻身已碰头"（《自嘲》），四处"碰壁"，被人"党同伐异"，在女师大风潮、"整理国故"和"甲寅派"事件中均如此，教育部佥事职也被无理撤销。尤其是"3·18"惨案后，他遭受军阀政府的通缉，被迫南迁避难。就像鲁迅为《而已集》写的"题辞"中所说："连'杂感'也被放进了应该去的地方时，我于是只有'而已'而已！"野草的"遭践踏""遭删刈"，可以说是鲁迅自我的形象化的写照。

在《题辞》中，贯穿全作的是鲁迅的历史观。原先笃信"进化论"思想的他，早在20世纪20年代中期的《写在〈坟〉后面》中就写道："一切事物，在转变中，也总是有多少中间物的。……在进化的链子上，一切都是中间物。"也就是说新的事物必然战胜旧的事物，而新的事物自身又将被更新的事物所替代。相对前一个时期的事物来说，这一事物是新的，是充满生命力的，而相对它以后的事物来说，它又是旧的，终将被淘汰，所唾弃的。鲁迅不仅是这样地看待周围的事物，也是这样地看待自身。他的信念是：只要历史在发展，在前进，一切旧的事物的消亡，包括自身的消亡，也是令人振奋和欣慰的。因此，在《题辞》的一开始，他便写道："过去的生命已经死亡。我对于这死亡有大欢喜，因为我借此知道它曾经存活。死亡的生命已经朽腐，我对于这朽腐有大欢喜，因为我借此知道它还非空虚。"他认定在进化的链子上一切中间物只有求于充实而非空虚，踏踏实实地作出自己的应有努力和贡献。即便是野草，也能朽腐变肥料，滋润他物。只是对于自己的所为，以进化发展的中间物的角度来看，鲁迅谦虚地深感自己的力量有限、成就不足。他称自己沉默着的时候还"觉得充实"，而开口时则"感到空虚"。即沉默时想有所作为，心中觉得充实，而面对复杂的社会，"曾经想要写，但是不能写，无从写。这也就是我所谓'当我沉默着的时候，我觉得充实；我将开口，同时感到空虚'。"（《三闲集·怎么写》）

虽然如此，鲁迅还是坚定地充当野草，即使被践踏，遭删刈，直到死亡和朽腐；或者被地火、熔岩焚烧，他都"坦然""欣然""大笑"和"歌唱"。直到世界"无可朽腐"，——没有可以朽腐的东西，即光明的未来。

鲁迅创作《野草》时所面对的社会现实，是令他感到"寂静"并杂入了"无量悲哀，苦恼，零落，死灭"的黑暗。因此，他以"静穆"二字来讽刺象征："天地有如此静穆，我不能大笑而且歌唱"。从"3·18"惨案、"五卅"惨案，到写这篇题辞的前几天的"4·12"反革命政变，反动统治者用屠刀大肆屠杀人民，而"屠伯们逍遥复逍遥"（《而已集·题辞》），鲁迅怎能大笑而且歌唱？敌人不仅用钢刀杀人，而且用软刀——封建迷信和旧的传统习俗毒害人，鲁迅早就把"批判国民性"视为自己的重任。他深为愚昧落后的民众所痛心，"哀其不幸，怒其不争"。因而"天地即不如此静穆"，鲁迅"或者也将不能"大笑而且歌唱。他只能用自己的笔献上这一丛野草。他多么希望社会来一个彻底的改变。

他不希望文学创作成为粉饰太平的社会点缀物，更对阿谀奉承、歌功颂德的升平歌舞嗤之以鼻，因而他写道："我憎恶这以野草作装饰的地面。"他憎恨那肮脏龌龊的"地面"——即社会的黑暗现实，也不愿自己的作品被人利用，作为装饰点缀的"小摆设"。

　　他坚信地下有"地火""熔岩"——革命力量的象征。有朝一日，"地火在地下运行，奔突；熔岩一旦喷出，将烧尽一切野草，以及乔木，于是并且无可朽腐"。他深信野草式的小事物也好，乔木式的大事物也好，在历史发展的长河中，它们终将只是一瞬。他只希望历史发展的新的时期到来——"火速到来"。在历史发展的时代更迭中，"野草""乔木"都完成自己的历史使命，这才是鲁迅所希望的。在革命的烈火中，旧世界的一切都被焚毁，连同"野草"和"乔木"。在那崭新世界里，再也没有可以朽腐的东西存在，这也正是鲁迅的理想。虽然自己及自己的文学创作也连同历史一样，成为了过去，但鲁迅却仍觉得"坦然"而"欣然"，并将"大笑"而"歌唱"。这段文字鲜明地表现了鲁迅的渴望战斗，勇于牺牲的不断追求的精神。

　　鲁迅这时的思想是极其矛盾的，一方面他赞美野草，称颂野草的顽强生命力和生存努力，为野草遭受的不公正待遇抱不平；而另一方面他又把野草视为地面"作装饰"的物品。这里所指的野草显然与他所赞颂的野草有着本质的不同，它是鲁迅所深恶痛疾的东西。这野草并非鲁迅所钟爱的，因为被"地面"用来作装饰物的草应该只是一片绿茵，为"地面"增添色彩，从而更受到人们的培植。一方面，鲁迅把自己的这一组散文诗称为野草，视为"献于友与仇，人与兽，爱者与不爱者之前"的证物，可另一方面又盼望着它的"死亡与朽腐，火速到来"。并称：如果没有死亡与朽腐，那就等于"先前未曾生存"，那更其不幸！他大声疾呼："去罢，野草，连着我的题辞！"这实际是鲁迅对自己及作品的深刻反省，对历史发展艰苦探索的积极结果。这也就是他在现实生活中亲身感受的"明与暗，生与死，过去与未来"的激烈搏斗所致。

在《题辞》中我们可以看出，虽然他对"暗""死""过去"有着痛苦的压抑感，有着前途未明的忧郁，但他始终向往着"明""生""未来"。

《题辞》不仅在思想内容上是《野草》的总概括，而且在艺术特点上也是《野草》的总体现。鲁迅在文中采用的主要是象征、隐指的方法，其中的野草、乔木、地火、熔岩、地面、天地，乃至露、水、陈死人、践踏、删刈、死亡、朽腐等，都是形象化的象征物，它们的隐指义造成了一种意象的朦胧、含蓄，显现出一种朦胧美。由于鲁迅当时思想上的矛盾所致，文中的同一象征物（如野草），往往表现为不同意象的矛盾对立、交错，造成意义理解上的晦涩（如遭践踏、删刈的野草又被地面用作装饰），这也是《野草》中散文诗常常表现的一个共同特点。

作为一种崭新的文体，鲁迅运用了不同于散文的诗的语言，它精炼、短促、抑扬顿挫，而且多用复叠句式，造成反复吟唱，意蕴深远，既有美的形象，又有美的音乐性，给人以深刻的艺术感染。

秋夜

在我的后园,可以看见墙外有两株树,一株是枣树,还有一株也是枣树。

这上面的夜的天空,奇怪而高,我生平没有见过这样奇怪的而高的天空。他仿佛要离开人间而去,使人们仰面不再看见。然而现在却非常之蓝,闪闪地䀹着几十个星星的眼,冷眼。他的口角上现出微笑,似乎自以为大有深意,而将繁霜洒在我的园里的野花草上。

我不知道那些花草真叫什么名字,人们叫他们什么名字。我记得有一种开过极细小的粉红花,现在还开着,但是更极细小了,她在冷的夜气中,瑟缩地做梦,梦见春的到来,梦见秋的到来,梦见瘦的诗人将眼泪擦在她最末的花瓣上,告诉她秋虽然来,冬虽然来,而此后接着还是春,蝴蝶乱飞,蜜蜂都唱起春词来了。她于是一笑,虽然颜色冻得红惨惨地,仍然瑟缩着。

枣树,他们简直落尽了叶子。先前,还有一两个孩子来打他们别人打剩的枣子,现在是一个也不剩了,连叶子也落尽了。他知道小粉红花的梦,秋后要有春;他也知道落叶的梦,春后还是秋。他简直落尽叶子,单剩干子,然而脱了当初满树是果实和叶子时候的孤形,欠伸得很舒服。但是,有几枝还低亚着,护定他从打枣的竿梢所得的皮伤,而最直最长的几枝,却已默默地铁似的直刺着奇怪而高的天空,使天空闪闪地鬼䀹眼;直刺着天空中圆满的月亮,使月亮窘得发白。

鬼䀹眼的天空越加非常之蓝，不安了，仿佛想离去人间，避开枣树，只将月亮剩下。然而月亮也暗暗地躲到东边去了。而一无所有的干子，却仍然默默地铁似的直刺着奇怪而高的天空，一意要制他的死命，不管他各式各样地䀹着许多蛊惑的眼睛。

哇的一声，夜游的恶鸟飞过了。

我忽而听到夜半的笑声，吃吃地，似乎不愿意惊动睡着的人，然而四围的空气都应和着笑。夜半，没有别的人，我即刻听出这声音就在我嘴里，我也即刻被这笑声所驱逐，回进自己的房。灯火的带子也即刻被我旋高了。

后窗的玻璃上丁丁地响，还有许多小飞虫乱撞。不多久，几个进来了，许是从窗纸的破孔进来的。他们一进来，又在玻璃的灯罩上撞得丁丁地响。一个从上面撞进去了，他于是遇到火，而且我以为这火是真的。两三个却休息在灯的纸罩上喘气。那罩是昨晚新换的罩，雪白的纸，折出波浪纹的叠痕，一角还画出一枝猩红色的栀子。

猩红的栀子开花时，枣树又要做小粉红花的梦，青葱地弯成弧形了……。我又听到夜半的笑声；我赶紧砍断我的心绪，看那老在白纸罩上的小青虫，头大尾小，向日葵子似的，只有半粒小麦那么大，遍身的颜色苍翠得可爱，可怜。

我打一个呵欠，点起一支纸烟，喷出烟来，对着灯默默地敬奠这些苍翠精致的英雄们。

一九二四年九月十五日

解读

《秋夜》作于1924年9月15日，发表于同年12月1日的《语丝》周刊第3期。这一时期，正值五四新文化运动走向低谷，封建军阀势力猖狂肆虐，一连串的事件发生在鲁迅的周围，鲁迅的心情变得异常沉重。其间最突出的事件就是女师大风潮。《秋夜》是女师大风潮初期所写。

1924年，原女师大校长许寿裳去职，由杨荫榆继任。这个段祺瑞政府的爪牙在学校中推行的是残酷的封建专制统治，她以"整饬学纪"为名，对学生横加镇压，被鲁迅愤怒地斥之为"寡妇主义"。他沉痛地指出"看看学生们，就象一群童养媳"，"就如中国历来的大多数媳妇儿在苦节的婆婆脚下似的，都决定了暗淡的命运"（《华盖集·"碰壁之后"》）。杨荫榆的倒行逆施引起了师生员工的不满和反抗，但杨荫榆依仗封建军阀的势力为所欲为。1924年4月28日，女师大的15名教员联名宣布辞职，不少正直的老师也洁身引退。8月13日，鲁迅为了声援他们，也将聘书寄还女师大校方，宣布辞职。事隔月余后，女师大风潮愈演愈烈，鲁迅如是作《秋夜》。

《秋夜》所描绘的深秋之夜肃杀阴冷的夜景，就是当时社会现实的形象化的写照。作者是借自然之物寓藏社会之深意，表达自己对社会现实的见解与认识，表明自己的立场和态度。

在《秋夜》里，作者向我们描绘了"夜的天空，奇怪而高，我生平没有见过这样的奇怪而高的天空。他仿佛要离开人间而去，使人们仰面不再看见"。以"生平没有见过"和"奇怪而高"来形容这夜的天空，足见当时军阀统治的黑暗是超乎历史的空前的。统治者们"仿佛要离开人间"即高高地骑在人民的头上，作威作福，"使人们仰面不再看见"意为高不可攀，无法反抗。正是这"奇怪而高的天空"——"然而现在却非常之蓝，闪闪地映着几十个星星的眼，冷眼。他的口角现出微笑，似乎自以为大有深意，而将繁霜洒在我的园里的野花草上"。作者在这里借指的乃是封建军阀及其爪牙一时的猖獗，自以为得意，变本加厉，为所欲为的暴行。从自然景物写实的角度看，秋高、星冷、霜繁，确实是深秋的特点，而从社会寓意的角度看，它们正形象地描摹出封建军阀的丑态与恶行。

和这奇怪而高的天空相匹配的，是作品中描绘的，在枣树的直刺之下显的不安的天空底下，"哇的一声，夜游的恶鸟飞过了"。这些仗着月黑风高的夜空包庇的夜游神们，为着黑暗的终将灭亡，正哀哀地唱着挽歌，追悼着没落的情绪，他们面对抗争者们的抗争，正作着最后的挣扎。

面对这样恶劣惨冷的环境，鲁迅要歌颂的正是那以枣树为代表的反抗者。《秋夜》起始，作者便将焦点集中在枣树身上："在我的后园，可以看见墙外有两株树，一株是枣树，还有一株也是枣树。"不同写两株，而是先写一株，再写另一株，它让我们深深地体味着作者的用意。沈尹默有散文诗《月夜》，意境与此极为相似，其诗写道："霜风呼呼地吹着，月光明明地照着，我和一株顶高的树并排立着，却没有靠着。"诗作鲜明地表现了个性独立，不依附于人的思想人格。鲁迅在这里先写一株，同样具备了个性独立，不依附于人的品格，而再写另一株枣树，就形成了并不孤立的两个个性解放意志的复加。它既无单写一株树的孤寂，又有着合写两株树所难以达到的效果。作者对枣树是备加赞赏的，他写道：那枣树"最直最长的几枝，却已默默地铁似的直刺着奇怪而高的天空，使天空闪闪的鬼映眼；直刺着天空中圆满的月亮，使月亮窘得发白"。枣树的直立挺拔，刚直不阿，已经不仅是枣树的自然形态了。它已被鲜明地赋予了人格的力量，是反抗的象征，枣树当是鲁迅在社会生活中所见到的不屈的反抗者的象征，如革命前驱，进步人士、工人、学生等。

然而现实生活中也不仅仅只有枣树，那些遍地的不知道名字的花草倒是更为常见。鲁迅择其一者写道："我记得有一种开过极细小的粉红花，现在还开着，但是更极细小了。她在冷的夜气中，瑟缩地做梦，梦见春的到来，梦见秋的到来，梦见瘦的诗人将眼泪擦在她最末的花瓣上，告诉她秋虽然来，冬虽然来，而此后接着还是春，蝴蝶乱飞，蜜蜂都唱起春词来了。"尽管现实依然寒冷，她的颜色也冻得红惨惨地，还在瑟缩地发抖，她还是笑了。与枣树不同的是，没能够与奇怪而高的天空对抗，而是做着春天的梦。她盼的是春暖花开，盼的是蝶飞蜂舞，虽然置身于寒冷肃杀的深秋，但她相信：冬虽然来，而此后接着的还是春。小红花是弱者的象征，她梦中的"瘦的诗人将眼泪擦在她最末的花瓣上"，也是弱者的行为，——弱者的无助的同情。与枣树相比，她更具广泛性，是当时现实社会中多数人的典型。鲁迅从主张"物竞天择，适者生存"的进化论中看到了中华民族必须自强自立的根本，但他并不主张"弱肉强食"，这是鲁迅区别于其他进化论者的地方。他同情弱小，希望弱者与强者同样发展，同样壮大，由弱到强。因此，他主张扶助弱小，弱小者应该正视自己被压迫奴役的地位和命运，进行必要的抗争。他对那些处于悲惨境遇中的弱小者是抱"哀其不幸"态度的，可是不幸者的不争却又是他感到愤怒和痛惜的——"怒其不争"。小红花形象正饱含着鲁迅的这种深切的感情，"冻得红惨惨的，仍然瑟缩着"让人同情、可怜，但她的梦"冬虽然来，而此后接着还是春"，却是鲁迅所批评的。他借枣树的口语指出："小红花的梦，秋后要有春"。而"落叶的梦，春后还是秋"。小红花盼的春，仅是生命之一环节、自然的一阶段，光恋春望春，忽略秋不正视秋，不设法御寒，则终将被寒秋严冬所肃杀。

　　作者所赞扬的是比小红花还要小得多的小青虫，虽然也处深秋暗夜，但他们却努力地追求着光明，——"从窗纸的破孔进来……，又在玻璃的灯罩上撞得丁丁地响"，以至于"一个从上面撞进去了，他于是遇到火"，为光明献身。与小红花相比，鲁迅用了充满情感的语言表达了自己由衷的赞叹之情："那老在白纸罩上的小青虫，头大尾小，向日葵子似的，只有半粒小麦那么大，遍身的颜色苍翠的可爱、可怜。"他除了描写小青虫的无畏地扑火之外，还以新换的雪白的透出波纹并在一角画出一枝猩红色栀子的灯罩，作为喘气的小青虫的陪衬，给人以一种美的意境。文章的结尾，作者写自己"对着灯默默地敬奠这些苍翠精致的英雄们"，这"敬奠"和"英雄"二词，使小青虫的形象余韵悠长。

  和以上这些基本精神相联系的，是鲁迅自己当时思想上的苦闷、彷徨、孤寂、颓唐。这在文章里也有很明显的流露。最突出的是枣树。虽然不屈、反抗，但它的不屈反抗是悲壮的：枣子被打尽"一个也不剩了"，"连叶子也落尽了"，还有着被打枣的竿梢所造成的"皮伤"。而且，在后园的墙外，也只仅有这"两株"。这犹如战场上身经百战却伤痕累累的战士，不是气壮山河的大冲锋，也不是坚如磐石的固守，倒像是经过短兵相接的肉搏后的战场残局，受伤的勇士孤寂地面对着残忍的一切。即使是两株，在广袤的天地间，也显得有些零落。还如小红花的"惨惨地"面对春后还是秋，小青虫追求光明扑入灯火中的悲壮。夜空中，只有夜游的恶鸟在自在地飞翔，发出"哇"的一声。社会的恶环境在作者的心中带来的悲凉由此可见一斑。

  因为是散文诗，作者采用的隐喻、象征的手法，造成了一种意象的朦胧。而这种朦胧的本身就表现为暗示和意义的不确定性。看来像什么，但并不一定就是什么，不同的角度，不同的环境，不同的人可以对作品作出不同的解释。只要准确把握作者作文时的思想感情，结合作者所处的社会环境、生活经历，即不违逆历史事实，又不妄加毫无根据的评判，就不会牵强附会，失之偏颇，《秋夜》也不例外。

  文章中的种种意象，可以说都蕴含着作者的良苦用心，应该都是当时社会现实中某些人和现象的对应物，都能分析其清晰的象征意义，但既为象征，也就朦胧，又不能一一对应去寻找其明晰的象征物，否则便破坏了散文诗的意境。例如，文章中在描绘奇怪而高的天空的同时，还描述了月亮。这里的月亮显然也是枣树的直刺对象。枣树不但默默地铁似的直刺着"奇怪而高的天空，使天空闪闪地鬼䀹眼"，也"直刺着天空中圆满的月亮，使月亮窘得发白"。以至于"鬼䀹眼的天空越加非常之蓝，不安了，仿佛想离去人间"，而月亮则也"暗暗地躲到东边去了"。作为被刺对象的月亮，有着圆满的外形，这"圆满"不由得使人联想起现实生活中心宽体胖，饱食终日无所用心的封建遗老遗少。这些人对于当时社会的作用就在于标榜清高，鼓吹国粹，为统治者歌功颂德，粉饰太平，高举"圆满"的大旗来与揭露弊端丑恶的改革者为敌。在暗夜中，放出冷清的辉光。鲁迅长期以来对这些御用文人进行了尖锐深刻的揭露与抨击，他们的原形毕露、本质凸现、"窘得发白"，也是在所必然，暗暗地采取一个"躲"字也是不足为怪的了。然而，月亮意象的理解也可不仅限于此。

又如文章开首的"我的后园"。"后园"既可以视为自然中的后花园，即作品所描绘的自然景物的虚拟的地点，又可以联系起作者现实生活中女师大的活动。鲁迅当时在教育部任佥事职，教书只是兼职，非正式的副业，戏作"后园"亦无不可。正是在女师大这样的"后园"中，许多的"野花草"，正被"繁霜"复洒。这正如他曾经指出的那样："在寡妇或拟寡妇所办的学校里，正当的青年是不能生活的。青年应当天真烂漫，非如她们的阴沉，她们却以为中邪了；青年应当有朝气，敢作为，非如她们的萎缩，她们却以为不安本分了：都有罪。"（《坟·寡妇主义》）学生们在杨荫榆的蛮横统治的镇压之下，就如"野花草"。自然，在学生中间，也不乏"颜色冻得红惨惨地"，梦见"秋虽然来，冬虽然来，而此后接着还是春"的"小红花"，就像鲁迅在《〈呐喊〉自序》中曾说的"也如我那年青时候似的正做着好梦的青年"，她们只是在冷的夜气中盼望着憧憬着美好的未来。而她们之中更多的是追求光明、奋不顾身扑向烈火的"小青虫"，这更多的象征为学生运动中的骨干、中坚，她们地位虽然低微——"小"，"只有半粒小麦那么大"，但是她们"遍身的颜色苍翠"却显得那么的"可爱可怜"。鲁迅预感到，这些学生领袖们虽然英勇无畏，不顾惜自己的一切，同反动当局、杨荫榆之流毫不妥协的斗争，但反动势力的强大，她们的命运是难测的。会不会像小青虫那样以身殉自己的理想呢？鲁迅深入的思索并非多余，1926年"3·18"惨案，正说明鲁迅的分析是正确的，目光是锐利的。3月18日，段祺瑞执政府的卫队向手无寸铁的女师大请愿学生开枪，造成了流血惨案，刘和珍、杨德群、张静淑等光荣牺牲。鲁迅对未来的预感，对追求光明而献身的同志表现的"默默的敬奠"，还有那"折出波浪纹的迭痕，一角还画出一枝猩红色的栀子"的悲壮背景、意境，都体现了这一点。

至于"墙外"的枣树句中"墙外"二字恐怕所表示的意思是区别于"后园"内。即枣树不特指女师大等学校区域的抗争者，而是象征学校以外的社会中的革命人士。是否可以联系起和鲁迅关系非常密切的李大钊等共产党人的形象？联系起来也并不牵强。鲁迅和李大钊曾共同战斗，他对李大钊的印象是："我最初看见守常先生的时候，是在独秀先生邀去商量怎样进行《新青年》的集会上，这样就算认识了，不知他其时是否已是共产主义者。总之，给我的印象是很好的：求实、谦和、不多说话。《新青年》的同人中，虽然也很有喜欢明争暗斗、扶植自己势力的人，但他一直到后来，绝对的不是。"（《南腔北调集·〈守常全集〉题记》）鲁迅笔下的李大钊"求实、谦和，不多说话"，以及他那不屈的斗争精神，不正是"默默地铁似的直刺着奇怪而高的天空"的枣树形象吗？

作品中还写了"另一株也是枣树"。这应该是与李大钊相似的同一类人的象征。我以为大约是陈独秀，只有陈独秀才配。鲁迅在《我怎么做起小说来》里，谈到陈独秀的催稿，是他写小说的直接原因。他写道："一回一回的来催几回，我就做一篇，这里我必得纪念陈独秀先生，他是催我做小说最着力的一个。"他在《〈自选集〉自序》里动情地说自己那时做的小说是"遵命文学"，他称："不过我所遵奉的，是那时革命的前驱者的命令，也是我自己愿意遵奉的命令，决不是皇上的圣旨，也不是金元和真的指挥刀。"这前后内容相联系，鲁迅显然是把陈独秀作为"革命的前驱者"，自己的创作也正是遵奉像陈独秀这样的"革命的前驱者"的,自己是真心实意的愿意遵奉他们的命令。其实,陈独秀的催稿并非命令,"命令"二字是鲁迅的自谦之词,也可体现出他对陈独秀的尊重、敬佩。鲁迅曾多次这样提及,如《〈呐喊〉自序》中,鲁迅就称:"既然是呐喊,则当然须听将令的了",以至于"在《药》的瑜儿的坟上平空添上一个花环,在《明天》里也不叙单四嫂子竟没有做到看见儿子的梦",原因则是"因为那时的主将是不主张消极的"。"枣"音同"早",枣树莫非为早期的马克思主义者的象征?

"文章合为时而著,歌诗合为事而作"。我们不因为散文诗采用象征暗示,追求意境,就不去联系当时具体的社会环境中的人和事。能否将作者的思想、情感具体化?我们认为只要分析妥帖自然,不给人以牵强附会的感觉,是完全可以的。实际上,绝大多数作品都是作者有感而发的具体思想感情的再现,只是表现手法的曲直不同罢了。仁者见仁,智者见智,只要能自圆其说,就不妨去作多方面的尝试。《秋夜》亦如此。

影的告别

人睡到不知道时候的时候，就会有影来告别，说出那些话——

有我所不乐意的在天堂里，我不愿去；有我所不乐意的在地狱里，我不愿去；有我所不乐意的在你们将来的黄金世界里，我不愿去。
然而你就是我所不乐意的。
朋友，我不想跟随你了，我不愿住。
我不愿意！
呜乎呜乎，我不愿意，我不如彷徨于无地。

我不过一个影，要别你而沉没在黑暗里了。然而黑暗又会吞并我，然而光明又会使我消失。
然而我不愿彷徨于明暗之间，我不如在黑暗里沉没。

然而我终于彷徨于明暗之间，我不知道是黄昏还是黎明。我姑且举灰黑的手装作喝干一杯酒，我将在不知道时候的时候独自远行。
呜乎呜乎，倘若黄昏，黑夜自然会来沉没我，否则我要被白天消失，如果现是黎明。
朋友，时候近了。

我将向黑暗里彷徨于无地。

你还想我的赠品。我能献你甚么呢？无已，则仍是黑暗和虚空而已。但是，我愿意只是黑暗，或者会消失于你的白天；我愿意只是虚空，决不占你的心地。

我愿意这样，朋友——

我独自远行，不但没有你，并且再没有别的影在黑暗里。只有我被黑暗沉没，那世界全属于我自己。

一九二四年九月二十四日

解读

《影的告别》作于1924年9月24日，刊载于同年12月8日《语丝》周刊第4期。其时正值女师大风潮初期，此前杨荫榆的施淫威，导致了不少教员的辞职，他们不屑与杨荫榆为伍。而学生们在她的魔掌下辗转哀鸣，有的竟被迫害致死。在《中国小说史略》出版后，鲁迅先生应西北大学和陕西教育厅的邀请，暑期赴西安讲学并考察唐代都城，研究唐代历史、文化。整个7月，鲁迅在西安逗留，原来抱着对唐代文化的爱好，对民族的这一段辉煌历史的崇尚的他，所见到的却是凌乱不堪，就连最初着手计划已久的历史小说"杨贵妃"的创作打算，也被他弃之一旁。对历史和现实的失望，他尽快地返回了北京。而"女师大事件"中的反动当局的倒行逆施却愈演愈烈。他愤怒地于8月13日寄还了女师大的聘书，也宣布辞职。一系列事情是《影的告别》的背景。

在现实社会里，一切都不像"进化论"所标示的：新的必然战胜旧的，青年一定胜于老年。笃信"进化论"的鲁迅陷入了深深的沉思。他感受到压力的巨大，也体味到自身力量的单薄。周围却还有不少人在期待着未来，他们以虚无缥缈的希望来麻醉着自己，等待着"天堂""黄金世界"。他们虽然也仇视地狱般的现实,但他们并没有拼死决斗的决心,他们只是熟睡着,等着好梦的到来。

《影的告别》以"人"的"睡到不知道时候的时候",就会有影来告别,并说出许多话来象征。"睡"是这里的"人"的基本状态。这里的"睡",不是战斗间隙或战斗前的休养生息,不是受伤后的治疗调节,而是"不知道时候"的梦的迷糊。这里的"人"的根本点在于:其一,不愿意在地狱,而向往天堂、向往将来的黄金世界,宁可彷徨于明暗之间等待,无论是黄昏还是黎明。其二,还在想着"影子"会有赠给他们的"赠品"。——依靠别人的力量来改变现实,获得实利。

作品中"影子"表现出了与"人"的不同观念,喊出了与传统背道而驰的发人深省的话。主要为以下几个方面。

第一,对于"人"所向往的"天堂""黄金世界",表现出强烈的否定意识。在五四时期,面对黑暗冷酷的社会现实,不少人的说教以"爱"来吸引人们,把美好的未来——"天堂""黄金时代"作为终极目标来炫耀。而并不要求人们付诸行动,不强调实践中的努力,一味地把希望寄托于将来。鲁迅多次在作品中提出过这个问题。例如《头发的故事》里N先生便借了阿尔志跋绥夫的话问:"你们将黄金时代的出现豫约给这些人们的子孙了,但有什么给这些人们自己呢?"这种"豫约"给人们的"黄金时代"只不过是一些脱离实际的空想,因此"影子"高喊:"有我所不乐意的在天堂里,我不愿去;……有我所不乐意的在你们将来的黄金世界里,我不愿去。"这是骇世惊俗的反叛之声,它表现出一个清醒的反封建主义战士的脚踏实地的战斗精神:任何收获都靠踏实的奋斗得来,任何空想只会麻木了人的感觉神经而于事无补。

对于抱着空想度日,整日里梦"大家有饭吃",梦"无阶级社会",梦"大同世界"的人,鲁迅先生是给予了强烈的批评的,这就是"影子"所说:"然而你就是我所不乐意的。"这些人不敢面对白色恐怖,不敢面对轰炸、虐杀、灌辣椒水、电刑等,他们只会做空头的梦。鲁迅借"影子"明确声称:"朋友,我不想跟随你了,我不愿住。……呜乎呜乎,我不愿意,我不如彷徨于无地。"鲁迅一生中多次赞扬踏实的抗争精神,公开宣称:"那切切实实,足踏在地上,为着现在中国人的生存而流血奋斗者,我得引为同志,是自以为光荣的。"(《答托洛茨基派的信》)面对那些脱离现实,陶醉于虚幻的未来者,鲁迅是嗤之以鼻的。

第二,不愿意徘徊于明、暗之间,愿意在黑暗里沉没的牺牲精神。这是鲁迅特有的意志和愿望,也是他对于社会和自我认识的一个深刻的命题。对于黑暗的社会现实,他的拼搏、奋斗,是从不顾及自己的,是顽强不屈的,这是人所共知的。他又把自己的拼搏奋斗看成是社会历史发展的一个中间物。在《写在〈坟〉后面》中,他就曾指出:"一切事物,在转变中,总是有多少中间物的,动植物之间,无脊椎和脊椎动物之间,都有中间物;或者简直可以说,在进化的链子上,一切都是中间物。当开首改革文章的时候,有几个不三不四的作者,是当然的,只能这样,也需要这样。他的任务,是在有些警觉之后,喊出一种新声;又因为从旧垒中来,情形看的较为分明,反戈一击,易制强敌的死命。但仍应该和光阴偕逝,逐渐消亡,至多不过是桥梁中的一木一石,并非什么前途的目标范本。"他把自己看成是"与光阴偕逝的""桥梁中的一木一石"。因此,和影子一样,黑暗会"吞并",光明也会使之"消失"。在鲁迅先生看来,这是历史的必然。

他作为"木""石"的作用,是"自己背着因袭的重担,肩住了黑暗的闸门",把孩子们放到"宽阔光明的地方去"(《我们现在怎样做父亲》)。因此,影子自然会唱出:"我不如在黑暗里沉没"。这正如鲁迅先生常对许广平所说:"你的反抗,是为希望光明到来罢?(我想,一定是如此的。)但我的反抗,却不过是偏与黑暗捣乱。"(《两地书·二十四》)"我只觉得'黑暗与虚无'仍是'实有',却偏要向这些作绝望的抗战,所以很多偏激的声音。"(《两地书·四》)影子不向光明,而愿意在黑暗中消逝,正是鲁迅精神的写照。

第三，苦闷、彷徨和矛盾之状，显示了鲁迅在人生道路上的搏击正面临着十字路口，向何处去呢？答案是不明晰的。这正是当时进化论者鲁迅的实情。影子虽不愿徘徊于明暗之间，可它终究"彷徨于明暗之间"。在光明与黑暗的搏斗相持不下，形势不明朗的情况下，才会有"明暗之间"。倘若光明将战胜黑暗，那么这"明暗之间"必是黎明；倘若黑暗将战胜光明，那么这"明暗之间"必是黄昏。而影子却无法判断，它"不知道是黄昏还是黎明"。如果说在文章开首，作者还以谴责的方式写了"人睡到不知道时候的时候"，对"人"怀有贬义，而这时，他也写到影子，虽然并未睡去，却也"将在不知道时候的时候"独自远行。这里，流露着作者淡淡的忧愁，因为无法断定是黄昏还是黎明，也就无从了解自己向黑暗捣乱、肩住黑暗的闸门的理想是否能实现。希望被黑暗吞没，却也许被白天消失，这也是令人遗憾的事情。

影子入黑暗会消失，入光明也会消失，而鲁迅偏以影子愿意在黑暗里沉没，不表示愿意在光明中消失，似乎是耐人寻味的。有一种说法认为，鲁迅是彻底革命者，哪里有黑暗他就向哪里发起进攻，黑暗不除，斗争不止。即使是到了光明的时代，也会有先进和落后，善与恶的矛盾和斗争。鲁迅不为既得利益而中止斗争，他必然会遭到斗争对象（或许是已披上光明外衣者）的迫害和打击，然而在当时，我觉得这不是鲁迅的思维，应该说，影子在黑暗或光明中都将消逝，是客观自然的光学规律，它不只是沉没于黑暗的一种方式。可是，向黑暗斗争，为黑暗所吞噬，是鲁迅斗争的方向以及可然的结果。一方面较全面地描述影子消失的规律，一方面表达自己的意愿和理想，应该是鲁迅当时真实情感。还不至于像有人所说因鲁迅与革命中的追求利益者的矛盾（此是后话），而虑及革命胜利后招致的打击。

第四，对自己的地位、贡献的估评、反思，表现出不满足与自谦。当时的鲁迅，无论文学成就、社会影响，或是教学效果，政界业绩，都是非常显赫的。人们对这位名人是寄予厚望的，希望他能有更杰出的成绩。鲁迅把这比拟为"赠品"。他写道:"你还想我的赠品。"然而,鲁迅回报却是:"我能献你甚么呢?无已,则仍是黑暗和虚空而已。"一个"无已",把自己对社会的贡献一笔抹过,就像他把自己的作品结集取名为《坟》,加以埋葬。他站在新的立场观点上去审视自己旧时的习作,以往的行为,不满足而视为"糟粕",视为"黑暗和虚空",也在所必然。影子为"人"贡献了一切,但它却又"愿意只是虚空",决不占任何人的"心地"。它不愿意留声名在世上,更不愿被人铭刻于心头,这就是鲁迅先生的奉献精神——"俯首甘为孺子牛"。

他在《阿Q正传的成因》中,把自己比做愚笨而下贱的牛,而且是一匹疲牛:"明知不堪大用的了,但废物何妨利用呢,所以张家要我耕一弓地,可以的;李家要我挨一转磨,也可以的;赵家要我在他店前站一刻,在我背上贴出广告道:敝店备有肥牛,出售上等消毒滋养牛乳。我虽然深知自己是怎么瘦,又是公的,并没有乳,然而想到他们为张罗生意起见,情有可原,只要出售的不是毒药,也就不说什么了。"其为人态度,为人精神便充分表现出来了。吃的是草,挤出的是奶和血,不问收获,只求耕耘,这正是鲁迅。

因此,《影的告别》中影子最终将"独自远行",它的最终愿望是"不但没有你,并且再没有别的影在黑暗里"。这就是说,愿天下所有的人和影都摆脱黑暗,走向光明,都沐浴着明媚的阳光。这正是像鲁迅一样的所有改革者的理想。但是,要奋斗就会有牺牲,要实现理想就必须要付出代价。影子却只希望只有自己的牺牲,只有自己的代价,能换来世界的新生,人们的幸福:"只有我被黑暗沉没,那世界全属于我自己。"

"形影不离"是中国的成语,意即:有形才有影,有影必有形,形与影密不可分。鲁迅偏以影子要与形体告别的方式反其道而行之,既别具一格又显示出反传统精神。形体——"人",在作品中是被影子所唾弃的,他"睡得不知道时候",追寻的是虚幻的"天堂""黄金世界",彷徨于明暗之间,不思进取,因而影子必然要别他而去。影子,产生于形体,是形体的观照,本来依附于形体,随形体而动,亦步亦趋,自然模仿,在这里却成了独立个性的代名词。它不愿意像形体那样,彷徨明暗之间,而情愿彷徨于无地,"姑且举灰黑的手装作喝干一杯酒""独自远行"。影子应该是鲁迅先生精神的象征。鲁迅先生自己也是"从旧垒中来",也曾受到过传统文化的影响,身上也有许多旧的痕迹,像影子追寻形体那样,受传统文化的支配,也是曾经有过的事实。他所面对的形体——"人",是受传统文化影响的社会民众、习惯势力,"睡到不知道时候的时候"是形体被影子抛弃的前提。这时的鲁迅,不再是旧的鲁迅,而是新的影子形象。影子是具有独立意志和光明理想、奉献精神的,它敢于斗争,无所顾忌,立意前行,它那告别形体的决绝情态,不能不让人警醒。

不过,影子的灰暗色彩,孤独寂寞,不是被黑暗吞并便是被光明消失的悲哀结局,伴随着它那独立战斗的个性气质,同样给我们带来了沉重的痛苦。这是现实中的鲁迅思想情感的真实流露,他不仅在时时解剖社会、时代,更在无情地解剖自己。鲁迅苦闷、彷徨、迷惘,但又不断进击的情状,像影子一样地呈现在我们面前。

求乞者

我顺着剥落的高墙走路,踏着松的灰土。另外有几个人,各自走路。微风起来,露在墙头的高树的枝条带着还未干枯的叶子在我头上摇动。

微风起来,四面都是灰土。

一个孩子向我求乞,也穿着夹衣,也不见得悲戚,而拦着磕头,追着哀呼。

我厌恶他的声调,态度。我憎恶他并不悲哀,近于儿戏;我烦厌他这追着哀呼。

我走路。另外有几个各自走路。微风起来,四面都是灰土。

一个孩子向我求乞,也穿着夹衣,也不见得悲戚,但是哑的,摊开手,装着手势。

我就憎恶他这手势。而且,他或者并不哑,这不过是一种求乞的法子。

我不布施,我无布施心,我但居布施者之上,给与烦腻,疑心,憎恶。

我顺着倒败的泥墙走路,断砖叠在墙缺口,墙里面没有什么。微风起来,送秋寒穿透我的夹衣;四面都是灰土。

我想着我将用什么方法求乞:发声,用怎样声调?装哑,用怎样手势?……

另外有几个人各自走路。

我将得不到布施,得不到布施心;我将得到自居于布施之上者的烦腻，疑心，憎恶。

　　我将用无所为和沉默求乞……

　　我至少将得到虚无。

　　微风起来，四面都是灰土。另外有几个人各自走路。

　　灰土，灰土，……

　　…………

　　灰土……

一九二四年九月二十四日

解读

　　《求乞者》作于1924年9月24日，与《影的告别》同一天创作，同时发表在《语丝》周刊第4期上。

　　如果说《影的告别》侧重于自我解剖，表现自我与黑暗搏斗的进击、牺牲精神，那么，《求乞者》则倾向于对改革方式的反思，表现了不依附于人的独立人格。

　　《求乞者》所描绘的社会环境是：剥落的高墙，倒败的泥墙，断砖头叠着的墙缺口……，一派破败的景象；而自然环境则是：松的灰土，露在墙头的高树的树条还带着未干枯的叶子在摇动着，微风起来，四面都是灰土……，一个荒凉的场景。在这寒冷侵袭、尘土飞扬、毫无生气的环境里，人们在各自走着自己的路。这不啻是当时灰色社会现实的缩影。军阀专制统治，互相倾轧，争权夺利，政治黑暗，官僚腐败，百姓们民不聊生。文化界的先进知识分子和进步青年、学生受到严重的压抑。整个社会民族危机严重，经济萧条，呈现出乌烟瘴气的状况。正如鲁迅几次在作品中把北京称为"沙漠"——"没有花，没有诗，没有光，没有热，没有艺术，而且没有趣味，而且至于没有好奇心，沉重的沙……。"(《为"俄国歌剧团"》)

　　粗看在这样的环境里，先后出现了"求乞者"。然而在路人的眼里，他们都"不见得悲戚",或"近于儿戏",或"装着手势",他们的声调、态度、手势不但得不到怜悯和布施,反而招致了烦腻、疑心、憎恶。几个人仍在各自走路。这种人与人之间的冷淡、冷漠,正是当时社会的显著特征。鲁迅在自己的文学作品中多次向人们展示这一令人不寒而栗的世界现实。例如,《狂人日记》中狂人所见到的周围人们的异样的眼神,他们非但不对狂人的病情表示出关切,却在神秘地窃窃私语,似乎在觊觎着等待着吃他的肉。又如《孔乙己》中咸亨酒店里的人们,无论穿长衫的还是短衣帮们,没有谁去关心、怜恤孔乙己的悲惨命运,理解他那孤寂的情怀,而是把他作为取笑逗乐的材料。孔乙己后来长时间地没来咸亨酒店了,也没有谁去记起他,只是酒店的掌柜在清理记载欠账的粉板时,才想起:"孔乙己还欠十九个钱呢!"这是多么令人惨痛的事实。

细察在那样的环境里,不幸的人们虽然不幸,却又是不争的。这正是鲁迅先生感到异常痛心的原因。早在《摩罗诗力说》中,他就提出了自己"哀其不幸""怒其不争"的观点。不抗争,不奋斗,而企望以求乞的方式来改变现状,是一种脱离实际的空想,企望用求乞的形态来换得别人的布施心和布施,也是徒劳的。《求乞者》先后描述了两位求乞者的形象及其求乞的结果。第一位求乞者是个孩子,"寄着夹衣""拦着磕头""追着哀呼",却"不见得悲戚"。在微风送秋寒的季节,这求乞者并未陷入衣薄受寒的境地,也未见有令人同情的悲惨遭遇,但他却失去人格,低三下四,因而他得到的只是"厌恶"。他的近于儿戏的声调、态度,不但得不到布施心和布施,而且适得其反,给他带来的反倒是憎恶、烦腻。第二位求乞者也是个孩子,同样"穿着夹衣",也"不见得悲戚",采用的则是"哑的"\摊开手"装着手势"的法子。他所得到的仍旧是烦腻、疑心、憎恶。

"我"表现出了对求乞方式的厌恶,尤其是对装腔作势,并不悲戚的求乞给予了揭露与抨击。在中国长期的封建社会里,人们也期望着圆满完美，讲求"十全十美"，就如点心的"十样锦"、音乐的"十番"、药的"十全大补"，阎罗的"十殿"一样。但他们并不想通过自己的努力、抗争去取得，而指望"皇恩浩荡"，得到赐予。用求乞还是用斗争的方式来实现自己的理想和愿望，这是传统的习惯势力与改革者的区别所在。鲁迅先生一贯主张进击精神。旧时代的黑屋子要靠自己去捣毁，改革者的改革要依靠自身的斗争与努力，这在鲁迅的作品中随处可见，如"我只得由我来肉薄这虚空中的暗夜了"（《野草·希望》）的短兵相接——"肉薄"，不抱任何的幻想；又如"真的猛士，敢于直面惨淡的人生，敢于正视淋漓的鲜血"（《华盖集续编·记念刘和珍君》）的"正视"，就是面对现实勇于斗争，丢弃一切脱离现实的回避与退缩；还如"血债必须用同物偿还。拖欠得愈久，就要付出更大的利息"（《华盖集续编·记念刘和珍君》）的"以牙还牙，以血还血"的斗争精神，让人警醒，催人奋进。作为改革者，鲁迅反对求乞，反对接受任何的布施。他在《过客》中就刻画了过路客人不但不畏前途艰险，仍然前行，而且反对接受小姑娘的布施。小姑娘见过客的脚走破了，送给他一片布去包裹伤口，但过客却并未接受，他说："倘使我得到了谁的布施，我就要像兀鹰看见死尸一样，在四边徘徊，祝愿她的灭亡，给我亲自看见；或者咒诅她以外的一切全都灭亡，连我自己，因为我就应该得到咒诅。"

　　面对求乞者的求乞，"我"表现了一种彻底决绝："我"不但对求乞者"不布施"，而且对求乞者毫"无布施心"，"我但居布施者之上，给与烦腻，疑心，憎恶"。不但不给求乞者布施，而且自己也决不求乞，鲁迅接下去写道："我想着我将用什么方法求乞：发声，用怎样的声调？装哑，用怎样的手势？……"作为求乞者的对立面，鲁迅以假设的方式提出了自己"求乞"的方法与结果：无论何种"求乞"方法，我同样"得不到布施，得不到布施心"，我将得到"自居于布施之上者的烦腻，疑心，憎恶"。这是鲁迅创作的艺术，似乎是肯定，其实是否定。表面看

"我"也在表示同意"求乞",探讨"求乞"的方法,然而,"求乞"的结果却是对"求乞"的当头棒喝。迂回包抄,诱敌深入,显示了鲁迅的机智与幽默。

因此,"我"的求乞方法是:"将用无所为和沉默求乞"。"无所为"即无所作为,没有任何的行为举动,这样的"求乞",其实并非求乞。从文字上看,这与文中的第二个求乞者的"摊开手,装着手势"的行为是背道而驰的;从实质上看,这也是对求乞行为的迂回的否定。对现实社会中的消极避世行为,对某些人的退隐,以及"无为而无不为"的一事不做、徒作大言的空谈家,鲁迅一贯是持批判和否定态度的,他在这里主张的"无所为"并非一改常态,走入另一个极端,而是针对"求乞"而言的。由于他主张社会改革,要求人们有所作为,而反对"无所为",也因为他反对求乞,所以在求乞这方面,他主张"无所为"。这二者并不矛盾,而是全然一致的。关于"沉默",就文字本身看,是针对第一个求乞者的"哀呼"而言的,既并不哀呼,不作任何语言的表示。以"沉默"求乞,实质上也是对求乞行为的否定。对于"沉默",鲁迅曾有过自己的论述,他指出:"惨象,已使我目不忍视了;流言;尤使我耳不忍闻。我还有什么话可说呢?我懂得衰亡民族之所以默无声息的缘由了。沉默呵,沉默呵!不在沉默中爆发,就在沉默中灭亡。"(《华盖集续编·记念刘和珍君》)沉默不是诚服的无语,也不是屈膝的忍气吞声,而是一种重压下的力量的蓄积。正如鲁迅所比拟的:"地火在地下运行,奔突;熔岩一旦喷出,将烧尽一切野草,以及乔木,于是并且无可朽腐。但我坦然,欣然。我将大笑,我将歌唱。"沉默也是一种时机的等待,就如地火等待火山爆发。沉默不是求乞,不是等待布施和舍予,而是力量爆发的前奏。

和求乞者相比,"我"不会得到烦腻、疑心和憎恶,"我"至少将"得到虚无"。虚无,即对传统的文化遗产的彻底否定,一切都不复存在。这是任何时代先觉的知识分子的共同心态。倘只醉心于传统的民族自大，躺在祖先的功劳簿上睡大觉，而停滞不前，固步自封，国家与民族就不可能发展。没有一定虚无主义，就缺乏高度的自信和克服自身弱点的力量之源。有了一定的虚无主义，就将促使人们在民族的历史大转折、大变革、大阵痛中，敢于改革，敢于斗争，敢于正视现实而满怀信心。这就是"前无古人，后有来者"的精神。鲁迅正是这一类先觉知识分子的典型代表。和那些吃着"地大物博、历史悠久、文化灿烂"老本、不思变革的人相比，鲁迅似乎对祖国的传统否定过多，是一个民族虚无主义者。他指出："所谓中国文明者，其实不过是安排给阔人享用的这人肉的筵宴。所谓中国者，其实不过是安排这人肉筵宴的厨房。"（《坟·灯下漫笔》）他似乎在否定一切，但他的否定在于揭示："大小无数的人肉筵宴，即从有文明以来一直排到现在，人们就在这会场中吃人，被吃，以凶人的愚妄的欢呼，将悲惨的弱者呼号遮掩，更不消说女人和小儿。这人肉的筵宴现在还排着，有许多人还想一直排下去。"（《坟·灯下漫笔》）鲁迅的文明观把传统的中国形象作了与众不同的贬斥，他笔下的中国形象令人憎恶，然而正是这令人憎恶的形象警示人们：要改革、变新，否则中国便没有出路，中华民族便要被灭亡。鲁迅否定中国文明史的目的便在于"扫荡这些食人者，掀掉这筵席，毁坏这厨房"！得到虚无，比起求乞者的请求施舍，可以说有天壤之别。《求乞者》正是鲁迅这一思想的基本体现。

　　作品中，"我"不作求乞者，也反对用任何方式求乞。这是这篇作品的主旨。与此同时，"我"也是被求乞者，对求乞者的装腔作势，"我"表现出了高度的厌烦、憎恶。"我"看清了求乞者是并不悲戚而装出可怜状的。这不禁令人想起现实生活中，就鲁迅的辞职，杨荫榆所表演的挽留姿态。由于不满杨荫榆在女师大的专制统治，他和其他一些老师一样，采取了辞职的方法表示自己的愤怒。暑假中的8月13日，他寄回了女师大的聘书。开学之初的9月14日（也就是撰写《求乞者》的前10天），杨荫榆曾亲自登门，假惺惺地挽留，显然表现为"求乞"

状。请求鲁迅留任。实质上，鲁迅先生支持学生，并代学生拟呈教育部文稿，早已被杨荫榆视为眼中钉。她的登门拉拢，可以说是故作姿态，遭到了鲁迅的拒绝。

《求乞者》的象征和隐喻，再现了社会现实的黑暗重压和作者顽强不屈的斗争精神，以及对于实现改变现状的理想与抱负的方式的思考，饱含着作者的强烈的爱憎。

我的失恋

——拟古的新打油诗

我的所爱在山腰；
想去寻她山太高，
低头无法泪沾袍。
爱人赠我百蝶巾；
回她什么：猫头鹰。
从此翻脸不理我，
不知何故兮使我心惊。

我的所爱在闹市；
想去寻她人拥挤；
仰头无法泪沾耳。
爱人赠我双燕图；
回她什么：冰糖壶卢。
从此翻脸不理我，
不知何故兮使我胡涂。

我的所爱在河滨；
想去寻她河水深，

歪头无法泪沾襟。

爱人赠我金表索；

回她什么：发汗药。

从此翻脸不理我，

不知何故兮使我神经衰弱。

我的所爱在豪家；

想去寻她兮没有汽车，

摇头无法泪麻如麻。

爱人赠我玫瑰花；

回她什么：赤练蛇。

从此翻脸不理我，

不知何故兮——由她去罢。

一九二四年十月三日

解读

《我的失恋》作于1924年10月3日，发表于同年12月8日《语丝》第4期。关于这首按现代诗行排列的散文诗，鲁迅在《我和〈语丝〉的始终》里，有过背景材料的交代。他称，这首散文诗原先是以"某生者"的笔名，投给《晨报副刊》的，由编辑孙伏园签发。可当伏园因事外出时，一位与《晨报》有着较深关系的留学生刘勉己，回国后，新任总编辑，抱着对副刊不满并要加以改革的态度，未经与伏园商议，便擅自到排字房将他认为不拟刊发"不成东西"的已经排版的《我的失恋》稿抽掉，因此，便导致了孙伏园与刘勉己的争执。刘勉己与徐志摩、陈西滢等人的关系也比较密切，他的行为得到了他们的支持。最终，孙伏园辞去了《晨报》编辑的职务。在鲁迅的支持下，于1924

年11月17日，他办起了一个新刊物，这就是《语丝》周刊。鲁迅是《语丝》周刊的固定撰稿人。

《我的失恋》原来只有三段，由于其副标题为"拟古的新打油诗"，即模仿东汉张衡的《四愁诗》的格式与写法，鲁迅便又添上了一段，形成四段式的如同"四愁"的四首。鲁迅将它发表在新办不久的《语丝》周刊第4期上。

这首散文诗的主题，鲁迅在《〈野草〉英文译本序》中作过明确的指示，他说："因为讽刺当时盛行的失恋诗，作《我的失恋》。"在1924年前后，北京处于新文化运动退潮期，文坛冷寂荒凉，而以"失恋"为题材的诗突然风行一时，那种"阿呀阿唷，我要死了""我活不了啰，失了主宰了！"之类的爱情诗充斥各种刊物。这些诗情绪寞落、趣味低下，苦闷失望，产生了不小的消极影响。鲁迅便针对那些"要死要活"的内容，"故意做一首用'由她去吧'收场的东西，开开玩笑。"（《三闲集·我和〈语丝〉的始终》）

作品以回环复迭的反复咏叹方式，从山腰、闹市、河滨、豪家四个方面，就恋爱关系，一反现实中那种恋爱至上，被抛弃而失恋就寻死觅活的不健康风尚，作了幽默的反讽式的歌唱。

其一是"我的所爱在山腰，想去寻她山太高"。由山高路远、攀登不易而导致的不能相见，本可以在心中思恋，这种爱恋可以维持。但是双方的共同理想的缺乏，就是造成失恋的根本原因。这就是鲁迅戏谑地写的："爱人赠我百蝶巾，回她什么：猫头鹰。"百蝶巾是传统女性的表情之物，蝴蝶鲜花也是历来文人表现爱情的象征物，"我的所爱"赠此物属常情，可"我"却回赠她"猫头鹰"。虽然同属人类生活中的禽虫类，但猫头鹰却不同于蝴蝶。它是鸱枭类，外形丑陋凶狠，叫声凄厉，专食死肉，长期以来被人们视为不祥之物。"我"的反常和越轨自然会导致爱情的悲剧："从此翻脸不理我，不知何故兮使我心惊。"

其二是"我的所爱在闹市，想去寻她人拥挤"。闹市嘈杂，人多拥挤，寻人如同大海捞针，相恋而不能相见，令相爱者相思也属常情。可没有共同的生活情趣，也将使相爱者相互疏远，变成一厢情愿。鲁迅戏谑的比拟为："爱人赠我双燕图，回她什么：冰糖壶卢。"双燕图中燕子双双凌空，比翼齐飞，也是传统的情爱的象征物，所爱者相送既情意绵绵，又意味深长，可"我"的所赠却是一种小儿所好的农村中常见的土制食品"冰糖壶卢"，令人感到滑稽可笑。这说明"我"与"所爱"之间根本缺乏共同语言，其结局自然也是"从此翻脸不理我,不知何故兮使我胡涂"。

其三是"我的所爱在河滨，想去寻她河水深。"这与前面两段内容基本相同。一道天河之隔，可以把爱情专笃的牛郎织女分隔在两岸，每年也只能在"七夕"靠喜鹊搭桥相会，更不用说普通青年男女了。不过，只要是真正的爱情，再宽再深的河也隔不断情人的情思爱恋。可是没有志同道合，没有兴趣相投，也就没有爱的坚贞。鲁迅戏谑地设例："爱人赠我金表索，回她什么：发汗药。"金表索是为了配爱人的金表，在爱人计时看表时，见索如见人，这是以常见之物示相思之情的一种传统方式。可"我"却莫名其妙地回赠对方以"发汗药"，令人啼笑皆非。岂不得到"从此翻脸不理我，不知何故兮使我神经衰弱。"

其四是："我的所爱在豪家，想去寻她没有汽车。"门当户对历来是传统婚姻的基础，贫富不均常常是导致婚姻悲剧的原因。这是千百年来中国传统的婚姻观念。鲁迅偏以"我"和"所爱"的地位悬殊，描述了门不当、户不对的恋爱悲剧。出身不同，爱好也各异，因而有"爱人赠我玫瑰花，回她什么；赤练蛇。"玫瑰是小姐阔少表示爱情的常见物，绝不会有以赤练蛇来互相赠予的。因此，"从此翻脸不理我"是肯定而毫不足怪的。

真正体现作者思想的点睛之笔是最后一句；"不知何故兮——由她去罢。"它表现了"我"的恋爱观：并非爱情至上，人生并不专为了爱，还有更多有意义的事情。道不同不相为谋，更何况是终身大事的婚姻。

如果只是为了爱，那么结局至多也如《伤逝》中的涓生与子君。"我"的观念与社会上风行的"阿呀阿唷，我要死了"的失恋者形成了鲜明的对照。它让我们清楚地了解了作者的态度，正如后来他在给许广平的信中所说："我所要登的是议论。而寄来的偏多小说、诗。先前是虚伪的'花呀''爱呀'的诗，现在是虚伪的'死呀''血呀'的诗。呜呼，头痛极了！"(《两地书·三十五》)

《我的失恋》虽然只是一篇"开开玩笑"的讽刺散文诗，但它却向我们展示了鲁迅的与众不同的思维和独特的观点。"我的所爱"的百蝶巾、双燕图、金表索、玫瑰花，是爱情的暗示；"我"的回赠却是出乎人们意料的东西：猫头鹰、冰糖壶卢、发汗药、赤练蛇。这些物品绝非传统暗示爱情之物。难道鲁迅仅仅只是为了"开开玩笑"而为之吗？不。许寿裳先生就曾指出："这诗挖苦当时那些'阿唷！我活不了啰，失了主宰了！'之类的失恋诗盛行，……他自己标明为'拟古的新打油诗'，阅读者多以为信口胡诌，觉得有趣而已，殊不知猫头鹰本是他自己所钟爱的，冰糖壶卢是爱吃的，发汗药是常用的，赤练蛇也是爱看的。还是一本正经，没有什么做作。"(《我所认识和鲁迅·鲁迅的游戏文章》)鲁迅先生在讽刺现实中的那些失恋者的同时，也在认真地表述自己的主张、兴趣爱好。他在日常生活中常以悖于常理的方式进行思维和探索，因而常常得出有悖于常理的结论。例如《墓碣文》中死者的反向思维："于浩歌狂热之际中寒；于天上看见深渊。于一切眼中看见无所有；于无所希望中得救。……"正是这种反向思维得出了反常(这"常"，实质是千百年中形成的传统的封建纲常)结论。而这结论才是真正有力的社会历史的正确结论，就像《狂人日记》中狂人会从歪歪斜斜的"仁义道德"的字缝中，看出满本都写着"吃人"两个字一样。

从作品的形式来看，鲁迅拟《四愁诗》采用了诗经中"国风"的写作手法属于"拟古"；而通俗易懂、幽默诙谐，又近似于"打油诗"。"打油诗"得名于唐代张打油的俳谐体诗，以通俗滑稽为特点，完全不同于平仄严谨的格律诗。属不登大雅之堂的非正宗诗作。鲁迅自己把《我的失恋》谦称为"新打油诗",也正迎合了他那反传统的个性:不以正统为意。这就像他少年时期就对封建正统的"四书""五经"不感兴趣,而钟情于"野史""轶书"一样。

也有人对这首散文诗作过特殊的解释,称此作品为讥讽徐志摩的失恋。《文史哲》1978年第2期曾有《鲁迅诗杂谈》的文章,称:徐志摩失恋后,"整天哭丧着脸,'阿呀,阿唷,我要死了'地嚷个不休。"鲁迅对他很是厌烦,就写了这首《我的失恋》,跟他开大玩笑。文章分析《我的失恋》的四段内容时,是这样的:"'诗哲'比较寒酸,献不出奇珍异宝,只能羞羞答答地报之以自作的诗文:一曰猫头鹰,暗指所作散文《济慈的〈夜莺歌〉》;二曰冰糖壶卢,暗指所作一首题为《冰糖壶卢》的二联诗;三曰发汗药,是从'诗哲'与人论争理屈词穷时的詈人之语中抽绎出来的,说是'你头脑发热,给你两粒阿斯匹林清醒清醒吧!';四曰赤练蛇,是从'诗哲'的某篇文章提到希腊神话中人首蛇身的女妖引申出来的。"这当是牵强的煞有介事的突发奇想,奇妙而有悖于当时的事实及鲁迅的原意。

复仇

  人的皮肤之厚，大概不到半分，鲜红的热血，就循着那后面，在比密密层层地爬在墙壁上的槐蚕更其密的血管里奔流，散出温热。于是各以这温热互相蛊惑，煽动，牵引，拼命地希求偎倚，接吻，拥抱，以得生命的沉酣的大欢喜。

  但倘若用一柄尖锐的利刃，只一击，穿透这桃红色的，菲薄的皮肤，将见那鲜红的热血激箭似的以所有温热直接灌溉杀戮者；其次，则给以冰冷的呼吸，示以淡白的嘴唇，使之人性茫然，得到生命的飞扬的极致的大欢喜；而其自身，则永远沉浸于生命的飞扬的野之上。

  他们俩将要拥抱，将要杀戮……

  路人们从四面奔来，密密层层地，如槐蚕爬上墙壁，如马蚁要扛鲞头。衣服都漂亮，手倒空的。然而从四面奔来，而且拼命地伸长颈子，要赏鉴这拥抱或杀戮。他们已经豫觉着事后的自己的舌上的汗或血的鲜味。

  然而他们俩对立着，在广漠的旷野之上，裸着全身，捏着利刃，然而也不拥抱，也不杀戮，而且也不见有拥抱或杀戮之意。

  他们俩这样地至于永久，圆活的身体，已将干枯，然而毫不见有拥抱或杀戮之意。

  路人们于是乎无聊；觉得有无聊钻进他们的毛孔，觉得有无聊从他们自己的心中由毛孔钻出，爬满旷野，又钻进别人的毛孔中。他们于是觉得喉舌干燥，脖子也乏了；终至于面面相觑，慢慢走散；甚而至于居然觉得干枯到失了生趣。

于是只剩下广漠的旷野，而他们俩在其间裸着全身，捏着利刃，干枯地立着；以死人似的眼光，赏鉴这路人们的干枯，无血的大戮，而永远沉浸于生命的飞扬的极致的大欢喜中。

一九二四年十二月二十日

解读

《复仇》作于1924年12月20日，发表于同年同月29日发行的《语丝》周刊第7期。这是一篇揭示鲁迅自己多年积郁的作品。

早在日本留学时期，一件生活中的"小事"曾激发鲁迅放弃学医转而治文学，这就是"幻灯片"之事。鲁迅在《呐喊·自序》中曾有记载：在仙台医学专门学校学医期间，"时间还没有到，教师便映些风景或时事的画片给学生看，……有一回，我竟在画片上忽然会见我久违的许多中国人了，一个绑在中间，许多站在左右，一样是强壮的体格，而显出麻木的神情。据解说，则绑着的是替俄国做了军事上的侦探，正要被日军砍下头颅来示众，而围着的便是来赏鉴这示众的盛举的人们。"这一"示众"的场面，深深触动了鲁迅的心，他原先受日本明治维新的影响，要从医学入手改变"东亚病夫"状况的理想破灭了，他感觉到"医学并非一件紧要事，凡是愚弱的国民，即使体格如何健全，如何茁壮，也只能做毫无意义的示众的材料和看客，病死多少是不必以为不幸的"。他因此而想提倡文艺运动，要"改变他们的精神"，这才是"我们的第一要著"。

中国人的不幸不争，长期以来只配做着"示众材料和看客"的事实，深深刺痛了鲁迅的心。他一直耿耿于怀，不能忘却。事隔多年的1923年，鲁迅在《娜拉走后怎样》中就指出："群众——尤其是中国的，——永远是戏剧的看客。牺牲上场，如果显得慷慨，他们就看到了悲壮剧；如果显得觳觫，他们就看到了滑稽剧。……对于这样的群众没有法，只好使他们无戏可看倒是疗救……。"1925年3月，鲁迅仍以此事为题材，作了小说《示众》。这篇作品向我们展示了一幅围观"示众"的芸芸众生相，他们麻木、愚昧，以看热闹为趣味。看热闹的人们，就如鲁迅在《七论"文人相轻"——两伤》中所指出的那样："试看路上两人相打，他们何尝没有是非曲直之分，但旁观者往往只觉得有趣，就是绑出法场去，也是不问罪状，单看热闹的居多。"看客们把看热闹只作为无聊生活的补充，为的是寻求一点快意和满足，决不去了解究竟而作正误的判断。他们的冷淡、冷漠，表现了他们的自私、卑琐的丑恶的灵魂。

《复仇》所表现的主题之一，便是对看客的否定与批判。在《〈野草〉英文译本序》中，鲁迅明确指出："因为憎恶社会上的旁观者之多，作《复仇》第一篇。"带着憎恶的感情，他在《复仇》中描写了"路人们从四面奔来，密密层层地，如槐蚕爬上墙壁，如马蚁要扛鲞头。衣服都漂亮，手倒空的。然而从四面奔来，而且拼命地伸长脖子要赏鉴这拥抱或杀戮。"作品以一个"奔"字，刻划了看客们为看热闹时动作的迅速，速度之快，使人根本不可能也不会去思考所看对象的是非曲直。一个"密密层层"修饰，两个形象化的比拟："如槐蚕""如马蚁"，揭示了看客的数量之多，多得使人难以计数。他们的形态则是衣服"漂亮"、手里"空"着，却脖子"拼命地伸长"。不关己的旁观心态，猎奇式的好奇心，在这些形态中得到了充分的展现。

鲁迅以自己对国民性的深入思考，对看客的兴趣的焦点作了精当而准确的概括。这就是作品所揭示的两方面：拥抱和杀戮。千百年来，为小市民百姓阶层及社会中多数人所津津乐道的，不外乎是谈情说爱，武侠打斗。前者由于长期的性知识的封闭，男女授受不亲，旧传统的约束，人的性爱受到严重压抑，因而视"性"为隐秘。一谈至"性"，便引起人们的好奇。男欢女爱成了人们热衷的话题,海誓山盟成了文艺作品永远的主题。后者则出于千百年来的封建专制统治的高压和惩恶扬善的政治理想。等级制度造成了社会中各阶层的政治地位、经济状况等的不平等,法与礼却是为统治者服务的,人们只能寄希望于武力的手段,来维护自己的基本权益。伴随着武力手段应运而生的就有行侠仗义的精神、善恶有报的因果、令人眼花缭乱的武行派别和武术技艺。这就是作品中所描述的两种不同内容带来的大欢喜:一是"互相蛊惑,煽动,牵引,拼命地希求偎依,接吻,拥抱"的生命的沉酣的大欢喜;一是"只一击,穿透这桃红色的,菲薄的皮肤,将见那鲜红的热血激箭似的以所有温热直接灌溉杀戮者",而导致"给以冰冷的呼吸,示以淡白的嘴唇"的生命的飞扬的极致的大欢喜。

鲁迅运用自己丰富的医学知识,对人们的"情爱""争斗"的兴趣爱好的生理基础,作了统一的一分为二的揭示,这揭示既令人忍俊不禁,又让人心悦诚服。这就是:人热衷于男女之爱和武侠打斗,源于人的皮肤下面"在比密密层层地爬在墙壁上的槐蚕更其密的血管里奔流"的"鲜红的热血"。热血散出的温热,使人相互吸引,刺破血管的热血飞溅,使人感到震栗。它能打破人的平静与死寂,给人带来兴奋与律动。

《复仇》中的路人们所要赏鉴的就是立于广漠的旷野之上的一对"裸着全身,捏着利刃"的青年男女。即赤身裸体,又是一对男女,他们俩或许"将要拥抱",而握着利刃,又或许"将要杀戮":这正是人们的好奇而热衷的场面与情节。

《复仇》所表现的重要主题,便是展示改革者的胸怀。他们以自己的实际行动来表现自己对社会中爱看热闹而没有是非观的看客的态度:憎恶、反击。这便是"复仇"。1934年5月16日,鲁迅在写给郑振铎的信中,对《复仇》的这一主题作了明确的说明。他说:"我在《野草》中,曾记一男一女,持刀对立旷野中,无聊人竟随而往,以为必有事件,慰其无聊；而二人从此毫无动作，以致无聊人仍然无聊，至于老死，题曰《复仇》，亦是此意。"面对周围人们的围观，这对青年男女偏使他们的无聊得不到满足，相对站立在广漠的旷野之上，"裸着全身，捏着利刃，然而也不拥抱，也不杀戮，而且也不见有拥抱和杀戮之意。"对无聊男女的无聊围观的鄙夷，在此可见一斑。

这对青年男女实际上是在与看客们的无聊旁观作斗争，他们宁可站立不动"至于永久"，让自己"圆活的身体"渐渐"干枯"，不但没有丝毫的举动，甚至没有丝毫的意识。这就是"复仇"式的反击。

作品中的青年男女可以说是现代新文化的象征，新的时代的先觉者的化身，他们的赤身裸体，犹如亚当夏娃的天然美，自然纯洁，没有任何的掩饰、藏匿，就是坦然、真诚，毫无保留的奉献出自己的一切。与黑暗的社会、旧式的伦理相比，他们体现了现代新道德，但是，尚未觉醒的大多数人，却并不理解，反而站在旧的传统文化一边，和已经觉醒的代表新文化的先进知识分子，处于严重对立状态。他们袖手旁观，麻木地赏鉴着一切，以猎奇的方式注视着先驱者们的拼搏、流血、牺牲。这对挚爱人民、为人民奉献一切的时代先驱者们来说无疑是一个沉重的打击，这是多么令人痛心的残酷。因此，鲁迅会说："对于这样的群众没有法，只好使他们无戏可看倒是疗救。"

在青年男女的复仇的反击下，路人们终于没有看到拥抱和杀戮。他们没有得到围观时预觉的"舌上的汗或血的鲜味"的快感。"无聊"却更进一步地袭来，比原来的无聊更无聊。作品写道："无聊钻进他们的毛孔，……从他们自己的心中由毛孔钻出，爬满旷野，又钻进别人的毛孔中。"竟至于"喉舌干燥，脖子也乏了""终至于面面相觑，慢慢走散。"

作品用对立的方式，描写了青年男女的"干枯"和路人们的"干枯"的结局。青年男女的长久不动，至于永久，造成圆活身体的干枯，他们终于没有成为路人们的赏鉴对象，反而使路人们无聊走散，"甚而至于居然觉得干枯到失了生趣"。青年男女反过来"以死人们的眼光,赏鉴这路人们的干枯",而且"永远沉浸于生命的飞扬的极致的大欢喜中"。很显然,青年男女的干枯,是一种肉体的干枯,物质的干枯。他们不愿成为无聊路人的赏鉴对象,表现出一种中流砥柱的钢铁般意志,和宁为玉碎、不作瓦全的精神,是精神、生命的飞扬。路人们的干枯,是精神的干枯、灵明的干枯。他们的无聊的生命,虽然形骸犹在,却是空虚的行尸走肉,活着失去了任何的意义。

鲁迅借青年男女的眼光,反过来审视着一切。他将路人们的干枯称之为"无血的大戮"。社会生活中,受压迫受剥削的人们处境悲惨,却在封建旧传统旧思想旧意识的束缚下,大多数表现为不幸而不争。和遭受杀戮的革命者相比,他们虽然没有流血,没有牺牲,但他们精神的干枯,生命的无聊,也是一种严重的结局,是一场更大的屠戮,只不过血案中没有血迹而已。鲁迅把这比之为"拿钢刀的,拿软刀的,屠伯们逍遥复逍遥"(《而已集·题辞》)。愚昧麻木的人们,就是被封建旧传统的软刀所杀,走向精神死亡的。他们不但自己不改革,而且不理解改革者,甚至把改革者的流血作为聊补空虚无聊的玩赏。这就是充满惨痛的中国近代史的内容之一。

《复仇》中寄寓了鲁迅对先进知识分子与大众关系的深入探索。从青年男女身上,我们可以得到这样的结论:他们是旧传统旧习俗的改革者,现代新文化的创造者,敢于冲锋陷阵、流血牺牲,同时,他们也肩负着思想启蒙、启发人民觉悟的历史重任。如果不能做到这一点,他们非但可能得不到大众的理解、支持,反而可能把大众赶到自己的对立面,要救大众却被大众嘲弄,要改造国民性却遭国民的迫害。

复仇（其二）

因为他自以为神之子，以色列的王，所以去钉十字架。

兵丁们给他穿上紫袍，戴上荆冠，庆贺他；又拿一根苇子打他的头，吐他，屈膝拜地；戏弄完了，就给他脱了紫袍，仍穿他自己的衣服。

看哪，他们打他的头，吐他，拜他……

他不肯喝那用没药调和的酒，要分明地玩味以色列人怎样对付他们的神之子，而且较永久地悲悯他们的前途，然而仇恨他们的现在。

四面都是敌意，可悲悯的，可咒诅的。

丁丁地响，钉尖从掌心穿透，他们要钉杀他们的神之子了，可悯的人们呵，使他痛得柔和。丁丁地响，钉尖从脚背穿透，钉碎了一块骨，痛楚也透到心髓中，然而他们自己钉杀着他们的神之子了，可咒诅的人们呵，这使他痛得舒服。

十字架竖起来了；他悬在虚空中。

他没有喝那用没药调和的酒，要分明地玩味以色列人怎样对付他们的神之子，而且较永久地悲悯他们的前途，然而仇恨他们的现在。

路人都辱骂他，祭司长和文士也戏弄他，和他同钉的两个强盗也讥诮他。

看哪，和他同钉的……

四面都是敌意，可悲悯的，可咒诅的。

<<< 复仇（其二）

  他在手足的痛楚中，玩味着可悯的人们的钉杀神之子的悲哀和可咒诅的人们要钉杀神之子，而神之子就要被钉杀了的欢喜。突然间，碎骨的大痛楚透到心髓了，他即沉酣于大欢喜和大悲悯中。
  他腹部波动了，悲悯和咒诅的痛楚的波。
  遍地都黑暗了。
  "以罗伊，以罗伊，拉马撒巴各大尼?!"（翻出来，就是：我的上帝，你为甚么舍弃我?!）
  上帝离弃了他，他终于还是一个"人之子"；然而以色列人连"人之子"都钉杀了。
  钉杀了"人之子"的人们的身上，比钉杀了"神之子"的尤其血污，血腥。

一九二四年十二月二十日

解读

  《复仇（其二）》创作于1924年12月20日，与《复仇》同时，也同时发表于《语丝》周刊1924年12月29日第7期，是《复仇》的姊妹篇。
  如果说《复仇》表现了作者对社会上旁观者之多的憎恶，抒发了自己的鄙夷之情，表达了作为改革者希望以"无血的大戮"去反击庸众的无聊旁观的复仇心态，那么，《复仇（其二）》更为深入了一步。这里的庸众，已不再是对改革，对先觉者作无聊的旁观，猎奇式地赏鉴革命者的流血、牺牲，而是成了专制统治者的帮凶，成了打杀革命者的凶手。鲁迅在给许广平的信中，曾经尖锐地指出："要救群众，而反被群众所迫害"（《两地书·四》），这就是《复仇（其二）》所揭示的惨痛事实。
  作品借取《圣经》（即《新约全书》）中耶稣基督被钉死在十字架上的故事，来比拟现实生活中的不觉悟的群众不但不理解以拯救全人类为己任的改革者的活动，反而要迫害他们、置他们于死地的惨痛现象。

　　《新约全书》中的"福音书"就是基督传，分别是由马太、马可、路加和约翰四人写成，通称"四福音书"。它从耶稣的降生写起，逃难、受洗、传道、蒙难、复生等，都写得比较细致。《马太福音》第27章和《马可福音》第15章都记载了基督受难的情节。据圣经《新约全书》所记，耶稣是上帝耶和华的儿子，他降临人世间，是为了救赎人类。他被称为"神之子"和"犹太人之王"。他召有十二门徒，在耶路撒冷等地传教。当时犹太是罗马的属国，犹太教的当权者一面讨好罗马皇帝，一面又怕犹太人觉醒将他推翻，便对耶稣横加迫害。后因十二使徒之一的加略人犹大的背叛出卖，耶稣被抓送交罗马帝国驻犹太的总督彼拉多。在彼拉多都并不主张处决耶稣的情况下，犹太的祭司长、长老，甚至于士兵和众人却一致要求把耶稣钉上十字架。他们对耶稣的脸吐唾沫，用苇子打他的头，剥下他的衣服瓜分了，并把他钉在了十字架上。耶稣便死了。

　　《圣经》中只叙述简单的故事，没有刻划出耶稣对待迫害他的犹太人的态度。只是耶稣曾大声呼喊："以罗伊，以罗伊，拉马撒巴各大尼！"意即：我的上帝，我的上帝，为什么离弃我！耶稣的不解与埋怨的对象是上帝。

　　鲁迅借用这则故事，把着眼点主要集中在耶稣身上，表现出他的悲天悯人的精神。与原作相比，这就是鲁迅自己概括的独特的创作方法："所写的事迹，大抵有一点见过或听过的缘由，但决不全用这事实，只是采取一端，加以改造，或生发开去，到足以几乎完全发表我的意思为止。"（《南腔北调集·我怎么做起小说来》）

　　《复仇（其二）》刻划的耶稣是"神之子"，因为他是上帝所生，来到人间救赎犹太人。然而，他的人的形态，以及被钉十字架的死亡关头，上帝并不理睬他，拯救他，他则更为"人之子"。"人之子"的形象是与《圣经》不同的本质内容。这里的耶稣更具人性，更消除了神的色彩，他是和犹太人联系十分紧密的普通人，他为了正义战胜邪恶、扬善除恶而付出了自己的努力。但是，他的努力并没有得到犹太人的理解，他们反过来加害于他：打他的头，吐他，拜他……，最终将他钉上了十字架，把他悬在虚空中。既已如此，他们还要辱骂他、戏弄他、讥诮他！

作品细致地刻划了耶稣的思想、心态。其一，在遭受到犹太人的打、吐、拜时，他"不肯喝那用没药调和的酒"，他"要分明地玩味以色列人怎样对付他们的神之子，而且较永久地悲悯他们的前途，然而仇恨他们的现在"。面对迫害，他不愿意用药物来麻醉自己，因为没药就是一种活血、散瘀、止痛的镇静药，他不喝那药酒是因为痛楚使他更清楚。他要仔细地体会以色列人对他采取种种手段的意味，这些人究竟是被什么所驱使？他们的残酷的行为正是其灵魂深处肮脏龌龊的外化！作者用了"悲悯"二字来表现耶稣的情感。这就是耶稣这位先觉者对愚昧落后的犹太人的悲哀、怜悯：他们自己已处在水深火热之中，"神之子"来救赎他们，他们非但不感恩戴德，反而采取打杀的手段来对付"神之子"。这等于自己的不愿意解脱，把自己再抛向万丈深渊，这怎么不令人感到悲哀呢！鲁迅在《药》中曾刻划了辛亥革命的志士夏瑜，被封建专制统治者拘捕入狱，他向狱卒阿义作宣传："这大清的天下是我们大家的。"可阿义却只知向他敲诈，在榨不出油水的情况下，竟还打了夏瑜两个嘴巴。面对如此愚昧的狱卒，夏瑜也喊出了"可怜可怜"。这与《复仇（其二）》中的情节何其相似。鲁迅并非为写耶稣而写耶稣，作品中的耶稣是与夏瑜一样的改革者。他面对反动当权者的镇压并不感到奇怪，而对自己要救的群众的愚昧的反迫害，深感痛心：何时才能告别愚昧、落后、麻木？除去"悲悯"之后，接下去自然就是"仇恨"了。这反映了鲁迅前期的一贯思想："哀其不幸，怒其不争"，"哀"与"怒"是紧紧联系着的。在这里，就表现为"悲悯"与"仇恨"的结合。正是这些愚昧麻木者的恩将仇报，在客观上帮助了封建专制统治者，阻碍了改革的进程，充当了前进道路上的绊脚石，增加了改革的难度。改革者不仅要对付敌人，还要分散精力去消除群众与自己的误会和隔阂。这怎能不引起改革者的愤怒与仇恨？耶稣的思想，实际上就是以鲁迅为代表的改革者的思想。

其二，在以色列人把耶稣钉上十字架时，"钉尖从掌心穿透""钉尖从脚背穿透，钉碎了一块骨"，疼痛已经深入到他的骨髓，但他却"痛得柔和""痛得舒服"。这是耶稣思想性格的又一层面，是鲁迅对改革者心态的深入探索的结果。这是《圣经》中的耶稣所不可能具有的。作为改革者，为了改革的成功，进行艰苦卓绝的斗争，必然要付出巨大的代价，流血、牺牲在所难免，这是早就在他们的预料之中的，他们也早就有经历磨难甚至贡献自己一切的精神准备。他们把为改革而流血牺牲看成是自己的最大幸福。耶稣的"痛得柔和""痛得舒服"的心态也正在于此。痛，是肉体上的感觉；柔和、舒服，是精神上的安慰。即：为改革而死，是死得其所，重于泰山，因此，他们可以视死如归。以自己的生命去殉自己的理想，乃是人生的最大乐事。痛与柔和、舒服本来是相矛盾的事物，对立的事物，但它们却显示出了一切改革者的完整的心态。在《野草·题辞》里，鲁迅就曾指出："为我自己，为友与仇，人与兽，爱者与不爱者，我希望这野草的死亡与朽腐，火速到来。"只要是为现实世界作出自己的贡献，为理想而奋斗，像野草那样生则有极强的生命力，面对践踏和删刈，死则可朽腐作肥料。鲁迅并不害怕死，他倒是希望死亡与朽腐更快些来临，这就是改革者视死如归的心态。鲁迅之所以能做到这点，原因不是别的，正像他自己所说："人类灭亡是一件大寂寞大悲哀的事；然而若干人们的灭亡，却并非寂寞悲哀的事。"（《热风·生命的路》）这种乐观的人生态度，在他的思想发展的后期，更具有了阶级色彩的明朗与亮色。他指出："革命有血，有污秽，但有婴孩……即使前途终于是'死亡'，但这'死'究竟已经失了个人底意义，和大众相融合了。所以只要有新生的婴孩，

'溃灭'便是'新生'的一部分。"(《译文序跋集·〈溃灭〉》第二部一至三章译者附记)

其三,十字架竖起来了,耶稣被悬在虚空中,他再度玩味着以色列人怎样对付他,再度泛起"悲悯"和"仇恨"的心情。面对路人的辱骂,祭司长和文士的戏弄,甚至同钉十字架的强盗的讥诮,耶稣"突然间,碎骨的大痛楚透到心髓了,他即沉酣于大欢喜和大悲悯中"。虽然即将死亡,他却沉酣于"大欢喜"。正如《复仇》中的青年男女,虽然自己的肉体干枯,但他们却立着,欣赏着无血的大戮,——路人们的失了生趣的干枯,永远"沉浸于生命的飞扬的极致的大欢喜中"。无论耶稣或青年男女,乐与苦总是紧紧相随的。在改革者的眼里,没有无端由的欢乐,没有无缘无故的满足。"知足常乐""安贫乐道"是千百年来封建社会中的庸人哲学,是改革者所唾弃的。因为"改革自然常不免于流血"(《华盖集续编·空谈》),要"幸福的度日,合理的做人"(《坟·我们现在怎样做父亲》),就必须先苦后甜。鲁迅称自己是"专与苦痛捣乱,将无赖手段当作胜利,硬唱凯歌,算是乐趣"(《两地书·二》)。在改革者看来,快乐与痛苦是辩证的统一。

和耶稣处在对立面的是那些以色列人,他们愚昧落后、不觉悟,把救赎他们的耶稣视为不共戴天的仇敌,并要置他于死地而后快。其愚昧的程度,有如作者在小说《药》中所刻划的华老栓。华老栓对拯救中华的志士夏瑜非但不理解、敬重、爱戴,反而吃他的血,把他的血来做人血馒头。这些以色列人和华老栓相比,真是有过之而无不及。他们是鲁迅笔下的"暴君的臣民"的形象。在《暴君的臣民》中,鲁迅也再次提及耶稣被钉十字架的故事。他指出:"暴君治下的臣民的欲望。中国不要提了罢。在外国举一个例:……大事件则如巡抚想放耶稣,众人却要求将他钉上十字架。暴君的臣民,只愿暴政暴在他人的头上,他却看着高兴;拿'残酷'做娱乐,拿'他人的苦'作赏玩,做慰安。自己的本领只是'幸免'。从'幸免'里又选出牺牲,供给暴君治下的臣民的渴血的欲望，但谁也不明白。死的说'阿呀'，活的高兴着。"这是对以色列人的绝妙的画像。他们正是以幸灾乐祸的心态来对待耶稣的。总督（即《暴君的臣民》中的巡抚）彼拉多认为耶稣无罪，想释放他，却遭到了祭司长、长老、士兵和众人的反对，他们要求处死耶稣。他们戏弄耶稣，一会儿给他穿紫袍，一会儿给他脱紫袍，他们给他戴荆冠，又用苇子打他的头，甚至吐他、拜他、用钉子钉他的掌心、脚背，置他于死地。他们以此为荣，以此为乐，身上沾满了血污，充满了血腥。"暴君的臣民"的恶劣习性在以色列人身上表现得非常充分，这也是作为先知先觉的改革者对当时社会现实的具有切肤之痛的感受，是他对国民性改造问题的深入思考。

耶稣对以色列人的态度，是作品的主题的揭示。对可悲悯、可咒诅的以色列人的行为，耶稣采取的是"玩味"之法。不但不让以色列人的娱乐、赏玩、慰安的欲望得到餍足，而且要把他们作为自己玩味的对象。他既不慷慨，也不觳觫，使他们既看不到悲壮剧，更看不到滑稽剧。他是在向以色列人作有力的反击——复仇。以色列人类似的群众，比《复仇》中的路人们更残酷、更卑劣，因而对改革者而言有更大的危害性。他们不仅迫害"神之子"，也迫害"人之子"。

作品中耶稣的弱点也是明显的。受到了非人的待遇之后，他作为"神之子"，自然以为上帝会来拯救他，他寄希望于上帝，岂不知这只是脱离现实的幻想。在被钉杀的临终之时，他才真正认识到上帝已离他而去，不再帮助他，他只能悲愤地呼喊："上帝，上帝，你为什么离弃我?!"

这篇作品纯属寄托式，借外国的圣经故事，寄托自己的"要救群众，反被群众所迫害"的悲愤感情，表达了对愚弱人民的强烈复仇愿望，充满着浪漫主义气息。

希望

我的心分外地寂寞。

然而我的心很平安:没有爱憎,没有哀乐,也没有颜色和声音。

我大概老了。我的头发已经苍白,不是很明白的事么?我的手颤抖着,不是很明白的事么?那么,我的魂灵的手一定也颤抖着,头发也一定苍白了。

然而这是许多年前的事了。

这以前,我的心也曾充满过血腥的歌声:血和铁,火焰和毒,恢复和报仇。而忽而这些都空虚了,但有时故意地填以没奈何的自欺的希望。希望,希望,用这希望的盾,抗拒那空虚中的暗夜的袭来,虽然盾后面也依然是空虚中的暗夜。然而就是如此,陆续地耗尽了我的青春。

我早先岂不知我的青春已经逝去了?但以为身外的青春固在:星,月光,僵坠的蝴蝶,暗中的花,猫头鹰的不祥之言,杜鹃的啼血,笑的渺茫,爱的翔舞……。虽然是悲凉漂渺的青春罢,然而究竟是青春。

然而现在何以如此寂寞?难道连身外的青春也都逝去,世上的青年也多衰老了么?

我只得由我来肉薄这空虚中的暗夜了。我放下了希望之盾,我听到 Petofi Sandor(1823—49)的"希望"之歌:

希望是甚么,是娼妓;
她对谁都蛊惑,将一切都献给;

待你牺牲了极多的宝贝——

你的青春——她就弃掉你。

这伟大的抒情诗人,匈牙利的爱国者,为了祖国而死在可萨克兵的矛尖上,已经七十五年了。悲哉死也,然而更可悲的是他的诗至今没有死。

但是,可惨的人生!桀骜英勇如 Petofi,也终于对了暗夜止步,回顾着茫茫的东方了。他说:

绝望之为虚妄,正与希望相同。

倘使我还得偷生在不明不暗的这"虚妄"中,我就还要寻求那逝去的悲凉漂渺的青春,但不妨在我的身外。因为身外的青春倘一消灭,我身中的迟暮也即凋零了。

然而现在没有星和月光,没有僵坠的蝴蝶以至笑的渺茫,爱的翔舞。然而青年们很平安。

我只得由我来肉薄这空虚的暗夜了,纵使寻不到身外的青春,也总得自己来一掷我身中的迟暮。但暗夜又在那里呢?现在没有星,没有月光以至笑的渺茫和爱的翔舞;青年们很平安,而我的面前又竟至于并且没有真的暗夜。

绝望之为虚妄,正与希望相同!

一九二五年一月一日

解读

《希望》创作于1925年元旦,发表于同年同月19日的《语丝》周刊第10期。

这是一篇结合客观现实中许多青年的消沉状况而进行的反思、自剖,并以身为诚的深沉探索的作品。

鲁迅从寂寞入手,回顾反思了自己经历过的思想感情演变的过程:

希望与失望的交织。在现实中,"我大概老了"——"头发已经苍白""手颤抖着"。这时的"我"已经是"没有爱憎,没有哀乐,也没有颜色和声音"。失去了爱憎,说明人的是非观的丧失,感情的麻木;失去了哀乐,表现为人的精神的衰老、感觉的迟钝。因此,他推断:"我"的"魂灵"也变老了,"手一定也颤抖着,头发也一定苍白了"。"魂灵"的老化也就标志着"希望"的消失,即绝望的状态。

在老化、寂寞之际,"我"回顾自己曾经有过"希望"阶段。即:"用这希望的盾,抗拒那空虚中的暗夜的袭来,虽然后面也依然是空虚中的暗夜"。"我",曾经与暗夜搏斗,虽然心中并不踏实,有时甚至不知路在何方,虽然自己所持的进化论、个性主义不能解释社会历史的进程曾让自己疑惑,经历过"同一战阵中的伙伴还会如此变化""有的高升,有的退隐,有的前进"而彷徨徘徊,但毕竟还在搏斗。自己的心中曾有过沸腾的热血和钢铁般的意志,燃起过斗争的烈火和以牙还牙、以血还血、以毒还毒的复仇心愿,也曾为之付出艰苦的努力,如辛亥革命、新文化运动、女师大风潮,可理想与现实相去甚远。军阀们还在肆虐,革命青年们却在高压下喘息乃至流血,一切努力都似乎没有得到预期的效果——"忽而这些都空虚了"。因而自己也曾"有时故意地填以没奈何的自欺的希望"。

就"希望"问题,鲁迅曾多次发表自己的看法并在文学作品中加以表现。"希望"是什么?早在1921年1月创作的人们非常熟悉的小说《故乡》中,鲁迅就曾作过精辟的阐述:"我想,希望是本无所谓有,无所谓无的。这正如地上的路;其实地上本没有路,走的人多了,也便成了路。"即"希望"不是虚无缥缈的用来麻醉自己的精神麻醉剂,那样的"希望"对于人们毫无作用,它不可能改变人们的现实处境。就像《阿Q正传》中阿Q的精神胜利法一样。阿Q被赵太爷打了,不准姓赵,并赔了地保二百文酒钱之后,用"现在的世界太不象话,儿子打老子……"的念头来宽慰自己,于是忽而想到威风的赵太爷现在是他的儿子了,而渐渐得意起来。不敢正视自己被压迫被奴役的地位,用虚假的胜利来麻醉自己,这是阿Q精神的实质。而处在被压迫被奴役地位时,不思变革,不作实际的努力,只以理想化的精神境界来欺骗自己,妄得精神的安慰与解脱,这就是鲁迅所说的"希望"的本质——"没奈何的自欺的"。

鲁迅也曾"抱着十多年前的'启蒙主义',以为必须是'为人生',而且要改良这人生"的态度,从事文学运动。他要"揭出病苦,引起疗救的注意"。这是他的崇高的理想和希望。也正如他自己所说:"希望,希望,用这希望的盾,抗拒那空虚中的暗夜的袭来",因而"陆续地耗尽了我的青春"。这对于周围的社会现实来说,可以说是一种冲击,它带来的改变是形成了"固在的青春":"星,月光,僵卧的蝴蝶,暗中的花,猫头鹰的不祥之言,杜鹃的啼血,笑的渺茫,爱的翔舞……。"星星,给黑暗的世界带来了点点的微光;月光虽然冷清,辉暗而有限,但它毕竟在黑暗中带来了亮色;蝴蝶,虽敌不过寒冷的压迫而僵坠,但它的花翅却使世界增添了色彩;暗中的花虽然显示不出美的形态和艳的颜色,但它终究说明世界中有美的存在;猫头鹰的叫声在传统的人们的眼里是不吉利、不祥和的,但它却向现实发出了令人警醒的预报;杜鹃的啼血虽然悲壮,却是精神力量之体现;笑虽然是隐隐约约的,不能放声,但它总是愉悦的表情;爱虽然并不凝重,还在四处翔舞,但它却是耗尽青春之所得,它将驱散冷漠与隔膜。这些都是鲁迅在"希望"驱使下所做努力得到的结果,鲁迅自己并不满足,因为他知道"盾后面也依然是空虚中的暗夜"。他的已经逝去了的青春换来的只是"悲凉漂渺"。

和现实生活中人们只祈求"希望"相比,鲁迅的自谦、自责是鲜明的。不过,他未放弃自己的努力,专去填以没奈何的自欺的希望。他只是将"希望"用作"盾",来抗拒暗夜。在这里,"希望"是他努力的工具,实际劳作的工具。也说明,鲁迅这里所说的"希望",与那种作为精神麻醉剂的希望还是有本质的区别的。

在《〈野草〉英文译本序》中，鲁迅曾对《希望》的主题做过简练的概括，他指出："又因为惊异于青年之消沉，作《希望》。"他也是不满于青年的消沉才作这篇散文诗的。不满意又如何呢？要给他们带来希望吗？非也。消沉指情绪低落，消极沉默，不奋斗不拼争，与消沉所联系的是绝望。鲁迅不希望青年们用虚幻的希望来麻醉自己，也不希望他们就此陷入绝望而自暴自弃，甘于沉沦不求上进。他向人们提出了疑问："然而现在何以如此寂寞？难道连身外的青春也都逝去，世上的青年也多衰老了么？"由于青年的消沉，连"悲凉漂渺的青春"也似乎不见了。怎么会如此寂寞呢？

在作品中，鲁迅引用了裴多菲的《希望》诗。借裴多菲的诗展示了东西方人们青春年少时都曾经抱有充满理想和幻想的希望，满怀希望，"希望"诱导人类为之倾倒，献出青春。到青春逝去，理想、幻想则随之消失。到老方知所作所为的是是非非，回顾历史才能了解为"希望"所付出的代价，劝人放弃"希望"。裴多菲是匈牙利爱国诗人，曾经为自己的理想——反对奥地利的压迫进行过斗争，他为了自己的祖国终于战死在疆场上。他是抱着绝望（因为他的祖国面对的是强大的沙皇俄国与奥国的联合）去抗争的，因此他没有令人麻醉的"希望"。他对"希望"有着十分清醒的认识，所以把"希望"比作"娼妓"。他认为，"希望"只是伴随青春而存在的并不成熟的人生理想，与现实有着较大的差距，而人们只会在失去青春后走向成熟才会认识到这一点。裴多菲的观点正与鲁迅相似，却与社会中大多数人相悖。鲁迅为他的死感到悲哀。然而他的诗歌的流传却被许多人指责，遭众人厌恶，因此，鲁迅以反语的方式表示了自己的赞叹："然而更可悲的是他的诗至今没有死。"真正"可悲"的是常人不能理解，他的诗却长存。他的诗一反常人的"希望"式思维，对"希望"作了否定。

裴多菲也不是绝望主义者，他经历过"希望"与"绝望"的心灵历程。他作着绝望的抗战,"桀骜英勇",但也渴望胜利,"终于对了暗夜止步,回顾着茫茫的东方",即:一反常态放弃了"只问耕耘,莫问收获"式的悲壮斗争的绝望,流露出"希望"光明的未来的神情。鲁迅早在1907年撰写的《摩罗诗力说》中就高度评介了裴多菲是"为爱而歌,为国而死",他的一生"亦至殊异,浪游变易,殆无宁时。"和拜伦、雪莱、普希金、莱蒙托夫等诗人一样,"刚健不挠,抱诚守真;不取媚于群,以随顺旧俗;发为雄声,以起其国人之新生,而大其国于天下"。鲁迅也同时赞叹他所作的文章因"时多过情,或为众忤",受人非难。

从自身的经历来看,鲁迅也并非只有"希望"与"韧的战斗"。本文的开头他就揭示了自己的绝望心态。他已放下了"希望之盾""来肉薄之空虚中的暗夜了"。这就是鲁迅的特有的思想方式:绝望的抗战。正如《墓碣文》中介绍死者的碣文中的一句:"于无所希望中得救。"抛弃虚幻的希望,脚踏实地地进行斗争,才是真正的出路所在,才有希望得救,这是鲁迅的一贯主张。

鲁迅曾回顾自己有过"绝望"。在《〈自选集〉自序》里,他就指出过自己"见过辛亥革命,见过二次革命,见过袁世凯称帝,张勋复辟,看来看去,就看得怀疑起来,于是失望,颓唐得很了"。"绝望"对于弱者来说,只会使人更消沉;而对于强者,它却成了磨炼意志的坎坷。"希望"和"绝望",都是人的身外机遇的条件反射。人的理想的实现、价值的体现,并不在于"绝望"还是"希望",因而,鲁迅曾说:"希望是附丽于存在的,有存在,便有希望"(《华盖集续编·记谈话》)。他强调的是脚踏实地的现实的努力。和"希望"相比,"绝望"会更使人清醒地面对现实。它不像"希望"会以虚假的美好的幻象,给人缥缈盲目的满足,从而销蚀人的战斗意志,"绝望"则让人不抱幻想,不存迷惘,正视现实,从一点一滴做起。

无论"希望"与"绝望",都只是一种"虚妄",就像裴多菲所说:

"绝望之为虚妄，正与希望相同。"他以一生的经验教训得出的总结便在于此：脱离现实斗争，"希望"和"绝望"都是虚无缥缈的不切实际的主观妄想。鲁迅正是在这一点与他产生了强烈的共鸣。换句话说，也就是人生的意义并不在于"希望"和"绝望"的本身，而在于这二者之外的实际的努力，也许它有时伴随着"希望"，有时伴随着"绝望"。

因此，鲁迅假设自己如果还在"希望"和"绝望"中纠缠不清的话，"倘使我还得偷生在不明不暗的这'虚妄'中"，他将重蹈青春时的覆辙，再去"寻求那逝去的悲凉漂渺的青春"。实际上，鲁迅在这里表示的是以对自己过去作为的不满："用希望的盾去抗拒那空虚中的暗夜的袭来"，可是盾的后面却"依然是空虚的暗夜"。这种抗拒的效果是可想而知的，不外乎是"悲凉漂渺"的现实。鲁迅刻意点明："但不妨在我的身外。"即：这样的事不该再在自己的身上重演了。鲁迅不愿再在"虚妄"中"偷生"，不再用"希望"和"绝望"来干扰自己，只要面对现实努力搏击。

在《〈坟〉题记》中，鲁迅对自己过去作品的态度表现得非常充分：十分矛盾的心情。他指出："这总算是生活的一部分的痕迹。所以虽然明知道过去已经过去，神魂是无法追蹑的，但总不能那么决绝，还想将糟粕收敛起来，造成一座小小的新坟，一面是埋藏，一面也是留恋。"站在新的时代以新的立场观点审视过去的一切，尤其是旧时的作品，逝去的行为，鲁迅视之为"糟粕"要加以埋藏，表现了他的进取观念，和严于律己勇于自剖的精神。正如在《希望》中，他把自己过去的斗争称为"用这希望的盾，抗拒那空虚中的暗夜的袭来，虽然盾后面也依然是空虚中的暗夜"，耗尽自己的青春所得来的是"身外的""悲凉漂渺的青春。"但是，鲁迅并未完全排斥它们，"总算是生活的一部分的痕迹"，"一面是埋藏，一面也是留恋"，它们毕竟有过自己的历史贡献。鲁迅对"身外的青春"依然带有"留恋"之情，虽然"悲凉漂渺"但它毕竟是"青春"。他虽然不愿再重蹈覆辙，再去追寻"悲凉漂渺"的"身外的青春",但又感到有"身外的青春"比起没有"身外的青春"要强。因此,他写道:"身外的青春倘一消灭,我身中的迟暮也即凋零了。"正因为有"身外的青春",他才感到可以在此基础上更进一步作韧性战斗,即使"悲凉漂渺",总还有"青春"的气息。倘连这一点都消灭了,人也就彻底地绝望了。

现实生活中,由于青年们的消沉,在他们的面前连悲凉漂渺的青春也没有。鲁迅痛感:"现在没有星和月光,没有僵坠的蝴蝶,以至笑的渺茫,爱的翔舞",可是,青年的却很"平安"。这里的"平安"不是平稳安全,而是平平淡淡,安分守己。不斗争、不拼搏,也就无危险。这是一种平安的苟活。鲁迅非常痛心的是连他要摒弃的"那逝去的悲凉漂渺的青春",在现实青年中也没有人去追寻,更毋庸说抛弃幻想,追求更大的光明了。因此,他悲愤地重复感叹:"我只得由我来肉薄这空虚中的暗夜了"。虽然自己已入迟暮,也许连"悲凉漂渺"的"身外的青春"也不一定再能出现,但他还是要"一掷我身中的迟暮",因为"我放下了希望之盾"。虽然在力量上,鲁迅自我感觉不如往日的活泼,充满闯劲,"充满血腥的歌声:血和铁,火焰和毒,恢复和报仇",似乎"青春"已陆续"耗尽",但在精神上他已进入一个崭新的世界,他已真切地认识到"绝望之为虚妄,正与希望相同"。他不抱任何幻想,也不消极悲观,他决心向暗夜展开"肉薄"。

面对现实中的青年的"平安",鲁迅也在发出强烈的质问:"现在何以如此寂寞?难道连身外的青春也都逝去,世上的青年也多衰老了么?"质问中,有他对这些"平安"的青年的谴责,也有他内心苦闷、疑惑的流露。像《这样的战士》中的战士走进了"无物之阵"那样,要"一掷我身中的迟暮"的"我",也竟至于失去了方向。在与封建旧传统旧习俗斗争的日子里,新文化统一战线的伙伴们目标明确,情形热烈,斗争如火如荼。可现实中,统一战线瓦解了,自己面对的也是一些高唱改革之歌,自称改革派的新人物,如"现代评论派"的胡适、陈西滢、梁实秋，"女师大风潮"的杨荫榆等。"这斗争的特点之一，就是它往往是隐蔽在'私人问题'之下进行的"（瞿秋白《〈鲁迅杂感选集〉序言》）。鲁迅深感斗争之复杂、艰难，他要"肉薄"，却感到不知暗夜在哪里，面前又"竟至于并且没有真的暗夜！"但不管怎样，他都要坚持斗争下去，既不绝望，也不怀抱虚幻的希望，永远脚踏实地。

《希望》是鲁迅思维观的独特性的具体体现，也是他韧性战斗精神的独特载体，是作为人类思想家的思维方式的真实写照。

雪

　　暖国的雨，向来没有变过冰冷的坚硬的灿烂的雪花。博识的人们觉得他单调，他自己也以为不幸否耶？江南的雪，可是滋润美艳之至了；那是还在隐约着的青春的消息，是极壮健的处子的皮肤。雪野中有血红的宝珠山茶，白中隐青的单瓣梅花，深黄的磬口的蜡梅花；雪下面还有冷绿的杂草。蝴蝶确乎没有；蜜蜂是否来采山茶花和梅花的蜜，我可记不真切了。但我的眼前仿佛看见冬花开在雪野中，有许多蜜蜂们忙碌地飞着，也听得他们嗡嗡地闹着。

　　孩子们呵着冻得通红，像紫芽姜一般的小手，七八个一齐来塑雪罗汉。因为不成功，谁的父亲也来帮忙了。罗汉就塑得比孩子们高得多，虽然不过是上小下大的一堆，终于分不清是壶卢还是罗汉；然而很洁白，很明艳，以自身的滋润相粘结，整个地闪闪地生光。孩子们用龙眼核给他做眼珠，又从谁的母亲的脂粉奁中偷得胭脂来涂在嘴唇上。这回确是一个大阿罗汉了。他也就目光灼灼地嘴唇通红地坐在雪地里。

　　第二天还有几个孩子来访问他；对了他拍手，点头，嘻笑。但他终于独自坐着了。晴天又来消释他的皮肤，寒夜又使他结一层冰，化作不透明的水晶模样；连续的晴天又使他成为不知道算什么，而嘴上的胭脂也褪尽了。

　　但是，朔方的雪花在纷飞之后，却永远如粉，如沙，他们决不粘连，撒在屋上，地上，枯草上，就是这样。屋上的雪是早已就有消化了的，因为屋里居人的火的温热。别的，在晴天之下，旋风忽来，便蓬勃地奋飞，在日光中灿灿地生光，如包藏火焰的大雾，旋转而且升腾，弥漫太空，使太空旋转而且升腾地闪烁。

在无边的旷野上，在凛冽的天宇下，闪闪地旋转升腾着的是雨的精魂……

是的，那是孤独的雪，是死掉的雨，是雨的精魂。

一九二五年一月十八日

解读

本文创作于1925年1月18日，发表于同年同月26日的《语丝》周刊第11期。这是一篇写景抒情的散文诗。它借对雪景的描述，抒写自己的人生情趣和感悟，展现了作者的思想情怀。

面对北方的寒冷而下着漫天大雪的天气，无边的旷野，凛冽的天宇，鲁迅不禁回想起江南——暖国的雪天。和北方冰冷的坚硬的灿烂的雪花相比，南方的雪绝不会这样。它和雨是同类，像自由流动的雨水，即使变了雪，也是"滋润相粘结"，人们可以用它来塑雪罗汉。因此，作者开首便单刀直入："暖国的雨，向来没有变过冰冷的坚硬的灿烂的雪花。"揭示出江南的雪与北方的雪的不同。这不同该如何评价呢？孰优孰劣？鲁迅以"博识的人们"的态度为参照物，提出了疑问。在"博识的人们"的眼里，北方的雨到雪，经历了物质形态的变化，由液态到了固态；而暖国的雪，滋润沾湿，相差不大，显得单调而缺少变化，"单调"就带有一定的贬义。那么，"他自己也以为不幸否耶？"鲁迅幽默地问暖国的雪：是否也因单调而感到不幸呢？实际上，他并不要暖国的雪来回答，因为那仅仅是按"博识的人们"的逻辑推导出来的。接下的部分，鲁迅以对江南的雪的由衷赞美，揭示出自己与"博识的人们"的截然不同的观点。由此可见,"博识"二字已具有某种程度的讽刺了。这讽刺当是来源于南、北的雪的象征意味了。江南的雪并非是不幸的。

鲁迅以"滋润美艳之至"来形容江南的雪。他描述了江南的雪的美:"那是还在隐约着的青春的消息,是极壮健的处子的皮肤"。即:它的滋润而不干瘪僵硬,充满着青春的活力;它的雪白犹如少男少女们的健康壮润的皮肤。不但如此,江南的雪的温润,使不少花草仍在雪野中繁衍生息。如"血红的宝珠山茶""白中隐青的单瓣梅花""深黄的磬口的蜡梅花",以及"冷绿的杂草",一派美的景色。虽然是深冬,却给人一种春意盎然的感觉。它让人仿佛见到了春之常景:蜜蜂们嗡嗡地忙碌着,正采着山茶花和梅花的蜜。鲁迅以先否定后可能的方式,连接两折的表述,表现出机智而隽永:"蝴蝶确乎没有,蜜蜂是否来采山茶花和梅花的蜜,我可记不真切了。但我的眼前仿佛看见冬花开在雪野中,有许多蜜蜂们忙碌地飞着,也听得他们嗡嗡地闹着。"虚虚实实,实中有虚,虚中有实,增添了文章的情趣与色彩,并不单调。

而真实的回忆倒是孩子们的塑雪罗汉。孩子们是可爱的,虽然"呵着冻得通红",小手像"紫芽姜一般",但他们却按照自己的意愿干着。在父亲的帮助下,他们终于堆成了壶卢般的罗汉,洁白、明艳,闪闪发光。他们用龙眼核做眼珠,以胭脂涂嘴唇,使雪罗汉真的"目光灼灼""嘴唇通红"。孩子们兴高采烈,拍手、点头、嘻笑。雪天使孩子们充满了活力。因为江南的雪"滋润粘结",易消解化释,又易凝固冰结,雪罗汉在晴天融化,而寒夜又穿上了冰衣,实际上也是在变化着的,并非单调。

北方的雪却不同,鲁迅在文章中写道:"朔方的雪花在纷飞之后,却永远如粉、如沙,他们决不粘连,撒在屋上、地上、枯草上,就是这样。"这是不同于江南雪的另一种形态:冰冷、坚硬、灿烂,漫天飞舞,旋转升腾。这里看不到花草树木的生机,看不到孩子们的天真活泼，只是一派阴冷肃杀，寒气彻骨。和"滋润美艳"的江南美景相比，简直是天壤之别。作者的褒贬之情，跃然纸上，与"博识的人们"形成了鲜明的对比。

自然景物之中，饱含了作者的情趣，也寄寓着深刻的含义。可以说，它是当时社会现实的真实写照。鲁迅身处北方军阀政府的严酷统治之下，早就如入寒冬。在同年编《热风》集时，他就在《题记》中写道："我却觉得周围的空气太寒冽了。"《热风》中的《为"俄国歌剧团"》一文，鲁迅也曾指出："有人初到北京来，不久便说：我似乎住在沙漠里了。是的，沙漠在这里。没有花，没有诗，没有光，没有热。没有艺术，而且没有趣味，而且至于没有好奇心。沉重的沙……"这是北京当时社会现实的另一种真实的写照。1925年年初，鲁迅兼职的女师大，学生们与校长杨荫榆的矛盾已越来越突出、尖锐，杨荫榆对学生的镇压越来越猖獗，大有"黑云压城城欲摧"之势。漫天飞舞着冰冷、坚硬的雪花，无边的旷野、凛冽的天宇，当是作者对政治形势的感同身受。

鲁迅指出，朔方的雪是冰冷、坚硬、如粉如沙。"他们决不粘连，撒在屋上、地上、枯草上。"这不啻是当时北方黑暗现实中人际关系的写真。在军阀的专制统治下，人人自危，导致了人与人的冷漠、隔膜，因而鲁迅称其为"孤独的雪"。和暖国的雨自由流动相比，它凝固、坚硬，失去了其活泼，因此鲁迅称其为"死去的雨"。这可借喻倍受黑暗现实压迫的社会底层的人们。他们外形似乎"死去"，但却并不会失去"雨"的本质。只要遇有江南式的暖国，他们终会融化，恢复原态——活泼自由。即使在阴冷的朔方也如此。鲁迅写到了"屋上的雪"，这是"早已就有消化了的"，原因在于"屋里居人的火的温热"。这些雪，在"温热"的"火"的影响下，不再冰冷、坚硬，而消化成了沾湿滋润的水。这大约是"决不粘连"的朔方的雪中的特别者，就如那些受进步思想影响的热血青年学生一样。他们所无畏惧，勇于进击，凭着自己燃烧着的胸中烈火，向封建军阀及其爪牙发起了猛烈的攻击。在他们的感召下，更多的青年觉醒了，虽然他们还在封建主义的魔掌下喘息、挣扎，但未来是他们的，他们正踏上战斗的征程。正如鲁迅在文中所写："别的，在晴天之下，旋风忽来，便蓬勃地奋飞，在日光中灿灿地生光，如包藏火焰的大雾，旋转而且升腾，弥漫太空，使太空旋转而且升腾地闪烁。"他由衷地赞美了"奋飞"的雪花，它们借助晴天的旋风，蓬勃地奋飞。它们凭着太阳的照射，灿灿地生光。他形象地描述了奋飞雪花的美："如包藏火焰的大雾，旋转而且升腾，弥漫太空"，他也指出奋飞雪花所造成的效应："使太空旋转而且升腾地闪烁"。不管是旷野无边，也不管天宇凛冽，奋飞的雪花仍然旋转而升腾。鲁迅赞叹它们是"雨的精魂"，虽然它们曾经"孤独"、曾经"死掉"。

这不禁让人想起，就在鲁迅写这篇作品的同一天，1925年1月18日，女师大学生自治会正召开全校学生的紧急会议，讨论驱逐杨荫榆。他们对杨荫榆的倒行逆施和镇压学生的政策，进行了愤怒的谴责。并在会上通过决议，从当天起，即不承认杨荫榆为女师大校长，正式开始了"驱羊运动"。对于所有女师大的进步师生来说，对于当时社会中的进步人士来说，这无疑是一个大的鼓舞。就像鲁迅在文中所描绘的雪花奋飞一样，"驱羊运动"使受压制的学生们群情激奋，战斗团结。无论反动势力怎样倚仗权势，残酷镇压，就像凛冽的天宇；也无论斗争需要多么长的时间，就像无边的旷野；他们决心斗争到底，不获胜利绝不收兵，就像奋飞的雪花旋转而且升腾，弥漫太空，终将会使太空也旋转而且升腾地闪烁。1925年1月18日，这是个值得纪念的日子。

从作品的文本来看，江南的雪是作为朔方的雪的反衬物的。朔方的雪既然是北方时局的象征，那么，江南的雪的内涵之一，当是作者的理想的象征。江南的雪天并非是十分严寒的，它倒能给人们带来自然的美感和愉悦的乐趣。它总是和"美""乐"联系在一起的。"美"和"乐"则是普遍的人们共同追求的理想。如果从时代背景来看，鲁迅用

"记得"的方式，赞誉了江南雪景。那么，江南的雪的内涵也应该喻指一年前的南方革命。和北方军阀处于对立状态的，是孙中山先生领导的国民革命。孙中山先生在中国共产党的支持和帮助下，于1924年1月在广州召开了"中国国民党第一次全国代表大会"。在会上，孙先生总结了历史经验和教训，改组国民党，提出了"联俄、联共、扶助农工"的三大政策，要求人们唤起民众，打倒帝国主义铲除封建军阀。国民党"一大"的召开，在中国现代史上具有重大意义。它标志着国共合作的正式建立和中国各阶级革命统一战线的形成。它将给中国人民带来光明。新的革命高潮将产生。中国人无不欢欣鼓舞，鲁迅也不例外。可是，1924年冬，粤系军阀陈炯明在帝国主义的支持下，乘孙中山先生北上的机会，发起了对广州的进攻，企图推翻广东国民革命政府。一时间，革命的好形势顿时进入了紧张时期。鲁迅写这篇作品时，正处在这紧张时期中。他以"记得"江南的雪的美景表达自己对南方革命的留恋、赞美，亦是顺理成章的。

陈炯明的被击溃，是1925年2月以后。广州革命政府在中国共产党的支持下，开始了第一次东征。消灭陈炯明的大部分反动力量，同时打败滇系军阀杨希闵、桂系军阀刘震寰，就是这次东征的主要成果。不过，那已不是鲁迅创作这篇作品所能预知的了。

风筝

　　北京的冬季，地上还有积雪，灰黑色的秃树枝丫叉于晴朗的天空中，而远处有一二风筝浮动，在我是一种惊异和悲哀。

　　故乡的风筝时节，是春二月，倘听到沙沙的风轮声，仰头便能看见一个淡墨色的蟹风筝或嫩蓝色的蜈蚣风筝。还有寂寞的瓦片风筝，没有风轮，又放得很低，伶仃地显出憔悴可怜模样。但此时地上的杨柳已经发芽，早的山桃也多吐蕾，和孩子们的天上的点缀相照应，打成一片春日的温和。我现在在哪里呢？四面都还是严冬的肃杀，而久经诀别的故乡的久经逝去的春天，却就在这天空中荡漾了。

　　但我是向来不爱放风筝的，不但不爱，并且嫌恶他，因为我以为这是没出息孩子所做的玩艺。和我相反的是我的小兄弟，他那时大概十岁内外罢，多病，瘦得不堪，然而最喜欢风筝，自己买不起，我又不许放，他只得张着小嘴，呆看着空中出神，有时至于小半日。远处的蟹风筝突然落下来了，他惊呼；两个瓦片风筝的缠绕解开了，他高兴得跳跃。他的这些，在我看来都是笑柄，可鄙的。

　　有一天，我忽然想起，似乎多日不很看见他了，但记得曾见他在后园拾枯竹。我恍然大悟似的，便跑向少有人去的一间堆积杂物的小屋去，推开门，果然就在尘封的什物堆中发现了他。他向着大方凳，坐着小凳上；便很惊惶地站了起来，失了色瑟缩着。大方凳旁靠着一个蝴蝶风筝的竹骨，还没有糊上纸，凳上是一对做眼睛用的小风轮，正用红纸条装饰着，将要完工了。我在破获秘密的满足中，又很愤怒他的瞒了我的眼睛，这样苦心孤诣地来偷做没出息孩子的玩艺。我即刻伸手折断了蝴蝶的一支翅骨，又将风轮掷在地上，踏扁了。论长幼，论力气，他是都敌不过我的，我当然得到完全的胜利，于是傲然走出，留他绝望地站在小屋里。后来他怎样，我不知道，也没有留心。

然而我的惩罚终于轮到了，在我们离别得很久之后，我已经是中年。我不幸偶而看了一本外国的讲论儿童的书，才知道游戏是儿童最正当的行为，玩具是儿童的天使。于是二十年来毫不忆及的幼小时候对于精神的虐杀的这一幕，忽地在眼前展开，而我的心也仿佛同时变了铅块，很重很重的堕下去了。

但心又不竟堕下去而至于断绝，他只是很重很重地堕着，堕着。

我也知道补过的方法的：送他风筝，赞成他放，劝他放，我和他一同放。我们嚷着，跑着，笑着。——然而他其时已经和我一样，早已有了胡子了。

我也知道还有一个补过的方法的：去讨他的宽恕，等他说，"我可是毫不怪你呵。"那么，我的心一定就轻松了，这确是一个可行的方法。有一回，我们会面的时候，是脸上都已添刻许多"生"的辛苦的条纹，而我的心很沉重。我们渐渐谈起儿时的旧事来，我便叙述到这一节，自说少年时代的胡涂。"我可是毫不怪你呵。"我想，他要说了，我即刻便受了宽恕，我的心从此也宽松了罢。

"有过这样的事么？"他惊异地笑着说，就像旁听着别人的故事一样。他什么也不记得了。

全然忘却，毫无怨恨，又有什么宽恕之可言呢？无怨的恕，说谎罢了。

我还能希求什么呢？我的心只得沉重着。

现在，故乡的春天又在这异地的空中了，既给我久经逝去的儿时的回忆，而一并也带着无可把握的悲哀。我倒不如躲到肃杀的严冬中去罢，——但是，四面又明明是严冬，正给我非常的寒威和冷气。

一九二五年一月二十四日

解读

《风筝》创作于1925年1月24日，发表于同年2月2日的《语丝》周刊第12期。这是一篇以"风筝"为题材的自我解剖、自我批判性的作品。

在鲁迅的小说作品中，有许多代表封建势力的人物，他们或充当压迫人的打手，如赵太爷、丁举人、七大人；或道貌岸然，实际却满肚子男盗女娼，如四铭、高尔础、鲁四老爷。还有一些人表面上知书达礼，受过传统文化的教育，却身受封建旧礼教的毒害。虽身处社会底层，受尽蹂躏，但他们却捧着封建礼教的衣钵，站在封建主义的立场上，用旧式的眼光、手段去应付周围的一切，有的甚至成了封建势力的帮凶，如方玄绰、沛君。《野草》中也有，像《立论》中的教师、《聪明人和傻子和奴才》中的聪明人均属此类。而《风筝》中的"我"，则是最具代表性的一个。

鲁迅在《风筝》中以极严肃的自剖精神，记叙了自己人生道路上曾经有过的一回"精神的虐杀"的事情，即围绕放风筝发生的一件事。

那是二十年前自己少年时的事。鲁迅是"向来不爱放风筝的，不但不爱，并且嫌恶他"，因为他以为"这是没出息孩子所做的玩艺"。可是，他的小兄弟却与此相反，最喜欢风筝。作品用真实的细节描述了弟弟爱看放风筝的乐趣："远处的蟹风筝突然落下来了，他惊呼；两个瓦片风筝的缠绕解开了，他高兴得跳跃。"可鲁迅也以真实的细节揭示了弟弟这个家庭的弱者，受到严重的压抑的情景："他那时大概十岁内外罢，多病，瘦弱不堪"，"自己买不起，我又不许放，他只得张着小嘴，呆看着空中出神"。在"三纲五常"的封建礼教面前，"长幼有序"是不可违背的，弟弟只能受到兄长的欺压而决无反抗的力量。弟弟的软弱表现在他偷偷地自己做风筝：他的正当的爱好、理想，在环境的压迫下，只能偷偷地去实现。他躲在一间堆积杂物的小屋里，在尘封的什物堆中，用竹子做了一个蝴蝶风筝的骨架，还有一对用红纸条装饰着做风筝眼睛的小风轮。这本来已是够可怜的了，却不料被当哥哥的鲁迅发现。鲁迅终于手折脚踏，把弟弟心爱的风筝折断了、踏扁了，然后扬长而去。哥哥的"傲然"，弟弟的"绝望"，形成鲜明的对比。当年的不谙世事的鲁迅，对自己的恶作剧居然感到骄傲。至于弟弟怎样伤心、怎样绝望，他是不放在心上的。直到成年之后，他从书上得知"游戏是儿童最正当的行为，玩具是儿童的天使"，回想自己毁坏风筝就是毁坏儿童最正当的行为，毁坏风筝就是虐杀儿童的天使时，他才醒悟：自己是在对弟弟进行残酷的"精神的虐杀"。实质上，他就是旧的传统礼教的代表。在他身上，有着传统的正统观念：孩子们有出息应当唯唯诺诺、循规蹈矩，玩耍就是不正当行为，浪费时间。"万般皆下品，唯有读书高"是那时人们认定的真理。因此，在他眼里，弟弟喜欢玩风筝，看风筝，就是没出息、可鄙。他不理解儿童的心理，粗暴干涉儿童的正当行为，可以说是在戕害儿童的天性。

　　只有鲁迅能如此彻底地向世人坦露自己的过失和弱点，只有鲁迅能如此无情地在读者面前批判自己的旧思想、旧意识。正像他在《写在〈坟〉后面》里所说："我的的确确时时解剖别人，然而更多的是更无情面地解剖我自己。"《风筝》即是一例。不仅如此，他以自己心"仿佛同时变了铅块，很重很重的堕下去"，来喻比自己的忏悔心理。他采取过行动来"补过"，给弟弟送风筝，赞成他放风筝，劝他放风筝，并和弟弟一起放。这显示了作为知识分子的鲁迅的"知错就改"的精神。但已经造成的过失，是无论如何也无法再重来的："然而他其时已经和我一样，早已有了胡子了。"事过境迁，少儿时过错老来补，实际是办不到的。这样的补过方式，给人带来的不过是一种深深的酸楚。虽然也"嚷着、跑着、笑着"，但这时"已有了胡子"的兄弟，早已失却儿时的天真烂漫，和儿时的把放筝作为自己的爱好、乐趣，乃至理想、宗教相比较，这时的他们，放风筝只是一时的娱乐，生活的一种暂时的调侃，可有可无罢了。同样是放风筝，实际上是两码事，这就是鲁迅写自己并不因此而感到轻松的原因。他的沉重的心，并不因此而得到缓解。

行为的补偿无法弥补儿时的过失，鲁迅把希望寄托在心理的补偿上。他希望以自己的坦诚、认错，得到弟弟的宽恕。只有得到弟弟的"我可是毫不怪你呵"的原谅的安慰，自己才会真正感到轻松，得到解脱。可是，在鲁迅一方的耿耿于怀的放风筝的事情——"对于精神的虐杀"，在弟弟的一方却早已忘却——"有过这样的事么？"于是，面对弟弟的"就像旁听着别人的故事一样""惊异地笑着"，鲁迅发出了自己的感慨："我还能希求什么呢？"他这时的感情是复杂的：一方面他期待着弟弟对他当年"对于精神的虐杀"的宽恕而得不到，心中的创伤不能够弥补而沉重；一方面他又对弟弟遭受到"精神的虐杀"却无动于衷，无怨恨，无记忆，深感无望而沉重。他写道："全然忘却，毫无怨恨，又有什么宽恕之可言呢？"失望与失落交织，在这反问之中表现得淋漓尽致。于是他不无调侃和自嘲地说："无怨的怨，说谎罢了。"弟弟早已不记得风筝之事，根本不存在对哥哥的怨恨，现在请求他宽恕，岂不是自己在说谎吗？为什么要这样"说谎"呢？自己究竟想得到什么呢？鲁迅在文中所说："我还能希求什么呢？我的心只得沉重着"，其内涵是深远的。

其一，作品以风筝事件揭露旧礼教（家族制度庇护下的兄长）对弱小无助的精神虐杀，剖析自己受旧礼教的毒害充当其代表人物戕害弟弟儿童天性的行为，并由此而生的悔恨和悲哀。其二，作者以自己期待弟弟的宽恕、原谅，却反遭弟弟的全然忘却的惊笑，抒写自己对弟弟的复杂感情：既歉疚又痛惜，对自己的过错而歉疚，为弟弟的不幸不争而痛惜。

鲁迅不顾惜自己的形象，不采取"瞒"和"骗"的手法，敢于直截了当地揭出自己的伤疤，表现了一个唯物主义者的无私无畏。同时，和其他的作品一样，他从未忘却对封建主义的批判。在记述风筝事件之前，为了引出回忆，鲁迅在文首写了于冬季的北京（地上还有积雪，树枝丫叉已光秃成灰黑色）偶见"远处有一二风筝浮动"，与家乡放风筝时节"春二月"的"一片春日的温和"形成了强烈的对比。他写道："我现在在哪里呢？四面都还是严冬的肃杀，而久经诀别的故乡的久经逝去的春天，却就在这天空中荡漾了。"这自然环境的描写，实际上是社会环境的写照。就像鲁迅曾把北京比做"沙漠"："有人初到北京来，不久便说：我似乎住在沙漠了。是的，沙漠在这里。没有花，没有诗，没有光，没有热。没有艺术，没有趣味，而且至于没有好奇心。沉重的沙……"（《为"俄国歌剧团"》）。军阀专制统治下的北京，也和季节中的严冬一样，寒风凛冽。正是这严冬时的放飞风筝，引起了我的惊异——家乡是在春季；正是这严冬时的放风筝，勾起了对往事的回忆，触及了自己内心深处的创痛，导致了我的悲哀——我在风筝事件中曾对弟弟的"精神的虐杀"。因此，作品由见到放飞风筝起始，又到不愿再见放风筝结束：按家乡的放飞风筝规律，应在春日，我则情愿"躲到肃杀的严冬中去"。不愿再见故乡的春日，不愿再想故乡的春日，因为它只能带来"久经逝去的儿时的回忆"，带来"无可把握的悲哀"。然而，作品最后一转折：自己"倒不如躲到肃杀的严冬中去"，但"四面又明明是严冬，正给我非常的寒威和冷气"。很显然，作者要躲进的"肃杀的严冬"，是自然的冬季，因为他可借此逃避对风筝的记忆、自责；而四周的"明明是严冬"，是社会的黑暗专制统治，它正以"非常的寒威和冷气"在虐杀着人们，这是作者所深恶痛绝的。

值得一提的是，在儿时的"风筝"事件中对弟弟的"精神的虐杀"，鲁迅一直是难以忘怀的。早在1919年8、9月，他就曾以《自言自语》为题发表了一组小品，其中的第7篇《我的兄弟》，写的也正是这事。只是那时，鲁迅只作了简单的叙述，抒写了自己请求原谅的心情，与《风筝》相比，无论内容或文字，都要肤浅多了。

好的故事

灯火渐渐地缩小了,在预告石油的已经不多;石油又不是老牌,早熏得灯罩很昏暗。鞭爆的繁响在四近,烟草的烟雾在身边:是昏沉的夜。

我闭了眼睛,向后一仰,靠在椅背上;捏着《初学记》的手搁在膝髁上。

我在朦胧中,看见一个好的故事。

这故事很美丽,幽雅,有趣。许多美的人和美的事,错综起来像一天云锦,而且万颗奔星似的飞动着,同时又展开去,以至于无穷。

我仿佛记得曾坐小船经过山阴道,两岸边的乌桕,新禾,野花,鸡,狗,丛树和枯树,茅屋,塔,伽蓝,农夫和村妇,村女,晒着的衣裳,和尚,蓑笠,天,云,竹……都倒影在澄碧的小河中,随着每一打桨,各各夹带了闪烁的日光,并水里的萍藻游鱼,一同荡漾。诸影诸物,无不解散,而且摇动,扩大,互相融和;刚一融和,却又退缩,复近于原形。边缘都参差如夏云头,镶着日光,发出水银色焰。凡是我所经过的河,都是如此。

现在我所见的故事也如此。水中的青天的底子,一切事物统在上面交错,织成一篇,永是生动,永是展开,我看不见这一篇的结束。

河边枯柳树下的几株瘦削的一丈红,该是村女种的罢。大红花和斑红花,都在水里面浮动,忽而碎散,拉长了,缕缕的胭脂水,然而没有晕。茅屋,狗,塔,村女,云,……也都浮动着。大红花一朵朵全被拉长了,这时是泼剌奔迸的红锦带。带织入狗中,狗织入白云中,白云织入村女中……。在一瞬间,他们又将退缩了。但斑红花影也已碎散,伸长,就要织进塔,村女,狗,茅屋,云里去。

现在我所见的故事清楚起来了,美丽,幽雅,有趣,而且分明。青天上面,有无数美的人和美的事,我一一看见,一一知道。

我就要凝视他们……。

我正要凝视他们时,骤然一惊,睁开眼,云锦也已皱蹙,凌乱,仿佛有谁掷一块大石下河水中,水波陡然起立,将整篇的影子撕成片片了。我无意识地赶忙捏住几乎坠地的《初学记》,眼前还剩着几点虹霓色的碎影。

我真爱这一篇好的故事,趁碎影还在,我要追回他,完成他,留下他。我抛了书,欠身伸手去取笔,——何尝有一丝碎影,只见但我总记得见过这一篇好的故事,在昏沉的夜……。

一九二五年二月二十四日

解读

《好的故事》文末的创作时间为1925年2月24日,但《鲁迅日记》中1925年1月28日的日记中有"作《野草》一篇"的记载。从这篇作品刊载于《语丝》周刊第13期的日期:1925年2月9日看,文末的时间显然有误。此前一篇《风筝》作于1925年1月24日,此后的一篇《过客》作于1925年3月2日,因此,日记中所记的日期,应当是本文的正确日期。这一天当是旧历正月初五,是传统习俗中"迎财神"的日子。

与《秋夜》《雪》等作品相似,《好的故事》是一篇描写自然,以景寓情,象征寄托式的作品。略有不同的,是作者有意识地把它构筑在一个昏夜的梦境中。

日有所思，夜有所梦。人的思想意识在社会环境中必然受到各种因素的影响和制约，人的本能的欲望在社会环境中必然受到人的理性的压抑。因而，梦便成了人们泄漏自己的隐秘灵魂的最好方式，梦境便是人们自由驰骋自我本能欲念的场所。《好的故事》便是一个梦：美的人和美的事。应该说这是作者在现实社会生活中无法得到的，只能在梦中企求人生的理想境界。

现实生活的图景，鲁迅没有作过细的描述，只是用了"灯火""鞭爆""烟雾"三个事物作代表。其一，"灯火渐渐地缩小了，在预告石油的已经不多；石油又不是老牌，早熏得灯罩很昏暗。"光的渐暗，能源贮存的不足，假冒伪劣的横行，——现实生活的昏沉的主要原因：客观物质存在所决定的。其二，"鞭爆的繁响在四近"，声音的干扰，旧的习俗的延续，——现实生活的昏沉的重要原因，社会历史的沿袭造成的。其三，烟草的烟雾在身边，自我主观的闷烦与困扰，抽烟解忧祛乏，——也是昏沉的一面。在昏沉的夜里，还要读那摘录六经诸子百家之言的令人头痛的《初学记》。于是，自然而梦了。

与昏沉的夜相对的是梦中的清新而令人喜悦的"美的人和美的事"。这"好的故事"由实和虚两个方面构成。一是"实"，作者曾经生活过的故乡的美丽的村野——那风景优美的山阴道："两岸边的乌桕，新禾，野花，鸡，狗，丛树和枯树，茅屋，塔，伽蓝，农夫和村妇，村女，晒着的衣裳，和尚，蓑笠，天，云，竹，……。"在作者的记忆中，不仅有充满泥土气息的乡村人物、乡村生活，而且有超脱尘世的庙里修炼的僧侣，这一切构成了凝固的优美、憩静的自然环境，充满着诗情画意。作者还描绘了这些美景倒映河中的情形："都倒影在澄碧的小河中，随着每一打桨，各各夹带了闪烁的日光，并水里的萍藻游鱼，一同荡漾。"景物伴着日光、萍藻、游鱼，由静到动，向四方荡漾开去，令人心花怒放。而且最终发生了变化："诸影诸物，无不解散，而且摇动，扩大，互相融和；刚一融和，却又退缩，复近于原形。边缘都参差如夏云头，镶着日光，发出水银色焰。"这时的景物不仅美，而且透着光明。这正好应了作者在前文中所概括的："这故事很美丽，幽雅，有趣。许多美的人和美的事，错综起来像一天云锦，而且万颗奔星似的飞动着，同时又展开去，以至于无穷。"另一则是"虚"，即梦境中所见。除去与山阴道中见到的实景相同的以外，梦中景物突出的是"一丈红""大红化""斑红花"。其红色浮动在水面，"忽而碎散""拉长"，形成了"缕缕的胭脂水"，使自己记忆中的乡村美景，又增添一层浓浓的梦幻的色彩。虽然盾后面也依然是空虚中的暗夜。《好的故事》正表现了这样的事实：梦中的"美的人和美的事"，就是作者的希望之盾，是他用来抗拒"昏沉的夜"的武器，然而他也知道，这希望之盾的后面依然是空虚中的暗夜，即本文中的"昏沉的夜"。如果说《希望》偏重于论述，那么，《好的故事》则将其论述的内容寄寓在鲜明生动的形象之中。

在《希望》里，鲁迅表达了自己的意志和愿望："我只得由我来肉薄这空虚中的暗夜了。我放下了希望之盾。"在《好的故事》中，他也同样表现了相类似的情感："我真爱这一篇好的故事，趁碎影还在，我要追回他，完成他，留下他。"作者连用了三个具体动作"追回""完成""留下"，来说明自己对"好的故事""美的人和美的事"的基本态度。这正如鲁迅在《华盖集续编·记谈话》中指出的："希望是附丽于存在的，有存在，便有希望。"他主张的是实实在在的埋头苦干。面对现实，不到梦中去寻求理想，而是投身于社会变革的实践，"摆脱冷气，只是向上走，不必听自暴自弃者流的话。能做事的做事，能发声的发声"（《热风·随感录·四十一》）。"追回""完成""留下"，就是脚踏实地的奋斗。只有斗争，才能真正推翻黑暗的封建专制，才能把美好的梦境变成现实。

当然，我们也看到了鲁迅在憧憬着"美的人和美的事"的同时，也流露出相当程度的怅惘和失望。梦前的昏暗的灯光、繁响的鞭炮、充满烟雾的烟草，构成了昏暗的夜，梦后也是"何尝有一丝碎影，只见昏暗的灯光",仍旧是"昏暗的夜"。理想的境界与黑暗的现实形成了强烈的反差,理想与现实之间的矛盾、距离,在作品中表现得非常的充分。

在正月初五的大年喜庆日子里,鲁迅却反其道而行之,一反旧的喜庆习俗和气氛,正视"昏暗的夜"的现实,抒写自己的忧郁与苦闷,这与当时的时代背景是不无联系的。1924年10月,冯玉祥将军发动了"北京政变",推翻了直系军阀曹锟、吴佩孚的统治,并下令驱逐清朝末代皇帝溥仪出故宫。一时间受到了各界人士的欢迎。11月,中国共产党也发表宣言,主张召开国民会议,成立临时国民政府。同时,孙中山先生也由广州启程北上抵京,也主张召开国民议会,并提出释放政治犯,保障人民的自由,以谋求中国的统一。对外取消不平等条约,对内解除军阀的武装。这一系列的事实,曾引起了许多人的欢欣雀跃,他们热烈地掀起了一场国民议会运动。以为"好的故事""美的人和美的事"应当是不久的将来的事。当时,运动声势浩大,数以百计的人民团体纷纷发表宣言、通电,形成了风起云涌之势。其规模之大,参加群众之广泛,在中国现代史上可以说是空前的。鲁迅在作品中所写的美的梦境,不能不与此有着一定的联系。由孙中山先生先在南方广州建立革命政府,并攻克两广,又准备北伐,这如火如荼的斗争烈火已经烧到北京,乃至全国。鲁迅梦境中的江南山阴道的美景,不但自身"美丽,幽雅,有趣","许多美的人和美的事,错综起来像一天云锦",而且在"万颗奔星似的飞动着,同时又展开去,以至于无穷"。这与现实中作者所见何其相似!虽然鲁迅未曾对此作明确的表白,但从创作时间看,从创作背景看,不能不肯定它们之间应有一定的联系。

但是,鲁迅对时局的认识不是肤浅的,他不会被表面现象所迷惑。就像1927年蒋介石发动"四·一二"反革命政变,疯狂屠杀革命者及进步人士的前两天(4月10日),鲁迅作了《庆祝沪宁克复的那一边》。在欢庆北伐胜利的凯歌声中,他敏锐地觉察到其中正潜伏着新的危机。

他提醒人们:"最后的胜利,不在高兴的人们的多少,而在永远进击的人们的多少","庆祝,讴歌,陶醉着革命的人们多,好自然是好的,但有时也会使革命精神转成浮滑","革命的精神反而会从浮滑,稀薄,以至于消亡,再下去是复旧"。在人们陶醉在胜利中时,他却用"几句出轨的话"来扫大家的兴。用鲁迅自己的话即以"这些杂乱无章的话献给在广州的革命民众"。历史证明,事实不幸被鲁迅所言中,大屠杀在两日后发生,广州则是"四·一五"大屠杀。而1925年1月的中国,并不因为国民议会运动轰轰烈烈,就前程似锦,光辉灿烂。老奸巨猾的临时执政府"总执政"皖系军阀段祺瑞,正处心积虑地抵制国民议会运动,他正阴谋酝酿召开所谓"善后会议",与国民议会运动相对抗。而正是在这时,革命先驱者孙中山先生因患肝癌,1月26日割治无效,生命垂危。革命的路程还非常漫长。这就是鲁迅先生并未被"梦境"所惑,而清醒地以"昏沉的夜"来象征社会现实的原因。

过客

时：
或一日的黄昏。
地：
或一处。
人：
老翁——约七十岁，白须发，黑长袍。
女孩——约十岁，紫发，乌眼珠，白地黑方格长衫。
过客——约三四十岁，状态困顿倔强，眼光阴沉，黑须，乱发，黑色短衣裤皆破碎，赤足著破鞋，脚下挂一个口袋，支着等身的竹杖。

东，是几株杂树和瓦砾；西，是荒凉破败的丛葬；其间有一条似路非路的痕迹。一间小土屋向这痕迹开着一扇门；门侧有一段枯树根。

（女孩正要将坐在树根上的老翁挽起。）
翁——孩子。喂，孩子！怎么不动了呢？
孩——（向东望着，）有谁走来了，看一看罢。
翁——不用看他。扶我进去罢。太阳要下去了。
孩——我，——看一看。
翁——唉，你这孩子！天天看见天，看见土，看见风，还不够好看么？什么也不比这些好看。你偏是要看谁。太阳下去时候出现的东西,不会给你什么好处的。……还是进去罢。

孩——可是,已经近来了。阿阿,是一个乞丐。

翁——乞丐?不见得罢。

(过客从东面的杂树间跄踉走出,暂时踌躇之后,慢慢地走近老翁去。)

客——老丈,你晚上好?

翁——阿,好!托福。你好?

客——老丈,我实在冒昧,我想在你那里讨一杯水喝。我走得渴极了。这地方又没有一个池塘,一个水洼。

翁——唔,可以可以。你请坐罢。(向女孩)孩子,你拿水来,杯子要洗干净。

翁——客官,你请坐。你是怎么称呼的。

客——称呼?——我不知道。从我还能记得的时候起,我就只一个人。我不知道我本来叫什么。我一路走,有时人们也随便称呼我,各式各样地,我也记不清楚了,况且相同的称呼也没有听到过第二回。

翁——阿阿。那么,你是从那里来的呢?

客——(略略迟疑,)我不知道。从我还能记得的时候起,我就在这么走。

翁——对了。那么,我可以问你到那里去么?

客——自然可以。——但是,我不知道。从我还能记得的时候起,我就在这么走,要走到一个地方去,这地方就在前面。我单记得走了许多路,现在来到这里了。我接着就要走向那边去,(西指,)前面!

(女孩小心地捧出一个木杯来,递去。)

客——(接杯,)多谢,姑娘。(将水两口喝尽,还杯,)多谢,姑娘。这真是少有的好意。我真不知道应该怎样感激!

翁——不要这么感激。这于你是没有好处的。

客——是的，这于我没有好处。可是我现在很恢复了些力气了。我就要前去。老丈，你大约是久住在这里的，你可知道前面是怎么一个所在么？

翁——前面？前面，是坟。

客——（诧异地，）坟？

孩——不，不，不的。那里有许多许多野百合，野蔷薇，我常常去玩，去看他们的。

客——（西顾，仿佛微笑，）不错。那些地方有许多许多野百合，野蔷薇，我也常常去玩过，去看过的。但是，那是坟。（向老翁，）老丈，走完了那坟地之后呢？

翁——走完之后？那我可不知道。我没有走过。

客——不知道?!

孩——我也不知道。

翁——我单知道南边；北边；东边，你的来路。那是我最熟悉的地方，也许倒是于你们最好的地方。你莫怪我多嘴，据我看来，你已经这么劳顿了，还不如回转去，因为你前去也料不定可能走完。

客——料不定可能走完?……（沉思，忽然惊起，）那不行！我只得走。回到那里去，就没一处没有名目，没一处没有地主，没一处没有驱逐和牢笼，没一处没有皮面的笑容，没一处没有眶外的眼泪。我憎恶他们，我不回转去！

翁——那也不然。你也会遇见心底的眼泪，为你的悲哀。

客——不。我不愿看见他们心底的眼泪，不要他们为我的悲哀！

翁——那么，你，（摇头，）你只得走了。

客——是的，我只得走了。况且还有声音常在前面催促我，叫唤我，使我息不下。可恨的是我的脚早经走破了，有许多伤，流了许多血。（举起一只给老人看，）因此，我的血不够了；我要喝些血。但血在那里呢？可是我也不愿意喝无论谁的血。我只得喝些水，来补充我的血。一路上总有水,我倒也并不感到什么不足。只是我的力气太稀薄了,血里面太多了水的缘故罢。今天连一个小水洼也遇不到,也就是少走了路的缘故罢。

翁——那也未必。太阳下去了,我想,还不如休息一会的好罢,像我似的。

客——但是,那前面的声音叫我走。

翁——我知道。

客——你知道?你知道那声音么?

翁——是的,他似乎曾经也叫过我。

客——那也就是现在叫我的声音么?

翁——那我可不知道。他也就是叫过几声,我不理他,他也就不叫了,我也就记不清楚了。

客——唉唉,不理他……。(沉思,忽然吃惊,倾听着,)不行!我还是走的好。我息不下。可恨我的脚早经走破了。(准备走路。)

孩——给你!(递给一片布,)裹上你的伤去。

客——多谢,(接取,)姑娘。这真是……。这真是极少有的好意。这能使我可以走更多的路。(就断砖坐下,要将布缠在踝上,)但是,不行!(竭力站起,)姑娘,还了你罢,还是裹不下。况且这太多的好意,我没法感激。

翁——你不要这么感激,这于你没有好处。

客——是的,这于我没有什么好处。但在我,这布施是最上的东西了。你看,我全身上可有这样的。

翁——你不要当真就是。

客——是的。但是我不能。我怕我会这样:倘使我得到了谁的布施,我就要像兀鹰看见死尸一样,在四近徘徊,祝愿她的灭亡,给我亲自看见;或者咒诅她以外的一切全都灭亡,连我自己,因为我就应该得到咒诅。但是我还没有这样的力量;即使有这力量,我也不愿意她有这样的境遇,因为她们大概总不愿意有这样的境遇。我想,这最稳当。(向女孩,)姑娘,你这布片太好,可是太小一点了,还了你罢。

孩——(惊惧,退后,)我不要了!你带走!

客——(似笑,)哦哦,……因为我拿过了?

孩——(点头,指口袋,)你装在那里,去玩玩。

客——(颓唐地退后,)但这背在身上,怎么走呢?……

翁——你息不下,也就背不动。——休息一会,就没有什么了。

客——对咧,休息……。(默想,但忽然惊醒,倾听。)不,我不能!我还是走好。

翁——你总不愿意休息么?

客——我愿意休息。

翁——那么,你就休息一下罢。

客——但是,我不能……。

翁——你总还是觉得走好么?

客——是的。还是走好。

翁——那么,你也还是走好罢。

客——(将腰一伸,)好,我告别了。我很感谢你们。(向着女孩,)姑娘,这还你,请你收回去。

(女孩惊惧,敛手,要躲进土屋里去。)

翁——你带去罢。要是太重了,可以随时抛在坟地里面的。

孩——(走向前,)阿阿,那不行!

客——阿阿,那不行的。

翁——那么,你挂在野百合野蔷薇上就是了。

孩——(拍手,)哈哈!好!

客——哦哦……。

(极暂时中,沉默。)

翁——那么，再见了。祝你平安。（站起，向女孩，）孩子，扶我进去罢。你看，太阳早已下去了。（转身向门。）

客——多谢你们。祝你们平安。（徘徊、沉思，忽然吃惊，）然而我不能！我只得走。我还是走好罢……。（即刻昂了头，奋然向西走去。）

（女孩扶老人走进土屋，随即阖了门。过客向野里跄踉地闯进去，夜色跟在他后面。）

一九二五年三月二日

解读

《过客》创作于1925年3月2日，发表于同年3月9日的《语丝》周刊第17期。这是《野草》中唯一的一篇以戏剧模式撰写的散文诗。

在形式上表现为崭新的散文诗剧样式的《过客》，向我们述说了一个简单的故事：一位过路的客人，在匆匆地赶路前行。由于饥渴，来到了一户人家屋前，讨水喝并问路。土屋只有一位老翁和一个小女孩。老翁告诉他前面无路，只有坟，希望他从此回转去，好好歇息，不要过于劳顿。小女孩则告诉他前面有许多野百合、野蔷薇。但坟的前面是什么，他们二人都不知道。这位过客决心朝前走去，在喝了水，接了小女孩赠送的小布条后，义无反顾，奋然西行，无论前路是什么。

作为戏的形式，散文诗剧为我们塑造了三个不同特色的人物性格。作品的标题为《过客》，很显然，主要人物是那位过路的客人。在刻划过客的戏剧情节中，有几处是寓意深刻，发人深省的。其一，当老翁问起他的称呼时，他说："从我还能记得的时候起，我就只一个人，我不知道我本来叫什么。我一路走，有时人们也随便称呼我，各式各样地，我也记不清楚了，况且相同的称呼也没有听到过第二回。"这不禁令人深思。是人却又没有称谓，别人称呼他时却各式各样。他让人联想起鲁迅在《阿Q正传的成因》中所说:"谁能开首就料到人们的'大团圆'?不但对于阿Q,连我自己将来的'大团圆',我就料不到究竟是怎样。终于是'学者',或'教授'乎?还是'学匪'或'学棍'呢?'官僚'乎,还是'刀笔吏'呢?'思想界之权威'乎,抑'思想界先驱者'乎,抑又'世故的老人'乎?'艺术家'?'战士'?抑又是客不怕麻烦的特别'亚拉籍夫'乎?乎?乎?乎?乎?"一连串的"乎",鲁迅点出了在改革征途中自己被别人戴上的"帽子"——称呼,各式各样,无奇不有。每顶"帽子"的后面都包藏着反对改革的敌人的祸心。无怪乎过客会像鲁迅一样,难表自己的称呼。鲁迅的另一篇《可恶罪》也曾就称谓问题作过辨析:"有人觉得一个人可恶:要给他吃点苦罢,就有这样的法子。"在"清党"之前,则可以宣传他为"无政府主义者""反革命"。若到"清党"之后,就要说他是"CP"或"CY",找不到证据时,便可指为"亲共派"。总之,只要被人认为"可恶",欲加之罪,何患无辞,花样翻新,随心所欲。过客的遭遇不正是其形象的写照么?其二,当老翁又问他从哪里来,到哪里去时,他回答:"我不知道。从我还能记得的时候起,我就在这么走,要走到一个地方去,这地方就在前面。"初看也颇令人费解,实际上任何一个改革者,只要是真正改革,彻底改革,不抱着个人的目的,不为着个人私利,他就是一个"历史的中间物",是前进道路上"桥梁中的一木一石"。鲁迅就曾经对许广平说过:"你的反抗,是为希望光明到来罢?(我想,一定是如此的。)但我的反抗,却不过是偏与黑暗捣乱。"(《两地书·二四》)这就是改革者的积极进取的人生态度。不抱幻想,不计成败,"他们对于社会永不会满意的,所感受的永远是痛苦,所看到的永远是缺点,他们预备着将来的牺牲……"(《集外集拾遗补编·关于知识阶段》)。对于他们来说,只是一个"走"字,不问"走"的起点,也不求"走"的具体目标,只要是前进。过客的形象的内涵之一,正在于此。其三,当小女孩在老翁告知过客前面是坟后,争辩说:"不,……那里有许多许多野百合,野蔷薇,我常常去玩,去看他们的。"过客则既肯定她的话,确认那里是有野百合,野蔷薇,自己也去玩过看过,但又确认那也是坟。过客并非是一个初涉世事的人,他不同于老翁的世故守旧,不敢前行,也不同于小女孩的天真烂漫,不知危险。他经历过风风雨雨,饱受过艰辛磨难,懂得斗争需要流血乃至牺牲是必然的。这就是鲁迅在《写在〈坟〉后面》中所说:"我只很确切地知道一个终点,就是:坟。"但斗争的同时,改革者也会感受到欢乐。"与天奋斗,其乐无穷;与地奋斗,其乐无穷;与人奋斗,其乐无穷",就曾是当年改革者的豪言壮语。正如鲁迅在《译文序跋集·〈溃灭〉》第一部一至三章译者附记中所指出的"革命有血,有污秽,但有婴孩"。其四,面对老翁的劝阻,即要他"回转去"的劝告,理由是"你前去也料不定可能走完",过客表示了坚决的否定:"那不行!我只得走。"理由也是非常明晰的:"回到那里去,就没一处没有名目,没一处没有地主,没一处没有驱逐和牢笼,没一处没有皮面的笑容,没一处没有眶外的眼泪。我憎恶他们,我不回转去!"不愿做奴隶,不愿再过受剥削受压迫的非人生活,显示了过客的觉醒。他的觉悟的高度,还表现在他不愿接受那不能改变人们命运的同情的眼泪。老翁告诉他回去后也会得到心底的眼泪,为他的悲哀,他则坚定地说:"不,我不愿看见他们心底的眼泪,不要他们为我的悲哀。"其五,在小女孩见过客的脚受伤,递给他一块布裹伤,过客却把它给还小女孩。原因之一是布太小,裹不下脚踝。但主要原因是他不愿意接受这好意,他没法感激。过客在这里有一段令人深思的话语:"我怕我会这样:倘使我得到了谁的布施,我就要像兀鹰看见死尸一样,在四近徘徊,祝愿她的灭亡,给我亲自看见;或者咒诅她以外的一切全都灭亡,连我自己,因为我就应该得到咒诅。但是我还没有这样的力量;即使有这力量,我也不愿意她有这样的境遇,因为她们大概总不愿意有这样的境遇。"这是改革者的特有的情怀。在改革的过程中,他们曾孤军奋战,就像过客始终是一个人那样,因为开首改革就会悖于世俗，逆于潮流，常不为人所理解、接纳。这时，他们渴望得到支持、帮助，就如过客脚受伤，开始也曾对小女孩表示感谢，用她送的布来裹脚踝。但是，更让他们感到的是恐惧，他们害怕这温情和帮助使他们陷入依赖的泥坑，因为这种资助远比艰苦奋斗来得容易。得到一次布施，就期望更多的布施，就像"兀鹰看见死尸一样"，不再远去搏击，只在近旁守候，祝愿它变腐、发臭，成为自己的美味佳肴。这实际上是改革者的深层心理状态，它饱含着丰富的深层含义。鲁迅在《书信·250411·致赵其文》中对此作过明确的阐述："反抗，每容易蹉跌在'爱'——感激也在内——里，所以那过客得了小女孩的一片破布的布施也几乎不能前进了。"或许改革者能够正确把握自己，为自己轻易得布施的行为感到羞愧、耻辱，而诅咒除布施者以外的一切并包括自己都灭亡，这是另一形式的后果。这后果对于改革，对于支持改革的布施者均是无益的，所以过客会说："我不愿意她有这样的境遇，因为她们大概总不愿意有这样的境遇。"更何况，他觉得自己还没有这样的力量。

总之，过客的身上折射出鲁迅自我的精神与力量。在写完《过客》后不久，鲁迅在《北京通信》里就说："我自己，是什么也不怕的，生命是我自己的东西，所以我不妨大步走去，向着我自以为可以走去的路；即使前面是深渊，荆棘，狭谷，火坑，都由我自己负责。"一方面是进击，向前，毫不退缩，无论前路如何艰险，一方面是迷惘，犹疑，不知结果，只问耕耘，不求收获。

另一个重要人物是老翁，在剧中扮演了重要角色。他以长者的姿态曾经教训小女孩："唉，你这孩子！天天看见天，看见土，看见风，还不够好看么？什么也不比这些好看。你偏是要看谁。太阳下去时候出现的东西，不会给你什么好处的。"黑暗中，魑魅魍魉横行，只会祸害人类，这是老翁的人生经验的总结。这说明在"昏沉的夜"里，他有过受妖魔鬼怪欺凌的体验。当小女孩送水给过客喝，过客十分感激时，他却警示过客:"不要这么感激。这于你是没有好处的。"因为他反对过客前行,前途中危险重重,终是坟墓,而喝了水恢复了体力,则快速致险致死,所以说"没有好处",此其一。又因为他的经历告诉他,遇事要冷静,少激动,否则冲动起来反受其害,他让过客不要为喝一杯水而感情起伏,还是向回走,固步自封,既不劳顿,也没危险,此其二。老翁向过客指示了坟地之后,劝他回转,并告慰他虽然受苦却能得到同情的悲哀的眼泪。显然,这是面对黑暗现实忍辱负重、不敢斗争的弱者的自述。老翁就是一位曾经受过新思想影响,但理想与现实相互矛盾,走向畏缩的人。过客称自己是受"前面的声音叫我走"支配,而决心前行的,老翁则称那声音"似乎曾经也叫过我",但他却"不理他"。无疑,老翁应该是老一辈人的典型,他在现实中磨去了楞角,变得老于世故,至于麻木退隐。在他身上,也还保留着旧的传统的痕迹。"我单知道南边;北边;东边,你的来路。那是我最熟悉的地方,也许倒是你们最好的地方",老翁所熟悉的"来路",应当是改革的相反的路,即顺应千百年来形成的旧的风俗习惯。"从来如此便是对的",便是老翁认定的许是"最好的地方"的基石。

小女孩是作者着墨不多,但充满光彩的人物。她的善良、天真,给灰暗的背景带来了一道亮色。她为过客倒水、送布片、指路,表现出与老翁不同的人生态度。她不怕"太阳要下去了"的黑暗,守候在门口,一定要看清远来的过客,和老翁的"太阳下去时候出现的东西,不会给你什么好处"的态度相比,成了鲜明的对照。老翁指示为坟的前路,她却否定,指出那有许多野花草,其美丽吸引着自己"常常去玩,去看他们"。这是后一代人对改革前程的乐观估价的象征。见到过客受伤的脚,便递上一片布,请他包裹,表现了这一代人对改革者的支持,对改革的希望。布片便是她意愿的象征物。因此当过客要把布片还给她时,她表现为"惊惧后退"。她害怕的是自己希望的破灭,因为她的希望是寄托在过客的身上,她自己年纪还小。她以"你装在那里,去玩玩"的方式，表现了期待自己的意愿能给改革者带来愉悦、快乐。因此，当老翁对过客说："你带去罢。要是太重了，可以随时抛在坟地里面的。"她立即反对："阿阿，那不行！"她不希望自己的意愿遭丢弃，而宁愿它与美丽的野百合、野蔷薇一起昭示人们，给人们带来愉悦和欢乐，所以当老翁说把布片挂在野百合、野蔷薇上时，她拍手称好。

三个人物代表了三种不同的典型，他们身上显示出各种不同的特征，蕴含了各自独立的生命意识，体现了作者对现实人生的解剖，具有深刻的社会历史意义。

在作品中，我们可以感受到作者的复杂的心理状态：矛盾，苦闷，不知所向。作品中的自然环境是灰暗的：太阳下去了，前路是坟地，坟地的前面也是未知的世界，伴随着这黑暗时光的只是一片野花草。作品中的人物也是灰暗的：老翁和过客均为黑色，一为黑长袍，一为已经破碎的黑色短衣裤，就是表现出一定亮色的小女孩也是白底黑方格长衫。沉重的外形包裹着的也是沉重的心态，老翁的守旧退隐，过客的孤寂，前途未卜，小女孩虽天真乐观但对前程也表现出茫然。整个作品呈现出一种灰暗的色调，就像许广平所说的那样："以悲观作不悲观，以无可为作可为，向前的走去。"（《两地书·五》）鲁迅曾多次表示："我的思想太黑暗"（《两地书·二五》），这是因为他对革命有着清醒的认识，不会被虚假的暂时的胜利所迷惑。他的结论是："革命是痛苦，其中也混有污秽和血，决不是如诗人所想象的那般有趣，那般完美。"（《二心集·对于左翼作家联盟的意见》）

死火

我梦见自己在冰山间奔驰。

这是高大的冰山,上接冰天,天上冻云弥漫,片片如鱼鳞模样。山麓有冰树林,枝叶都如松杉。一切冰冷,一切青白。

但我忽然坠在冰谷中。

上下四旁无不冰冷,青白。而一切青白冰上,却有红影无数,纠结如珊瑚网。我俯看脚下,有火焰在。

这是死火。有炎炎的形,但毫不摇动,全体冰结,像珊瑚枝;尖端还有凝固的黑烟,疑这才从火宅中出,所以枯焦。这样,映在冰的四壁,而且互相反映,化为无量数影,使这冰谷,成红珊瑚色。

哈哈!

当我幼小的时候,本就爱看快舰激起的浪花,洪炉喷出的烈焰。不但爱看,还想看清。可惜他们都息息变幻,永无定形。虽然凝视又凝视,总不留下怎样一定的迹象。

死的火焰,现在先得到了你了!

我拾起死火,正要细看,那冷气已使我的指头焦灼;但是,我还熬着,将他塞入衣袋中间。冰谷四面,登时完全青白。我一面思索着走出冰谷的法子。

我的身上喷出一缕黑烟,上升如铁线蛇。冰谷四面,又登时满有红焰流动,如大火聚,将我包围。我低头一看,死火已经燃烧,烧穿了我的衣裳，流在冰地上了。

"唉，朋友！你用了你的温热，将我惊醒了。"他说。

我连忙和他招呼，问他名姓。

"我原先被人遗弃在冰谷中，"他答非所问地说，"遗弃我的早已灭亡，消尽了。我也被冰冻冻得要死。倘使你不给我温热，使我重行烧起，我不久就须灭亡。"

"你的醒来，使我欢喜。我正在想着走出冰谷的方法；我愿意携带你去，使你永不冰结，永得燃烧。"

"唉唉！那么，我将烧完！"

"你的烧完，使我惋惜。我便将你留下，仍在这里罢。"

"唉唉！那么，我将冻灭了！"

"那么，怎么办呢？"

"但你自己，又怎么办呢？"他反而问。

"我说过了：我要出这冰谷……。"

"那我就不如烧完！"

他忽而跃起，如红彗星，并我都出冰谷口外。有大石车突然驰来，我终于碾死在车轮底下，但我还来得及看见那车就坠入冰谷中。

"哈哈！你们是再也遇不着死火了！"我得意地笑着说，仿佛就愿意这样似的。

一九二五年四月二十三日

解读

《死火》创作于1925年4月23日，发表于同年5月4日的《语丝》周刊第25期。这是一篇反映鲁迅思想性格特征的象征性作品。

1919年8、9月，鲁迅曾以"神飞"的笔名在《国民公报》"新文艺"栏里发表了一组题为《自言自语》的小品。其中的第二篇《火的冰》,作者创造了一个与《死火》极为相似的形象:"遇着说不出的冷,火便结了冰了。中间有些绿白,像珊瑚的心,浑身通红,像珊瑚的肉,外层带些黑,也还是珊瑚焦了。好是好呵,可惜拿了便要火烫一般的冰手。火,火的冰,人们没奈何他,他自己也苦么?唉,火的冰。唉,唉,火的冰的人!"这里的"火",原是"流动的",如"熔化的珊瑚","心"是"绿白","浑身通红",外层带有焦黑,"拿了要烫手"。只是由于"遇着说不出的冷",他才结了冰。火被冰包裹着,成了火的冰。

《死火》中,作者也描述了一个相同的情节:"我忽然坠在冰谷中。"这个冰谷正处在冰山之间,这里有高大的冰山:"上接冰天,天上冻云弥漫,片片如鱼鳞模样。山麓有冰树林,枝叶都如松杉"。真是"一切冰冷,一切青白"。它不禁令人想起鲁迅在解释自己将杂文集取名为《热风》时说:"我却觉得周围的空气太寒冽了。我自说我的话,所以反而称之曰'热风'。"(《〈热风〉题记》)社会的冷酷在鲁迅作品中以自然界的严寒来喻指的例子并不鲜见。例如《风筝》中的"我倒不如躲到肃杀的严冬去罢——但是,四面又明明是严冬,正给我非常的寒威和冷气"。《故乡》中的"时候既然是深冬;渐近故乡时,天气又阴晦了,冷风吹进船舱中,呜呜的响,从缝隙向外一望,苍黄的天底下,远近横着几个萧索的荒村,没有一些活气"。还如《秋夜》中的"夜的天空"——"闪闪地䀹着几十个星星的眼,冷眼。他的口角上现出微笑,似乎自以为大有深意,而将繁霜洒在我的园里的野花草上"。冷酷的社会现实,残酷的反动专制,甚至使鲁迅身处炎夏也有严冬之感:"故里寒云恶,炎天凛夜长。"(《集外集拾遗·哀范君三章》)其实,中国传统就将"冰山"比喻为一时显赫但不可久恃的权势。

在冰谷中,"我"见到的"死火"是"有炎炎的形,但毫不摇动,全体冰结,像珊瑚枝;尖端还有凝固的黑烟,疑这才从火宅中出,所以枯焦"。和《火的冰》中的"火的冰"几乎一致。

这个形象外冷内热，表面被冰包裹，结成凝固状体态，冷而且硬，可内在的火却仍然保留着烫热、流动的本质，只要有机遇，它仍能够出冰层，燃起流动的红焰，焚烧一切。这一形象多么接近《野草·题辞》中的"地火"："地火在地下运行，奔突；熔岩一旦喷出，将烧尽一切野草，以及乔木，于是并且无可朽腐。"这当是鲁迅自我精神和性格的真实写照。

有人说鲁迅："从第一至第三，全是'冷静'"（《两地书·一五》），不是没有道理的。面对纷繁复杂的世界，鲁迅能始终以"冷眼向洋看世界"的方式，克制住自己的感情，保持着与众不同的自制力，显示出"冷"的姿态。"于浩歌狂热之际中寒"，是他独特的性格与思维方式，就像《死火》中的死火。《求乞者》中的"我"，也正表现为"无所为"和"沉默"，不为外界的环境而冲动，不因感情的浓烈而振臂高呼。面对"许多血"和"许多泪"，鲁迅曾运用"杂感"，可"连'杂感'也被放进了应该去的地方"，他于是"只有'而已'而已！"（《〈而已集〉题辞》）这都是"冷"的模式。"横眉冷对千夫指"，是鲁迅的"冷"的性格的最集中的体现。

"冷"的原因是外在的"说不出的冷"的逼迫，却也是改革者自身在恶劣环境下保护自己的有效手段。冷酷的现实促使改革者以"冷"的态度，冷峻的个性来抗拒。鲁迅的一首《报载患脑炎戏作》就道出了个中的原委："诅咒而今翻新样，无如臣脑故如冰"，即：各种式样的大力诅咒，还不如自己脑子的冷静如冰。面对各种各样的敌人的诬蔑、攻击、谩骂、中伤，鲁迅采取"冷"的处理的方式，更使敌人无可奈何。钱理群先生称："这是真正的历史的强者所独有的情感选择：他不愿意在仇敌面前显示痛苦，使他们感到快意；他更不乐意在庸人面前表现愤怒，徒然地提供饭后闲谈的谈资；他也羞于在亲者面前流露热情，暴露内心深处的柔弱，给他们增添烦恼"。他还曾特别地提醒青年："愿中国青年都摆脱冷气，只是向上走，不必听自暴自弃者流的话。能做事的做事，能发声的发声。"这里的"摆脱冷气"，与"死火"的"冰结"，完全背道而驰。被"冰结"的"死火"，即"火的冰"，他自己显然是非常痛苦的，这就是鲁迅在《火的冰》中发出的叹息：一个"唉"，再加上两个"唉"。

于是在《死火》中，作者写道："我"熬着死火的冷气的焦灼，把死火放入衣袋中。死火借着"我"的体温，融化了冰结，燃烧了起来，不仅烧穿了"我"的衣裳，而且"忽而跃起，如红彗星"，和"我"一块儿一起"都出冰谷口外"。死火终于还了流动的原形，冰谷的四面都出现了流动的红焰，"如大火聚"。这既是死火的本质，更是作者的理想和愿望。因为作者自小起，"本就爱看快舰激起的浪花，洪炉喷出的烈焰"。即使落入冰谷，火焰全体冰结，却也能"映在冰的四壁，而且互相反映，化为无量数影"，使冰谷成了"红珊瑚色"。"我"使死火复活，重新燃烧，心中的喜悦溢于言表："你的醒来，使我欢喜。我正在想着走出冰谷的方法；我愿意携带你去，使你永不冰结，永得燃烧。"

火，是人们惯用的革命的象征，改革的象征。它能烧毁旧的一切，能点燃人们心头的太阳。作者以"火"被人遗弃，丢在冰谷中，来像征革命处于低潮。从社会的政治形势看，1925年3月12日孙中山先生逝世，皖系军阀段祺瑞政府仍然在台上，专制统治的黑暗仍然笼罩在中国大地上。从学校的学生运动角度看，1925年4月段祺瑞为了镇压学生运动，任命北洋军阀政府司法总长章士钊兼任教育总长职务，剑拔弩张地发起了进攻，一时间形成了"黑云压城城欲摧"的局面。革命之火"遇着说不出的冷"，火"便结了冰了"。这正是当时时代的象征。

作品中的"我"和"死火"是两个相辅相成的形象。"我"拾起了"死火"，用体温使"死火"恢复了燃烧，也为"死火"的燃烧而欢欣鼓舞，但对"死火"的将会烧完而感惋惜。本来打算将"死火"带出冰谷，又不愿"死火"烧完而要将它留下。"我"对"死火"的欣赏、支持、关心,是非常明确的。"死火"则对"我"表现出感激,是"我"使他重新烧起,不至于被冰冻冻死。他宁可粉身碎骨、全部烧完,也要和"我"一道走出冰谷,而不愿留在冰谷被冻灭。"我"和"死火"虽为二体,但本质是相通的:他们都不愿留在冰谷,都要走出冰谷,无论是被大石车碾死,还是全部烧完。郭沫若在《女神》诗集里《凤凰涅槃》一诗中曾也写过"火"。面对寒风凛冽的冰天,凤凰啄香木自焚,燃起了大火,这火烧毁了旧世界,烧毁了凤凰,使凤凰得到了更生而永远不死。诗歌唱道:"我便是你。你便是我。火便是凰,凰便是火。""火便是你。火便是我。火便是他。火便是火。"这里的凤凰与火完全融为了一体。"我"和"死火"也应该是一体的两面:为革命为改革可以牺牲一切的精神,是他们身上的统一体。而一面不愿意看到火被冰冻冻死,要救他出冰谷,并希望他永远燃烧不灭;一面则希望同人一道出冰谷,为世界带来光和热。

走出冰谷,死火重新燃烧,是作者的美好愿望。在军阀专制统治的黑暗现实中,这只是一种理想,要实现它还须经过漫长的岁月的奋斗。因而作者自始至终都把它设置在一个梦中。而梦的末尾,仍是清醒的认识。这就是"我"刚走出谷口就被突然驰来的大石车碾死的情节。面对现实,作者并不抱幻想,他作好了随时为革命牺牲的准备。只要将革命、改革之火重燃,付出再大的代价,他也在所不惜。鲁迅曾在《且介亭杂文末编·死》中声称:"对于死""有一批人是随随便便,就是临终也恐怕不大想到的,我向来正是这随便党里的一个"。即只要不是"苟活",死是不用顾惜的。鲁迅对"死"的思考是深刻的,并不是悲观。人总是会死的,但"应该与光阴偕逝,逐渐消亡"(《写在〈坟〉后面》)。这就是作者写了"我"死后的细节:"我终于碾死在车轮底下,但我还来得及看见那车就坠入冰谷中",碾人的大石车结局一定是可悲的,这该是历史的必然规律。看到这个结局,"我"得意地笑了,说:

"哈哈！你们是再也遇不着死火了！"从作品的内容看，"死火"已被救出冰谷，大石车跌入冰谷自然再也遇不着"死火"；从象征意味看，革命的低潮终将过去，不再有历史的重演，这是作者的良好的愿望。"仿佛就愿意这样似的"，指"我"并不甘心就这样被碾死，虽然"死火"被救出，大石车掉进冰谷。"我"还能为"生存、温饱、发展"的奋斗目标作出更大的贡献。

狗的驳诘

我梦见自己在隘巷中行走,衣履破碎,像乞食者。

一条狗在背后叫起来了。

我傲慢地回顾,叱咤说:

"呔!住口!你这势利的狗!"

"嘻嘻!"他笑了,还接着说,"不敢,愧不如人呢。"

"什么!?"我气愤了,觉得这是一个极端的侮辱。

"我惭愧:我终于还不知道分别铜和银;还不知道分别布和绸;还不知道分别官和民;还不知道分别主和奴;还不知道……"

我逃走了。

"且慢,我们再谈谈……"他在后面大声挽留。

我一径逃走,尽力地走,直到逃出梦境,躺在自己的床上。

一九二五年四月二十三日

解读

《狗的驳诘》创作于1925年4月23日,与《死火》同时,亦同时发表于同年5月4日的《语丝》周刊第25期。

在鲁迅的作品中,尤其是杂文和散文中,形象性的特点是非常引人注目的。他常常将自己的褒贬,蕴藏于具体生动的形象中。不需要作细致的有力气的论证，作者的观点早已在形象的特征中表现出来了。他的形象化的常用手法之一便是比喻。如把自己比作"牛"："我好象一只牛，吃的是草，挤出的是牛奶，血"（许广平《欣慰的纪念·献词》）。它形象地再现了鲁迅的精神：极少的索取，极大的付出。为中华民族的强盛与发展贡献出自己的一切。

作为伟大的思想家和反封建主义战士，他更多的在自己的否定与批判的对象方面，运用比喻，创造独特的反面形象，这些比喻一旦粘在敌人的身上，既准确又生动，而且贴切自然，加上妙趣横生，使敌人无可逃遁。即使躲到天涯海角，也无法甩掉。例如《一点比喻》里，鲁迅用山羊比喻带有智识阶级头衔的军阀政府的御用文人："走在一群胡羊的前面，脖子上还挂着一个小铃铎，作为智识阶级的徽章"，其作用是领着"胡羊"去屠宰场，供人们宰杀，然后供应给羊肉铺。其实际意义则为军阀政府的帮凶，"领了群众稳妥平静地走去，直到他们应该走到的所在"。他还用豪猪比喻绅士阶级，豪猪们因刺而彼此守着距离，这就是绅士们标榜的中庸的"礼让""上流的风习"。这些比喻可谓思想犀利，幽默诙谐，形神兼备，令人叫绝。

在众多的比喻中，运用得最多的也最能代表敌人的本质的形象，是狗。《"丧家的""资本家的乏走狗"》向人们描绘了"遇见所有的阔人都驯良，遇见所有的穷人都狂吠"的野狗的形象，它是属于所有资本家的，只是暂时丧家"无人豢养，饿的精瘦""不明白谁是主子"。这一形象一出来便普遍为人们所认同，永远载于文学史册。《论"费厄泼赖"应该缓行》一文则为我们刻划了各种不同的狗的形象，如狂嗥的狗、浮水的狗、落水的狗、叭儿狗等。其中最具影响的是"落水狗"和"叭儿狗"。前者"一定仍要爬到岸上，倘不注意，它先就耸身一摇，将水点洒得人们一身一脸，于是夹着尾巴逃走了"；后者"虽然是狗，又很象猫，折中，公允，调和，平正之状可掬，悠悠然摆出别个无不偏激，惟独自己得了'中庸之道'似的脸来。因此也就为阔人，太监，太太，小姐们所钟爱，种子绵绵不绝。"这些狗实际上是"人化"了的动物，他们身上所表现出来的正是反动御用文人的典型特征。

以兽、禽喻人的例子在鲁迅作品里更多。在这些作品中，鲁迅为了更好地揭示某些人的社会本质的特征，采用的是以动物喻人的方式。这里更多的是社会中一些人的卑琐、丑恶的灵魂，因为这些丑恶的本性与举动本不应发生在具有社会理智性的人的身上，只好将它转移至动物，尤其是禽兽，特别是狗类。只有狗、禽兽才不通人性，才卑鄙恶劣。

《狗的驳诘》虽然也写狗，作品中的狗也与鲁迅笔下的其他类型的狗有着许多相通之处，如势利，见了穷人都狂吠，但是，这狗却以自己的驳诘，驳倒了人对它的鄙视与谴责。因为和狗相比，人还不如狗！这是一个独特的命题。它与我们平常把卑鄙恶劣的人比作禽兽相反，提出了"人连禽兽都不如"的深刻命题。在其他的作品里，写的是人等于狗，《狗的驳诘》是在为狗立论：人不如狗。

《狗的驳诘》中的狗，并非好狗。既不是军队中的警犬，也不是猎户家的猎狗，不能为人所任用。它也是"见了所有穷人都狂吠"的。它是看见"衣履破碎""象乞食者"一样的"我"，在隘巷中行走，便在后面叫了起来。面对这样的坏狗，"我"和社会中的大多数人一样，是取鄙视、厌恶之态的，于是，"我傲慢地回顾"并大声地"叱咤"："呔！住口！你这势利的狗！""我"的斥责本来是无可非议的，这是常理。可是，作者巧妙地转入狗为自己辩解，并反过来驳斥责问人。

狗所驳诘的观点、依据，是这篇散文诗的中心内容。其中心论点为：在势利方面，狗愧不如人。狗的理由是："我惭愧：我终于还不知道分别铜和银；还不知道分别布和绸；还不知道分别官和民；还不知道分别主和奴；还不知道……"。狗毕竟是动物，和人比它是低能的。人有理智，懂得自律，自觉地理性地处理个人与社会、自我与他人的关系，共同维持人类社会的正常秩序。人有能力有智慧，能改造自然、战胜自然,使自然为人类服务。人会制造工具,能发现和利用客观事物发展的规律,创造人间奇迹。因此,人类是远非畜生能比的。这是自然的常理。但是当人的智慧和能力不去派正当的用场,而是去干那些见不得人的勾当时,人就显得连畜生都不如了。因为在做坏事方面,狗和其他畜生也没有人能耐,同样也不如人。

狗的驳诘的总的切入点就是:势利。正如鲁迅在《灯下漫笔》中所写,人的等级观念是十分强烈的,因为那是封建社会制度的核心:"有贵贱,有大小,有上下。自己被人凌虐,但也可以凌虐别人;自己被人吃,但也可以吃别人。一级一级地制驭着,不能动弹,也不想动弹了。"正因为有了等级,有了等级之间的制驭,就引发了许多人向上爬。他在《爬和撞》里,对上爬的现象作了细致的分析:"从前梁实秋教授曾经说过:穷人总是要爬,往上爬,爬到富翁的地位。不但穷人,奴隶也是要爬的,有了爬得上的机会,连奴隶也会觉得自己是神仙,天下自然太平了。虽然爬得上的很少,然而个个以为这正是他自己,……然而爬的人太多,爬得上的太少,失望也会渐渐的侵蚀善良的人心,至少,也会发生跪着的革命。"鲁迅先生在这里所说的"渐渐的侵蚀善良的人心,至少,也会发生跪着的革命",指的就是势利:看财产、地位来分别对待人。对有钱的人,地位显赫的人,拼命地巴结,阿谀奉承,甚至卑躬屈膝,为的是得到一瓢羹,获得一点利。这正是狗在驳诘中所讥讽的:人能够分清铜和银,懂得银的价值大于铜而对银趋之若鹜。人也能够分别布和绸,所以人人都想得到绫罗绸缎而舍弃粗布。在官和民的面前,人们自然是泾渭分明,按尊、卑的礼节区别对待;在主和奴的面前,一定是主子在上而奴才在下。更有甚者,嫌贫爱富,媚上欺下,昧着良心,为了一己的私利,甚至可以不择手段,不要人格。就像鲁迅所指出的:"爬的人那么多,而路只有一条,十分拥挤。老实的照着章程规规矩矩的,大都是爬不上去的。聪明人就会推,把别人推开,推倒,踏在脚底下,踹着他们的肩膀和头顶,爬上去了。"(《准

风月谈·爬和撞》)

　　面对狗的驳诘,"我"无言以对。狗虽然是畜生,没有人性,更没有理性,只会摇头摆尾或狂吠咬人,但它绝对不会有人的许多的肮脏龌龊。就像铜和银、布和绸、官和民、主和奴,它不会像人那样去区分贵贱、好坏、尊卑、上下,更不可能玩弄手段,"渐渐地侵蚀善良的人心"。因此,"我"只有逃走的一法。

　　作者把狗的驳诘设置在梦里,只有在梦境中狗才能开口说话。而梦境所表现的却正是人类社会的社会现实。本来人类有人性和理性,应该超过动物,可现实社会中的人的非人性、非理性却愈演愈烈,竟然不如狗而遭到了狗的驳诘,简直令人无地自容。"我"情愿这不是真的事实,"我"也不愿面对这样的事实,这样的社会早就应该销毁。这就是"我"最后要"一径逃走,尽力地走,直到逃出梦境"的原因。

失掉的好地狱

　　我梦见自己躺在床上,在荒寒的野外,地狱的旁边。一切鬼魂们的叫唤无不低微,然有秩序,与火焰的怒吼,油的沸腾,钢叉的震颤相和鸣,造成醉心的大乐,布告三界:地下太平。

　　有一伟大的男子站在我面前,美丽,慈悲,遍身有大光辉,然而我知道他是魔鬼。

　　"一切都已完结,一切都已完结!可怜的鬼魂们将那好的地狱失掉了!"他悲愤地说,于是坐下,讲给我一个他所知道的故事——

　　天地作蜂蜜色的时候,就是魔鬼战胜天神,掌握了主宰一切的大威权的时候。他收得天国,收得人间,也收得地狱。他于是亲临地狱,坐在中央,遍身发大光辉,照见一切鬼众。

　　"地狱原已废弛得很久了:剑树消却光芒;沸油的边际早不腾涌;大火聚有时不过冒些青烟,远处还萌生曼陀罗花,花极细小,惨白可怜。——那是不足为奇的,因为地上曾经大被焚烧,自然失了他的肥沃。

　　"鬼魂们在冷油温火里醒来,从魔鬼的光辉中看见地狱小花,惨白可怜,被大蛊惑,倏忽间记起人世,默想至不知几多年,遂同时向着人间,发一声反狱的绝叫。

　　"人类便应声而起,仗义执言,与魔鬼战斗。战声遍满三界,远过雷霆。终于运大谋略,布大网罗,使魔鬼并且不得不从地狱出走。

最后的胜利,是地狱门上也竖了人类的旌旗!

"当鬼魂们一齐欢呼时,人类的整饬地狱使者已临地狱,坐在中央,和了人类的威严,叱咤一切鬼众。

"当鬼魂们又发一声反狱的绝叫时,即已成为人类的叛徒,得到永劫沉沦的罚,迁入剑树林的中央。

"人类于是完全掌握了主宰地狱的大威权,那威棱且在魔鬼以上。人类于是整顿废弛,先给牛首阿旁以最高的俸草;而且,添薪加火,磨砺刀山,使地狱全体改观,一洗先前颓废的气象。

"曼陀罗花立即焦枯了。油一样沸;刀一样铦;火一样热;鬼众一样呻吟,一样宛转,至于都不暇记起失掉的好地狱。

"这是人类的成功,是鬼魂的不幸……。

"朋友,你在猜疑我了。是的,你是人!我且去寻野兽和恶鬼……。"

一九二五年六月十六日

解读

《失掉的好地狱》创作于1925年6月16日,发表于同年6月22日的《语丝》周刊第32期。

1925年在中国的历史上发生过许多有影响的事件,尤其是在上半年。例如规模巨大的国民议会运动,全国性的反对段祺瑞执政府的"善后会议";孙中山先生的逝世;广东革命政府在中国共产党的支持下开始的东征,平息滇、桂军阀杨希闵、刘震寰的叛乱,成立广东国民政府;震惊中外的"五卅"惨案,英国巡捕血腥屠杀手无寸铁的中国群众;以及国民党右派分子的猖獗,召开反共的"西山会议"等等,震撼了整个中国。这就是鲁迅先生创作《失掉的好地狱》的时代背景。可以说,当时的中国,人民正在遭受涂炭,经受磨难,处在水深火热之中。就像郭沫若在《凤凰涅槃》中所描绘的:"你脓血污秽着的屠场呀!你悲哀充塞着的囚牢呀!你群鬼叫号着的坟墓呀!你群魔跳梁着的地狱呀!"整个中国形同一座地狱。

从鲁迅先生人生道路上的重要事件"女师大风潮"的情形看,在"五卅"运动前后,进步的学生们也正经历着十分严峻的考验。杨荫榆利用手中的权力,压迫学生屈服、就范,遭到拒绝便在5月9日宣布开除6名学生。五卅惨案发生,学生们起来声援,杨荫榆则以学校修理为名,迫令学生离校。遭到抵制后,她便切断电路、关闭伙房,以至于最后引领警察,雇用流氓殴打驱逐学生。这时的北京女子师范大学,也形成了一座人间地狱。

可是,就是这样的社会现实,却受到了一些标榜"自由"的绅士、学者、正人、君子们的维护。例如"现代评论派"就是如此。他们挂着"学者""教授"的头衔,公然支持段祺瑞一手炮制的"善后会议"。其代表人物胡适就曾鼓吹"好政府主义"。实际上他们是反对改革,为军阀的专制统治涂脂抹粉。鲁迅在本文运用的标题中,用了"好地狱"一语,实际上是对他们的讽刺与抨击。"地狱"原意是一些宗教所拟的人死以后灵魂受苦的地方,那里充满黑暗,鬼魂在那里受尽煎熬,是极不好的地方。鲁迅偏按照那些维护旧的专制统治的"正人君子"的说法,在"地狱"前加上一个定语"好"字,把相互矛盾的两个词合成一个词组。这就形成了强烈的反讽。

鲁迅在《〈野草〉英文译本序》中,在介绍《野草》的作品时,称它们"大半是废弛的地狱边沿的惨白色小花,当然不会美丽"。他在这里点到了"废弛的地狱",这显然是指《野草》的作品的背景:"惨白色的小花"是在"废弛的地狱边沿"的。《野草》的23篇作品创作于1924年至1926年。至1926年年初,军阀专制统治已趋于灭亡,作为地狱,正在走向废弛。在说到《失掉的好地狱》的主题时,鲁迅指出:"但这地狱也必须失掉。这是由几个有雄辩和辣手,而那时还未得志的英雄们的脸色和语气所告诉我的。我于是作《失掉的好地狱》。"这里所说的"有雄辩和辣手，而那时还未得志的英雄们"，以"脸色和语气"告诉我："这地狱也必须失掉"，当指国民党新军阀的一些人，他们要取代封建军阀，夺得统治权，只是当时他们还没能登基，即"未得志"。不过，他们有着自己的优势："雄辩和辣手"。他们对封建军阀的地狱的"失掉"，表现出雄心壮志。《〈野草〉英文译本序》作于20世纪30年代左联时期，已成长为马克思主义者的鲁迅，对国民党新军阀已有深刻的认识。这里的"英雄们"也带有明显的讽刺意识。实际，鲁迅这观点早在创作《失掉的好地狱》的时候，就已经有了坚实的基础。他在这篇作品中对地狱中的政权的更迭，由神到魔，再到人的取代，并没有给予肯定。统治者换来换去，苦的还是鬼魂们。对必将取代封建军阀的新军阀国民党，鲁迅也预言：鬼魂们的命运日益悲惨。

在创作《失掉的好地狱》之前的1925年4月24日，鲁迅作《杂语》，已经阐明了自己的观点："称为神的和称为魔的战斗了，并非争夺天国，而在要得地狱的统治权。所以无论谁胜，地狱至今也还是照样的地狱。"(《集外集·杂语》)

《失掉的好地狱》首先向我们展示了迷信传说中的地狱全貌，这实际上是千百年来的中国的惨景："一切鬼魂们的叫唤无不低微，然有秩序，与火焰的怒吼，油的沸腾，钢叉的震颤相和鸣，造成醉心的大乐，布告三界：地下太平。"这是所谓的"好地狱"的全貌。表面看，火焰在怒吼、油在沸腾、钢叉在震颤，这武力的威胁造成了似乎"太平"的局面：鬼魂们叫唤低微而有秩序。其实，鲁迅早已说过："正当苦痛，即说不出苦痛来；佛说极苦地狱中的鬼魂，也反而并无叫唤。"(《华盖集·碰壁之后》)太平是假，鬼魂们苦不堪言才是真。

在《"碰壁"之后》中鲁迅曾写道："华夏大概并非地狱，然而'境由心造'，我眼前总充塞着重叠的黑云，其中的故鬼、新鬼、游魂、牛首阿旁、畜生、化生、大叫唤、无叫唤，使我不堪闻见。我装作无所闻见模样，以图欺骗自己，总算已从地狱中出离。"他采取抽象否定、具体肯定的方法，先说"华夏大概并非地狱"，但接着一转折，华夏的现象却处处是地狱。鬼魂遍地，不容否定，即使不堪闻见，也是充塞眼前。可见，《失掉的好地狱》中的地狱指的是华夏——中国。在《记念刘和珍君》一文中，鲁迅也曾指出："我只觉得我所住的并非人间。"

　　作者以"魔鬼战胜天神"的故事，喻指旧军阀取代封建帝王统治中国。封建皇帝昔称"天子"，即天神之子，统治了中国数千年，终于被赶下了台。旧军阀登台以后，"掌握了主宰一切的大威权""收得天国，收得人间，也收得地狱"，"于是亲临地狱，坐在中央，遍身发大光辉，照见一切鬼众"。

　　但是，魔鬼统治下的地狱却"废弛得很久了"。因此，那些"剑树"已失了它的光芒，"沸油"也开始冷却而不沸腾了，"大火聚"已没了火焰只冒着青烟，被大火焚烧的地面失了肥沃，因而曼陀罗花细小而惨白。

　　面对魔鬼的统治，——冷油温火，鬼魂们被"惨白可怜的地狱小花的蛊惑"，"倏忽间记起人世，默想至不知几多年，遂同时向着人间，发一声反狱的绝叫"。这就是当时军阀统治的社会现实。鬼魂——普通的百姓们面对"废弛"，早就不满了。又受到"废弛的地狱边沿的惨白色小花"的蛊惑，即像鲁迅这样的先觉的知识分子的启发，他们便开始反叛了。他们的"反狱"是希望"人类"来赶走"魔鬼"。这里"废弛的地狱边沿的惨白色小花"正是鲁迅自己对《野草》中作品的自诩，可见《野草》的作用，也正是对魔鬼统治的地狱中的鬼魂进行蛊惑。它的目的在于启发、鼓动鬼魂们的"反狱"。

　　接着，作者又描述了"人类"赶走"魔鬼"的故事："人类便应声而起，仗义执言，与魔鬼战斗。战声遍满三界，远过雷霆。终于运大谋略，布大网罗，使魔鬼并且不得不从地狱出走。"取代"魔鬼"（即旧军阀）的"人类"很显然是隐指国民党新军阀。他们起事时，标榜代表民意,"三民主义"的民族、民权、民生,一切以"民"为本,但当夺取政权后,一切都将走样。

鲁迅写《失掉的好地狱》时,正值广州革命政府东征中,尚未完全铲除军阀,因此,作品中的"人类战胜魔鬼",实际上是作者的预测和预言:"最后的胜利,是地狱门上也竖了人类的旌旗"。但新军阀掌权,比魔鬼好不了多少,甚至可以说卑鄙、丑劣更有过之而无不及。作品中写了"人类"君临地狱时,便开始了"整饬"运动,一切鬼众都受到"叱咤"。"人类"在"完全掌握了主宰地狱的大威权"之后,其"威棱且在魔鬼之上"。他们"整顿废弛",重用"牛首阿旁",高薪聘任,添柴加火,磨砺刀山。"使地狱全体改观,一洗先前颓废的气象"。终于,地狱恢复了原样:"油一样沸;刀一样铦;火一样热"。鬼众们又回到了"说不出苦痛","无叫唤"的境地,他们"一样呻吟,一样宛转",感觉到自己是"失去了好地狱"。鲁迅这里的预言,就像他在《庆祝沪宁克复的那一边》中提醒人们一样,不要高兴得忘乎所以,革命终将出现"危机",因为"反革命的工作也正在默默地进行"。

站在"我"面前的"一伟大的男子",外形虽美:"美丽,慈悲,遍身有大辉光",内质却为魔鬼。它站在旧军阀的立场上讲述以上的故事,但却哀叹:"一切都已完结,一切都已完结!可怜的鬼魂们将那好的地狱失掉了!"其意即:国民党新军阀的统治还不如旧军阀。

"我"知道他是魔鬼,是旧军阀政府的代言人,"我"是在预言:他的哀叹,代表了历史上逝去的一代的悲观没落的情绪和孤芳自赏的本质。"我"对他的故事发表自己的看法:"这是人类的成功,是鬼魂的不幸……"("成功",是作者带有批判讽刺意味的措词,"鬼魂的不幸"倒是这句话的基本内容。)结果,"我"的观点与"魔鬼"正相反,引起了"魔鬼"的警觉,他把"我"看成是将要取代"魔鬼"的"人类",于是赶快寻找借口,一走了之。他称:"朋友,你在猜疑我了。是的,你是人!"言下之意,他和"我"分属不同的领域,是两个世界的。因此,"魔鬼"赶快离开,他的借口是:"我且去寻野兽和恶鬼……"。

很显然,"我"并非魔鬼所说的"人类"。魔鬼误认"我"为人类,应该在于"我"在栽种"地狱边沿的惨白色小花",促使鬼魂们的觉悟。魔鬼称鬼魂们最终将那"好的地狱"失掉了,表面是在为鬼魂哀叹,实质上是在为自己的被打倒的命运哀叹,也为自己的罪恶统治辩护。在"我"的眼里,地狱并非什么"好的地狱"。在《写于深夜里》一文中,作者指出:"我先前读但丁的《神曲》,到《地狱》篇,就惊异于这作者设想的残酷,但到现在,阅历加多,才知道他还是仁厚的了:他还没有想出一个现在已极平常的惨苦到谁也看不见的地狱来"(《且介亭杂文末编·写于深夜里》)。中国的社会现实,就是比但丁《神曲·地狱篇》要残酷无数倍的地狱。在这人间地狱里,人们所受的惨苦,远已超过地狱中的鬼魂。这种惨绝人寰的惨苦,已成为"极平常"的现象了。

墓碣文

我梦见自己正和墓碣对立，读着上面的刻辞。那墓碣似乎是沙石所制，剥落很多，又有苔藓丛生，仅存有限的文句——

……于浩歌狂热之际中寒；于天上看见深渊。于一切眼中看见无所有；于无所希望中得救。……

……有一游魂，化为长蛇，口有毒牙，不以啮人，自啮其身，终以殒颠。……

……离开！……

我绕到碣后，才见孤坟，上无草木，且已颓坏。即从大阙口中，窥见死尸，胸腹俱破，中无心肝。而脸上却绝不显哀乐之状，但蒙蒙如烟然。

我在疑惧中不及回身，然而已看见墓碣阴面的残存的文句——

……抉心自食，欲知本味。创痛酷烈，本味何能知？……

……痛定之后，徐徐食之。然其心已陈旧，本味又何由知？……

……答我。否则，离开！……

我就要离开。而死尸已在坟中坐起，口唇不动，然而说——

"待我成尘时，你将见我的微笑！"

我疾走，不敢反顾，生怕看见他的追随。

一九二五年六月十七日

解读

《墓碣文》创作于1925年6月17日,与《失掉的好地狱》同时发表于同年6月22日的《语丝》周刊第32期。如果说《失掉的好地狱》侧重揭露客观现实中的反动统治政权更替,百姓们苦不堪言的状况,那么,《墓碣文》则主要从主观剖析的角度,再现了自己思想上的矛盾,以及对过去的思想经历的反思、认知。

作者描写自己在梦中"正和墓碣对立"。"对立"二字蕴含深刻,它不仅表现为对面站立,更主要的是体现作者与墓穴中死者的观点上的互相矛盾、互相排斥。这可以说是这篇散文诗的主题。而剖析死者的人生观、思维方式,则在于对"墓碣文"的了解、分析。墓碣上的文字即是其明确的表现,因"墓碣文"是介绍死者生平经历、思想观念、成绩贡献的载体。

墓碣上的刻辞是耐人寻味的,它再现出来的死者的人生态度是反常的,有悖于常人的独特模式,主要集中在四个方面。其一,"于浩歌狂热之际中寒",从文字的表意看,很明显的是说,当其处在盛大的歌舞场面,人人都狂欢、热烈、兴奋时,他却感到中了寒气。其二,"于天上看见深渊",是说和人们一道进入了天堂,高居九霄云外的天宫之中,他却似乎并无感觉,好像已入万丈深渊一样。其三,"于一切眼中看见无所有",是指人的眼睛是认识世界的窗口,除去非正常人的盲者之外,所有正常人只要睁开眼睛,客观世界的万事万物会一齐映入他们的眼帘,可是他却正好与此相反,眼虽未盲,但打开眼睛却看见"无所有"——一无所有。什么也看不见。其四,"于无希望中得救",也是有悖于常人的。人们遇有难题,尤其是大的难题。总会考虑,去攻克它有没有希望,若是无希望,以自己之力无法逾越,便无可救药了,只好作罢。如果有希望,哪怕是一线希望,那便有救。可他却认为越无希望便越得救。

具有这反常思维的是"游魂",他已"化为长蛇,口有毒牙,不以啮人,自啮其身,终以殒颠"。死者死去的原因,不为别的,乃"自啮其身"而死。

实际上,这是鲁迅自我反省、自我解剖的象征。往昔的鲁迅,确实曾经为理想而奔波,从家乡至南京,又从南京到东京、仙台,回国后又至杭州、绍兴。以后到教育部工作,又由南京转北京,真可谓四处漂泊游荡,是作品中所谓"游魂"。他的四种思维方式也既是鲁迅曾经有过的。

其一,鲁迅在当时的军阀统治背景下,多次说自己感到"寒冽"。《〈热风〉题记》里,他直接抒发了自己的感受:"周围的感受和反应,又大概是所谓'如鱼饮水冷暖自知'的;我却觉得周围的空气太寒冽了。"他处处感觉是冷的威胁。《野草·死火》中,作者所面对的也是"高大的冰山,上接冰天,天上冻云弥漫",冰谷中"上下四旁无不冰冷,青白"。《野草·风筝》中"四面又明明是严冬,正给我非常的寒威和冷气"。而在"4·12"反革命政变前2天,在全国不少人都沉醉在胜利之中"庆祝,讴歌,陶醉",鲁迅却在《庆祝沪宁克复的那一边》中说:"我觉得纪念和庆祝的盛典似乎特别多",他引用列宁的话说:"不要因胜利而使脑筋昏乱,自高自满。"他指出:"小有胜利,便陶醉在凯歌中,肌肉松懈,忘却进击了,于是敌人便又乘隙而起。"鲁迅的"中寒",实际上是"冷静""冷峻",即在任何时候都保持着最冷静最清醒的头脑。不陷入"狂热"和"昏眩"。

其二,鲁迅的"天堂"观与众不同。人们把"天堂"视为完美无缺,尽善尽美的理想化境地。以为进了天堂便没有任何追求,"将先前一切自欺欺人的希望之谈全部扫除,将无论是谁的自欺欺人的假面全部撕掉,将无论是谁的自欺欺人的手段全部排斥,总而言之,就是将华夏传统的所有小巧的玩意儿全部放掉,倒去屈尊学学枪击我们的洋鬼子,这才可望有新的希望的萌芽。"(《华盖集·忽然想到·八》)

这些类型的思维模式究竟是否可以?是对还是不对?这是处在人生

十字路口苦闷彷徨的鲁迅一再思索的问题。因为原先笃信进化论，以为将来必定胜于现在，新的必定战胜旧的，青年必然胜过老年，可现实中事物并不像他想象的那样发展。在进化论思路未曾轰毁之前，鲁迅一时还没有找到正确的思想方法，面对社会中黑暗势力的仍然猖獗，新文化阵营的分化，他的疑惑、反省、自剖是必然的。

作品写"我"绕到墓碣后，见颓坏的墓穴中已是一"大阙口"，死尸在其中已"胸腹俱破，中无心肝"，其"脸上却绝不显哀乐之状，但蒙蒙如烟然"。死者"中无心肝"的原因乃是后文中所写的"抉心自食，欲知本味"所导致的。自己啮自己的心肝来认识自己，了解自己，这恐怕只有鲁迅这样伟大的思想家、改革家才能做到。这里的死者，显然是作者自己原有思想的化身。正如鲁迅在《写在〈坟〉后面》中进行的自我解剖："自己却正苦于背了这些古老的鬼魂，摆脱不开，时常感到一种使人气闷的沉重。"他还曾指出："我自己总觉得我的灵魂里有毒气和鬼气，我极憎恶他，想除去他，而不能"（《书信·240924·致李秉中》）。背着古老的鬼魂，有毒气和鬼气，就是墓穴中的死尸的形象。

鲁迅借死尸之口，阐述了人难以有自知之明的原委，即自己对自己的所作所为难以判断正误，才会疑惑而反思，弄不清成败的原因而苦闷彷徨。死尸列举了两种情况：其一，活着的时候，抉心自食，欲知本味，可"创痛酷烈，本味何能知？"这正合了"旁观者清，当事者昏"的规律。即人在人生的道路上，一定也会犯不少错误，可是在当时当事，人们自己往往不容易清醒地发觉、认识。人认为应该怎样做时，却要违背自己意愿，即违心去做，则是非常痛苦的，因而人们很难做到，不会那样做。因此，鲁迅写人的自知是难能的。其二，痛定之后，即完全麻木了，再徐徐食之。"然其心已陈旧，本味又何由知？"这里指的当是时过境迁，事情已成为过去，不再为人所注目，就像"往事如烟"，无人再去追寻。人们忙于应付现实，不为过去所拖累，因此，人们很少去翻旧账，也就无从了解自己。即使要了解，也会遇到事实记忆不清的影响而难以进行。死尸也就是因为不能知"本味"而痛苦，又希望得到答案。这就是鲁迅原有的思想实际。

墓碣文中的"离开"，即要人们离开。因为死者是游魂，又化为了长蛇，令人恐惧，它会缠住人的灵魂。鲁迅在《〈呐喊〉自序》中，就谈到了"寂寞又一天一天的长大起来，如大毒蛇，缠住了我的灵魂了"。为了不再传染别人，而要人们走开。这是鲁迅的精神之一。他曾说过，对于自己的灵魂里的毒气和鬼气，他"虽然竭力遮蔽着，总还恐怕传染给别人……"（《书信·240924·致李秉中》）。

死尸喊出的"离开"，则是要答而不获的烦恼、失望。但不管有没有得到答案，他终于还是"在坟中坐起，口唇不动，然而说——'待我成尘时，你将见我的微笑！'"这也是鲁迅的精神之一。早在日本留学时期，鲁迅就抱定了"我以我血荐轩辕"的决心。为人民贡献出自己的一切，是鲁迅的最大心愿。他清楚认识到，作为"历史的中间物"，就"应该和光阴偕逝，逐渐消亡"（《写在〈坟〉后面》）。死，是很自然的，"进化的途中，总须新陈代谢，所以新的应该欢天喜地向前走去，这便是壮，旧的也应该欢天喜地的向前走去，这便是死；各各如此走去，便是进化的路"（《热风·随感录·四十九》）。死尸献出了自己一切，化作泥尘时，将发出会心的微笑，这里饱含着牺牲精神、献身精神。

死者所表现的是往昔鲁迅的人生观、思维模式和主要精神，凝聚了作者的反思、自剖。死者的苦闷、彷徨、欲知本味，以及化为尘土的献身中的悲哀色调，正是往昔鲁迅的写真。作为死者的对立面，生者当是现实的鲁迅的化身。他面对过去的自我，静观着一切，也思索着一切，以采取行动。文中的"我疾走，不敢反顾，生怕看见他的追随"，表现了现实中鲁迅对自我往昔的思想观念、行为的决绝之情。不愿意再重蹈覆辙，必须开拓出一条新路，不再让往昔的旧物在自己身上重现。不过，究竟是一条怎样的新路，作品并未点明。这也正是这一时期鲁迅的突出的思想特征：人生十字路口的徘徊与搏击。

颓败线的颤动

　　我梦见自己在做梦。自身不知所在，眼前却有一间在深夜中紧闭的小屋的内部，但也看见屋上瓦松的茂密的森林。

　　板桌上的灯罩是新拭的，照得屋子里分外明亮。在光明中，在破榻上，在初不相识的披毛的强悍的肉块底下，有瘦弱渺小的身躯，为饥饿，苦痛，惊异，羞辱，欢欣而颤动。弛缓，然而尚且丰腴的皮肤光润了；青白的两颊泛出轻红，如铅上涂了胭脂水。

　　灯光也因惊惧而缩小了，东方已经发白。

　　然而空中还弥漫地摇动着饥饿，苦痛，惊异，羞辱，欢欣的波涛……。

　　"妈！"约略两岁的女孩被门的开阖声惊醒，在草席围着的屋角的地上叫起来了。

　　"还早哩，再睡一会罢！"她惊惶地说。

　　"妈！我饿，肚子痛。我们今天能有什么吃的？"

　　"我们今天有吃的了。等一会有卖烧饼的来，妈就买给你。"她欣慰地更加紧捏着掌中的小银片，低微的声音悲凉地发抖，走近屋角去一看她的女儿，移开草席，抱起来放在破榻上。

　　"还早哩，再睡一会罢。"她说着，同时抬起眼睛，无可告诉地一看破旧的屋顶以上的天空。

　　空中突然另起了一个很大的波涛，和先前的相撞击，回旋而成旋涡,将一切并我尽行淹没,口鼻都不能呼吸。

我呻吟着醒来,窗外满是如银的月色,离天明还很辽远似的。

我自身不知所在,眼前却有一间在深夜中紧闭的小屋的内部,我自己知道是在续着残梦。可是梦的年代隔了许多年了。屋的内外已经这样整齐;里面是青年的夫妻,一群小孩子,都怨恨鄙夷地对着一个垂老的女人。

"我们没有脸见人,就只因为你"男人气忿地说。"你还以为养大了她,其实正是害苦了她,倒不如小时候饿死的好!"

"使我委屈一世的就是你!"女的说。

"还要带累了我!"男的说。

"还要带累他们哩!"女的说,指着孩子们。

最小的一个正玩着一片干芦片,这时便向空中一挥,仿佛一柄钢刀,大声说道:

"杀!"

那垂老的女人口角正在痉挛,登时一怔,接着便都平静,不多时候,她冷静地,骨立的石像似的站起来了。她开开板门,迈步在深夜中走出,遗弃了背后一切的冷骂和毒笑。

她在深夜中尽走,一直走到无边的荒野;四面都是荒野,头上只有高天,并无一个虫鸟飞过。她赤身露体地,石像似的站在荒野的中央,于一刹那间照见过往的一切:饥饿,苦痛,惊异,羞辱,欢欣,于是发抖;害苦,委屈,带累,于是痉挛;杀,于是平静。……又于一刹那间将一切并合:眷念与决绝,爱抚与复仇,养育与歼除,祝福与咒诅……。她于是举两手尽量向天,口唇间漏出人与兽的,非人间所有,所以无词的言语。

当她说出无词的言语时,她那伟大如石像,然而已经荒废的,颓败的身躯的全面都颤动了。这颤动点点如鱼鳞,每一鳞都起伏如沸水在烈火上;空中也即刻一同振颤,仿佛暴风雨中的荒海的波涛。

她于是抬起眼睛向着天空，并无词的言语也沉默尽绝，惟有颤动，辐射若太阳光，使空中的波涛立即回旋，如遭飓风，汹涌奔腾于无边的荒野。

我梦魇了，自己却知道是因为将手搁在胸脯上了的缘故；我梦中还用尽平生之力，要将这十分沉重的手移开。

一九二五年六月二十九日

解读

《颓败线的颤动》创作于1925年6月29日，发表于同年7月13日的《语丝》周刊第35期。这是一篇对于现实生活中的一些倍受鲁迅关注、扶持的青年的恩将仇报，抒发自己痛苦、愤怒以及要求复仇的情绪的作品。

许广平曾在《鲁迅和青年们》中写道："不管先生如何以物质济人之困，而被接济的还说这东西来路不清，这是很使他痛心的。在他的著作里也曾说过，用了妓女卖身的钱，还骂妓女卑污。……先生指的就是这批人。"她在文中所指的"著作"，就是指《颓败线的颤动》。

鲁迅在写给许广平的信中也曾谈及这方面的问题，他说："我先前何尝不出于志愿，在生活的路上，将血一滴一滴地滴过去，以饲别人，虽自觉渐渐瘦弱，也以为快活。而现在呢，人们笑我瘦弱了，连饮过我的血的人，也来嘲笑我的瘦弱了。我听得甚至有人说：'他一世过着这样无聊的生活，本可以死了的，但还要活着，可见他没出息。'于是他乘我困苦的时候，竭力给我一下闷棍；然而，这是他们在替社会除去无用的废物呵！这实在使我愤怒，怨恨了，有时简直想报复。我并没有略存求得称誉、报答之心，不过以为喝过血的人们，看见没有血喝了，就该走散，不要记着我是血的债主，临走时还要打杀我；并且为消灭债券计，放火烧掉我的一间可怜的灰棚。我其实并不以债主自居，也没有债券。他们的这种办法,是太过的。"(《两地书·九五》)这情形,鲁迅不仅写在《颓败线的颤动》里,也写进了小说《奔月》中,在那里,后羿的门徒逢蒙,跟随后羿学射,后来竟扮做剪径的强盗,企图将后羿射死,居然连发10箭。如果不是后羿有绝招"吐镞法",恐怕就难逃非命了。

《颓败线的颤动》描写了一位忍辱负重的母亲的形象。为生活所迫,她不得不出卖自己的肉体。深夜,在一间紧闭的长满瓦松的小屋里,这位母亲正遭受一个强悍的陌生汉子的蹂躏。作品写道,这"瘦弱渺小的身躯,为饥饿,苦痛,惊异,羞辱,欢欣而颤动"。她正是因为全家人的饥饿而被迫卖淫;也正是因为精神和肉体上的苦痛而战栗:她惊异的是自己居然被逼到了这样的地步;她为自己的这种颓败的行为感到羞愧、耻辱;但她想到自己的女儿因此却有了钱,可以购买食品而感到欢欣。在这位伟大母亲的身上,"为饥饿,苦痛,惊异,羞辱,欢欣而颤动",正体现了她的伟大人性和母爱。虽然牺牲了自己,但想到这样的结果,她心中开始松弛和缓解。这时,她的青春时期的"尚且丰腴的皮肤光润了;青白的两颊泛出轻红,如铅上涂了胭脂水"。这是多么令人惨痛的事实!这位被迫沦为娼妓的母亲的形象让人吃惊,也让人感到恐惧。在那黑暗的社会里,富人的享乐完全建筑在穷人的血泪之上。母亲的路,代表了当时社会中穷困潦倒处于社会底层的妇女的命运。

因此作品写"灯光也因惊惧而缩小了",大约灯光也无颜或不忍再照见这样的惨状。直到东方发白,整个小屋的"空中还弥漫地摇动着饥饿,苦痛,惊异,羞辱,欢欣的波涛……。"

嫖客走时,门的开阖声惊醒了这位母亲的两岁的女儿,她在"草席围成的屋角的地上"叫着:"妈!"为害怕不懂事的女儿见到这令人羞辱难堪的事,母亲惊惶地用语言来遮掩:"还早呢!再睡一会罢!"她不愿让女儿知道这事。

当女儿喊饿,说自己饿得肚子痛,问母亲有什么吃的,母亲这才欣慰地说:"我们今天有吃的了。等一会有卖烧饼的来,妈就买给你。"只是"饥饿,苦痛,惊异,羞辱,欢欣"的波涛仍然在她心中回旋,她加紧捏着用自己的血肉换来的小银片,不免产生了悲凉的感觉。在这样的岁月里,她自己恐怕也未料到,会用这样的方式来养活女儿。按一般的常规,倘若没有女儿,女人到了这地步会视死如归,一死百了;可是为了女儿,母亲什么苦难和屈辱都是可以忍受的。忍受之余,她只能独自在心底里悲凉。因此,她只能无告地望望破屋顶上的天空。

这位母亲的故事是作者以梦的方式展示的,因此,"我"即是一个见证人,同时也是一个受故事的感染者。"我"的感受通过直抒胸臆的方式可以更有力地发出评判,表现主题。作者描写"空中突然另起了一个很大的波涛,和先行的撞击,回旋而成旋涡,将一切并我尽行淹没,口鼻都不能呼吸"。这就是"饥饿,苦痛,惊异,羞辱,欢欣的波涛""悲凉的发抖"交织而成的伟大母亲的悲惨命运,所形成的强大社会震撼力。它以大海般的力量震撼着人们的心灵,人们无不为此感到震惊、愤怒、悲伤、哀怨。

作品的第二部分是残梦的继续,仍旧是深夜中紧闭的小屋。不过,已是和前面的梦境"隔了许多年了"。"屋的内外已经这样整齐;里面青年的夫妻,一群小孩子,都怨恨鄙夷地对着一个垂老的女人。"很显然,这是当年那位年轻母亲的垂暮之年的事。她的小女儿已长大成人,并已出嫁成家,生养了一群小孩。这位母亲自己已变得"垂老"而颓败。多年的忍辱和呕心沥血,终于把女儿养大,作为母亲,她已在极端艰难困苦的环境中,尽了自己的职责。对于女儿,她有着深深的养育之恩。

然而,作出了最大限度的自我牺牲的她,却遭到了女儿女婿乃至外孙的指责。女婿指责她:"我们没脸见人,就只因为你",说她养大女儿其实是在害女儿,"不如小时候饿死的好"。女儿则指责母亲使自己委屈一世，甚至还要带累了男人和孩子。孩子中最小的一个却拿着钢刀似的干芦叶，挥动着冲着外祖母喊："杀！"不但不对养育之恩感恩戴德，反而以怨报德。在母亲的利用价值已经失去时，就要将她扫地出门。伟大母亲的自我牺牲，得到的却是怨恨、仇视和驱逐，她的口角因激动而痉挛。

母亲顿时"一怔"，这完全出乎她的意料；但接着便趋于"平静"，这是因为她受的屈辱太多了。社会中的各式各样的冷眼、鄙夷的神态，她早已司空见惯；人与人的冷漠、隔膜以及社会邪恶势力的欺压，她早已饱尝经受。女儿、女婿虽是自己的亲人，但他们也是社会的成员，无不沾染社会的恶习；冷骂和毒笑，这已不足为奇。家庭这个封建社会的细胞，只不过是一种特殊形式的社会组合。封建社会家庭制度的"怡怡"之态，实际上包藏着许多虚伪、假面。鲁迅在《狂人日记》中写到的兄吃弟、弟吃妹，在《弟兄》中写到的假想敌"猩红热"出现后的兄弟隐私，都揭露了这一点。《颓败线的颤动》中的家庭也不例外。母亲"冷静地，骨立的石像似的站起来"，在深夜中走出。

她来到无边的荒野，赤身露体地，石像似的站在荒野中央，闪电般地一刹那回想起过往惨痛的一切："为饥饿，苦痛，惊异，羞辱，欢欣而颤动"，"悲凉地发抖"，牺牲自己为了女儿。可如今耳边还回响着"害苦""委屈""带累""杀"的声音。她忽然感觉到自己感情的复杂："眷念与决绝，爱抚与复仇，养育与歼除，祝福与咒诅，……。"这些矛盾对立的统一体，正在母亲的身上集中着。一面因为是儿女，作为母亲长者的眷念、爱抚，乃人之常情。养育儿女也是做母亲的责任，祝福饱含着母亲长者对儿女的期待和希望。一面，对于儿女们的失了儿女之情的以怨报德、无端指责，作为社会中的正直有道德的人，母亲应该与他们决绝；对他们的不义之举，"简直想报复"；倘若早知是如此结果，还不如早就将他们歼除；对这类忘恩负义之徒，则应该诅咒他们的灭亡。可是偏偏两个方面交织在一起，使人无所适从。于是，母亲只能举手向天,以无词的言语,向天空发出"人与兽"的宣泄;她的颓败的身躯再次全面的颤动了。这颓败线的颤动,上至天空下至荒野,起伏如烈火上的沸水,辐射如强烈的太阳光。它很快形成回旋之势,汹涌奔腾如遭飓风。在这里,作者将母亲的伟大的生命力和她那震撼一切的精神力量,表现得淋漓尽致。儿女们的封建传统的观念——"名声",在母亲面前显得何其渺小;儿女们的以怨报德的不义行为,在母亲的牺牲精神面前显得何其卑劣!母亲这一形象,将永垂文学史册。

鲁迅在写完梦境之后,意味深长地说自己"梦魇了","是因为将手搁在胸脯上了的缘故",他在梦中甚至"还用尽平生之力,要将这十分沉重的手移开"。的确,这是一场噩梦,是千百年来旧的封建传统观念导致的噩梦,作者但愿它不要再重演,也真希望它就是一场梦。鲁迅在追求真理的人生道路上,早期曾选择了"进化论"为自己的思想武器。"物竞天择,适者生存",新的必定战胜旧的,青年必然胜过老年,这是"进化论"的核心思想。可"进化论"无法解释现实,《颓败线的颤动》就向我们展示了与"进化论"完全相反的事实;青年不如老年,儿女们不如母亲,这也正显示了鲁迅对"进化论"的审视与怀疑。也是鲁迅自剖、反思,探索前进的佐证。鲁迅的"进化论"思路正在走向轰毁。

由于在写这篇作品之前的两年左右的时间里,鲁迅的生活中发生过"兄弟失和"之事,不少人认为:"'兄弟失和'是触发鲁迅创作《颓败线的颤动》的最初动因之一,鲁迅的'寄意'自然是更为深广的"(钱理群《心灵的探寻·先觉者与群众之间》)。那是1923年8月,周作人听信妻子羽太信子的挑唆,和羽太信子一道,挑起兄弟之间的争端,对鲁迅进行诬蔑,并将其逐出八道湾另处。由于长时间的精神折磨,鲁迅于1923年10月1日至11月8日曾大病一场。以后这病曾多次复发,最终夺去了鲁迅的生命。鲁迅对"兄弟失和"非常痛苦,周作人曾经得到他的关怀与帮助。周作人到南京读书，是鲁迅所带；到日本留学，也得益于鲁迅的帮助；以后鲁迅的母亲让鲁迅回国娶妻朱安氏并工作，也是鲁迅资助周作人完成学业与羽太信子结合；以后应蔡元培先生邀请，鲁迅到教育部工作，至教育部迁北京，他们兄弟又一同至北京大学任教。为了弟弟，他甚至作出过较大的牺牲。鲁迅好友许寿裳的回忆录《亡友鲁迅印象记》中曾写道："他对于作人的事，比自己的还要重要，不惜牺牲自己的名利统统来让给他。"可见鲁迅与周作人的关系。《颓败线的颤动》源起于"兄弟失和"之说，也不失为一种主张，有其一定的合理性。不过，鲁迅的作品常常在于"只是采取一端，加以改造或生发开去，到足以几乎完全发表我的意思为止"(《南腔北调集·我怎么做起小说来》)，这篇作品的意义当不止于此。

立论

　　我梦见自己正在小学校的讲堂上预备作文，向老师请教立论的方法。

　　"难！"老师从眼镜圈外斜射出眼光来，看着我，说。"我告诉你一件事——

　　"一家人家生了一个男孩，全家高兴透顶了。满月的时候，抱出来给客人看，——大概自然是想得一点好兆头。

　　"一个说：'这孩子将来要发财的。'他于是得到一番感谢。

　　"一个说：'这孩子将来要做官的。'他于是收回几句恭维。

　　"一个说：'这孩子将来是要死的。'他于是得到一顿大家合力的痛打。

　　"说要死的必然，说富贵的许谎。但说谎的得好报，说必然的遭打。你……"

　　"我愿意既不谎人，也不遭打。那么，老师，我得怎么说呢？"

　　"那么，你得说：'啊呀！这孩子呵！你瞧！多么……。啊唷！哈哈！Hehe!he,hehehehe!'"

一九二五年七月八日

解读

　　《立论》创作于1925年7月8日，与《颓败线的颤动》同时发表于同年7月13日的《语丝》周刊第35期。这是一篇与《颓败线的颤动》相近似的，对社会中"无是非"观进行揭露和批判的散文诗。

"立论"，原指对某个问题提出自己的看法，表示自己的意见，即"立"为树立，"论"为论点、观点。这篇作品中的"立论"当含"面对复杂的社会，择定为人处世的方法"之意。

作品以类似小说的形式，用故事情节来寓载主题。它写了一个人家的孩子过满月的庆典的故事。因为是个男孩，可以传宗接代，于是"合家高兴透顶了"。满月、过周岁、整十的生日等，均是中国人传统的庆典日。超乎寻常的热闹，一是志贺、摆脸，二是求安，"想得到一点好兆头"。中国传统的习俗及其习惯心理，在寥寥几语中便神现了。在这样常见的礼节中，不外乎是一些恭维的话，客气的话。正如作品中所描绘的"一个说：'这孩子将来要发财的。'他于是得到一番感谢。一个说：'这孩子将来要做官的。'他于是收回几句恭维。"这就是中国人相互交往的传统模式："多栽花，少栽刺。"听者爱听好话，即使忠言，倘若逆耳，也不容易接受；说者爱讲美言，即使是假话，只要对方高兴，便也大谈阔谈，不感惭愧。这就是你好、我好、大家好的"世故"。

可作者偏在这气氛之中加入一个说真话的声音："一个说：'这孩子将来是要死的。'"可是他却"于是得到一顿大家合力的痛打"。在吉庆的时刻说不吉利的话，即使是真话，也要招致灾祸，这就是中国的传统与中国的现实。鲁迅愤怒地写道："说要死的必然，说富贵的许谎。但说谎的得好报，说必然的遭打。"这一颠倒是非、混淆黑白的现象，就是当时中国的社会现实。鲁迅痛感这世界的荒谬，用了这一形象化的故事予以比拟和象征，真称得上是绝妙的了。

其中与传统习俗相悖，与大多数人的吹捧、说假话不同的那位说孩子"将来是要死"的人，其声音有如夜空中使人震悚的猫头鹰的恶声一样，令人战栗。这也就是鲁迅式的改革者的化身。他们一反常规，打破了"千百年来就是如此"的不变的陈腐观念，主张变革，触犯了许多既得利益的威严，被视为"疯子""狂人"。反动势力对其群起而攻之是在所必然的。鲁迅就多次遭到他们"合力的痛打"，而四处"碰壁"。因此，鲁迅渴望着多有一些猫头鹰式的叫声，他在《"音乐"？》里就反对小雀儿"唧唧啾啾地叫，轻飘飘地跳"，而寻找"只要一叫而人们大抵震悚的怪鸱的真的恶声在那里！？"他认为，只有猫头鹰的叫声能够震悚人们，使人们警觉。

学生姚克曾问及鲁迅："先生所写的大半是暴露封建的丑恶，但中国的遗产中也有好的地方，是不是也可以写？"鲁迅回答说："不错，中国的文化也有美丽的地方，但丑恶的地方实在太多，正像一个美人生了遍体的恶疮。若要遮她的面子，当然只好歌颂她的美丽，而讳隐她的疮。但我以为指出她的恶疮的人倒是真爱她的人，因为她可以因此自惭而急于求医。"（姚克《最初和最后的一面》）

应该说，说孩子"将来是要死"的人，倒是真正在提醒主人，不要陶醉在虚幻的"发财""做官"的美梦里，而要回到现实，注意孩子的锻炼，使他健康的成长，更好地延长自己的寿命。这才是真正有益于孩子的。

然而社会给予他的回报却是相反："合力的痛打"。就像《野草·聪明人和傻子和奴才》中的傻子，听了奴才的诉苦，并不像"聪明人"那样只给"精神上的安慰"，而动手就砸奴才黑屋子的泥墙，要给他砸出一个窗户来。可结果是：他被奴才唤来的一群奴才赶走了。鲁迅多次地表现了自己的痛心。在社会中，有《野草·复仇》中不觉悟的群众麻木地对待别人的不幸或牺牲，宁愿作旁观的无聊的看客；有《野草·复仇（其二）》中的犹太人反过来迫害要拯救他们的"神之子"耶稣，并残酷地打杀他。然而，社会中更多的还是《立论》中的市侩主义——中庸的折衷，骑墙，"哈哈主义"。

作者设问："我愿意既不谎人，也不遭打。那么，老师我得怎么说呢？"老师的回答则是："那么，你得说：'啊呀！这孩子呵！您瞧！多么……。阿唷！哈哈！Hehe!he,hehehehe!'"老师教给学生的处世方法是不置可否，不辨是非的"哈哈主义"，也就是折衷的骑墙。在揭露封建专制统治的旧社会中人们被逼迫不敢说真话的同时，对市侩主义、折衷骑墙的无是非观，作者也进行了有力的讽刺和批判。老师的主张即是突出代表。

鲁迅在《南腔北调集·世故三昧》中，也对此种人生观作了精当的分析和概括："耳闻目睹的不算，单是看看报章，也就可以知道社会上有多少不平，人们有多少冤抑。但对于这些事，除了有时或有同业，同乡，同族的人们来说几句呼吁的话之外，利害无关的人的义愤的声音，我们是很少听到的。这很分明，是大家不开口；或者以为和自己不相干；或者连'以为和自己不相干'的意思也全没有。'世故'深到不自觉其'深于世故'，这才是'深于世故'的了。这是中国处世法的精义中的精义。"事不关己，高高挂起，这就是中国传统处世法中的"世故"，也即是"哈哈主义"。这与《野草·复仇》中的看客没什么两样，也与《暴君的臣民》中暴君的臣民"只愿暴政暴在他人的头上"也没有什么两样。鲁迅指出，然而在中国，这封建专制统治横行的黑暗现实里，"'骑墙'，或是极巧妙的'随风倒'了，然而在中国最得法；所以中国人的'持中'大概是这个"（《集外集·我来说"持中"的真相》）。"所以，你最好是莫问是非曲直，一味附和着大家；但更好是不开口；而在更好之上的是连脸上也不显出心里的是非模样来……'这是处世法的精义，只要黄河不流到脚下，炸弹不落在身边，可以保管一世没有挫折的。但我恐怕青年人未必以我的话为然；便是中年，老年人，也许要以为我是在教坏了他们的子弟"（《南腔北调集·世故三昧》）。鲁迅对"哈哈主义"的贬斥和批判，很明显的寄寓在其中。

他不但对"哈哈主义"的处世哲学进行过多次的深入思考，而且在小说的人物形象塑造中，刻划了"无是非"，也就"无问题，无缺陷，无不平，也就无解决，无改革，无反抗"的方玄绰的形象。《端午节》

中方玄绰的理论是"差不多"说。即官僚和学生差不多，他称："现在社会上时髦的都通行骂官僚，而学生骂得尤利害。然而官僚并不是天生的特别种族，就是平民变就的。现在学生出身的官僚就不少，和老官僚有什么两样呢？'易地则皆然'，思想、言论、举动、丰采都没有什么区别……。"方玄绰的"无是非之心"是非常鲜明的。因此，身兼衙门小官吏和教员的他，在教员因政府欠薪而联合索薪时，他不以为然；但政府从欠教薪发展到欠官俸时，他也发牢骚了。后来，欠薪影响到他的生活了，他也赞同同僚们索薪，但他却安坐在衙门，并不和同僚们一起去讨债。当索薪取得胜利，教员们对不付诸行动而照样获薪的人不满，要求他们"亲领"时，方玄绰则视同僚们为"阎王脸"，认为他们敌我不分。方玄绰就是这样从不行动的人，"差不多"的无是非观是他逃避现实斗争的借口，也是他麻痹自己神经的麻醉剂。鲁迅指出，持这种"无是非"观，"于是无问题，无缺陷，无不平，也就无解决，无改革，无反抗"（《坟·论睁了眼看》）。其后果是十分严重的。它不仅遮掩了丑恶，保护了旧制度旧事物，而且销蚀了改革者的意志，放松了改革反抗的斗争，社会历史的发展也就停滞了。其实这正是反动统治者们所希望的。

历来的反动统治者倡导"中庸"，即"哈哈主义"，折衷骑墙，随风倒，其实是要消解了人们的改革，反抗，永远无声无息地安于做奴隶，受压迫，他们自己是从来不实行的。在《由中国女人的脚，推定中国人之非中庸，又由此推定孔夫子有胃病》一文中，鲁迅对统治者推行"中庸之道"的用心作了精辟的分析。鲁迅指出：中国的传统自命为"爱中庸"，即不偏不倚，不左不右，但从中国女人的脚看，追求"三寸金莲"的极端就不中庸。为何古圣人要大呼"中庸"，倡导"中庸"呢？那就是"人必有所缺，这才想起他所需"。统治者们正因为自己不"中庸"，缺"中庸"，才向人们提倡"中庸"的。就如"穷教员养不活老婆了，于是觉得女子自食其力说之合理，并且附带地向男女平权论点头；富翁胖到要发哮喘病了，才去打高而富球，从此主张运动的紧要。"孔夫子提倡"食不厌精，脍不厌细"，正说明了他需要"精""细"的食品，这可能是源于他有胃病的缘故。这种议论，幽默诙谐，却又道理明晰。鲁迅提醒人们，切不可被表面现象所迷惑，要透过现象看本质。提倡"休息要紧，饮食小心"的人不一定是卫生家，而往往是"头痛肚泻"之人。鲁迅的眼光是敏锐的，有着深邃的洞察力。

1925年，中国的反动势力仍然十分猖獗，改革的形势可以说是十分严峻。正像鲁迅曾指出的新文化阵营也在分化瓦解，"有的高升，有的退隐，有的前进"。而当时的社会上，市侩主义的人生哲学盛行。面对现实中的理想与现实的矛盾、差距，不少人对政治失去了信心。鲁迅在《自嘲》诗中也有"躲进小楼成一统，管他春夏与秋冬"的描述。《立论》便是以形象化的象征，幽默地批判了这种折衷骑墙、消极回避的中庸之道，以引起人们的警觉。同时，作品也暗示：以谎言才能得宠，说真话便要遭打，借"持中""骑墙"才能生存的社会，是极不正常的，也是终究不会长久的。

鲁迅倡导人们讲真话，作文应当"有真意，去粉饰，少做作，勿卖弄"（《南腔北调集·作文秘诀》），而不应"通篇都有来历，而非古人的成文"，不说心里话，不说真话，只有"哈主义"的"今天天气哈哈哈……"（同前）。

死后

我梦见自己死在道路上。

这是那里,我怎么到这里来,怎么死的,这些事我全不明白。总之,待到我自己知道已经死掉的时候,就已经死在那里了。

听到几声喜鹊叫,接着是一片乌老鸦。空气很清爽,——虽然也带些土气息,——大约正当黎明时候罢。我想睁开眼睛来,他却丝毫也不动,简直不像是我的眼睛;于是想抬手,也一样。

恐怖的利镞忽然穿透我的心了。在我生存时,曾经玩笑地设想:假使一个人的死亡,只是运动神经的废灭,而知觉还在,那就比全死了更可怕。谁知道我的预想竟的中了,我自己就在证实这预想。

听到脚步声,走路的罢。一辆独轮车从我的头边推过,大约是重载的,轧轧地叫得人心烦,还有些牙齿酸。很觉得满眼绯红,一定是太阳上来了。那么,我的脸是朝东的。但那都没有什么关系。切切嚓嚓的人声,看热闹的。他们踹起黄土来,飞进我的鼻孔,使我想打喷嚏了,但终于没有打,仅有想打的心。

陆陆续续地又是脚步声,都到近旁就停下,还有更多的低语声:看的人多起来了。我忽然很想听听他们的议论。但同时想,我生存时说的什么批评不值一笑的话,大概是违心之论罢:才死,就露了破绽了。然而还是听;然而毕竟得不到结论,归纳起来不过是这样——

"死了?……"

"嗡。——这……"

"哼!……"

"啧。……唉!……"

我十分高兴,因为始终没有听到一个熟识的声音。否则,或者害得他们伤心;或则要使他们快意;或则要使他们加添些饭后闲谈的材料,多破费宝贵的工夫;这都会使我很抱歉。现在谁也看不见,就是谁也不受影响。好了,总算对得起人了!

但是,大约是一个马蚁,在我的脊梁上爬着,痒痒的。我一点也不能动,已经没有除去他的能力了;倘在平时,只将身子一扭,就能使他退避。而且,大腿上又爬着一个哩!你们是做什么的?虫豸!?

事情可更坏了:嗡的一声,就有一个青蝇停在我的颧骨上,走了几走,又一飞,开口便舐我的鼻尖。我懊恼地想:足下,我不是什么伟人,你无须到我身上来寻做论的材料……。但是不能说出来。他却从鼻尖跑下,又用冷舌头来舐我的嘴唇了,不知道可是表示亲爱。还有几个则聚在眉毛上,跨一步,我的毛根就一摇。实在使我烦厌得不堪,——不堪之至。

忽然,一阵风,一片从上面盖下来,他们就一同飞开了,临走时还说——

"惜哉!……"

我愤怒得几乎昏厥过去。

木材摔在地上的钝重的声音同着地面的震动,使我忽然清醒,前额上感着芦席的条纹。但那芦席就被掀去了,又立刻感到了目光的灼热。还听得有人说——

"怎么要死在这里?……"

这声音离我很近,他正弯着腰罢。但人应该死在那里呢?我先前以为人在地上虽没有任意生存的权利,却总有任意死掉的权利的。现在才知道并不然,也很难适合人们的公意。可惜我久没了纸笔;

127

即有也不能写,而且即使写了也没有地方发表了。只好就这样地抛开。

有人来抬我,也不知道是谁。听到刀鞘声,还有巡警在这里罢,在我所不应该"死在这里"的这里。我被翻了几个转身,便觉得向上一举,又往下一沉;又听得盖了盖,钉着钉。但是,奇怪,只钉了两个。难道这里的棺材钉,是只钉两个的么?

我想:这回是六面碰壁,外加钉子。真是完全失败,呜呼哀哉了!……

"气闷!……"我又想。

然而我其实却比先前已经宁静得多,虽然知不清埋了没有。在手背上触到草席的条纹,觉得这尸衾倒也不恶。只不知道是谁给我化钱的,可惜!但是,可恶,收敛的小子们!我背后的小衫的一角皱起来了,他们并不给我拉平,现在抵得我很难受。你们以为死人无知,做事就这样地草率么?哈哈!

我的身体似乎比活的时候要重得多,所以压着衣皱便格外的不舒服。但我想,不久就可以习惯的;或者就要腐烂,不至于再有什么大麻烦。此刻还不如静静地静着想。

"您好?您死了么?"

是一个颇为耳熟的声音。睁眼看时,却是勃古斋旧书铺的跑外的小伙计。不见约有二十多年了,倒还是那一副老样子。我又看看六面的壁,委实太毛糙,简直毫没有加过一点修刮,锯绒还是毛毵毵的。

"那不碍事,那不要紧。"他说,一面打开暗蓝色布的包裹来。"这是明板《公羊传》,嘉靖黑口本,给您送来了。您留下他罢。这是……。"

"你!"我诧异地看定他的眼睛,说,"你莫非真正胡涂了?你看我这模样,还要看什么明板?……"

"那可以看，那不碍事。"

我即刻闭上眼睛，因为对他烦厌。停了一会，没有声息，他大约走了。但是似乎一个马蚁又在脖子上爬起来，终于爬到脸上，只绕着眼眶转圈子。

万不料人的思想，是死掉之后也还会变化的。忽而，有一种力将我的心的平安冲破；同时，许多梦也都做在眼前了。几个朋友祝我安乐，几个仇敌祝我灭亡。我却总是既不安乐，也不灭亡地不上不下地生活下来，都不能副任何一面的期望。现在又影一般死掉了，连仇敌也不使知道，不肯赠给他们一点惠而不费的欢欣。……

我觉得在快意中要哭出来。这大概是我死后第一次的哭。

然而终于也没有眼泪流下；只看见眼前仿佛有火花一闪，我于是坐了起来。

一九二五年七月十二日

解读

《死后》写于1925年7月12日，发表于同年7月20日的《语丝》周刊第36期。

鲁迅在人生的道路上遭受疾病的折磨，曾经有过几回大病。其中的一回是1925年9月至1926年1月，连续几个月的重病。在1936年9月，即鲁迅生前最后一次大病中，他给母亲写信，谈到了自己的病："男所生的病，报上虽说是神经衰弱，其实不是，而是肺病，且已经生了二三十年，被八道湾赶出后的一回，和章士钊闹后一回，躺倒过的，就都是这病，但那时年富力强，不久医好了。……初到上海后，也发过一回，今年是第四回，大约因为年纪大了之故罢，一直医了三个月，还没有能够停药……。"鲁迅自己是学医出身，深知肺病在当时没有特效药，属绝症，因而对病和死，他是早有准备的。他努力地不使自己受死的预感的威胁，一边积极治疗，一边和敌人进行韧性的战斗。他说："我的戒酒，吃鱼肝油，以望延长我的生命，倒不尽是为了我的爱人，大半乃是为了我的敌人——给他们说得体面一点，就是敌人罢——，要在他的好世界上多留一些缺陷。"（《坟·题记》）

　　他的自我认识——"历史中间物"，就是"生"与"死"的交织。既是历史的中间物，首先其身上就有"旧营垒"的痕迹，他的斗争，第一步是"反戈一击"。其次，在"一面清结旧账"的同时，又"一面开辟新路"，成为"桥梁中的一木一石"。即自己"背着因袭的重担，肩住了黑暗的闸门"，把青年一代放到"宽阔光明的地方去"。这便是他的"生"，为"生存""温饱""发展"而奋斗。再次，随着历史的变迁，中间物也会过时，成为旧物，那么它"应该与光阴偕逝，逐渐消亡"。这就是他的"死"。对于"死"的看法，他曾经说过："进化的途中，总须新陈代谢。所以新的应该欢天喜地的向前走去，这便是壮；旧的也应该欢天喜地的向前走去，这便是死；各各如此走去，便是进化的路。"（《热风·随感录·四十九》）

　　《死后》写于第二回大病之前，所表现的也是作者的生死观。鲁迅以假想的方式写自己死后的所见所闻所想，实质上这也是作者对现实生活的感受，只不过换了一种方式罢了。《死后》所涉及的内容主要为以下几个方面。

　　其一，现实社会对人的迫害使人防不胜防。人怎么死的，死在哪里，人都难以明白："待我自己知道已经死掉的时候，就已经死在那里了。"或者被"无主名无意识的杀人团"所杀，或者死于慈母或爱人误进的毒药，或者为战友乱发的流弹所打中，或者被并无恶意的病菌的侵入致死，或者死于不知从何处发来的暗器，死得不明不白，令人悲苦。倒不如枪对枪、刀对刀地死于敌手的锋刃。这是鲁迅平时顾忌多时的问题。

"无主名无意识的杀人团"指的是"社会上古人模模胡胡传下来的道理,实在无理可讲;能用历史和数目的力量,挤死不合意的人"(《坟·我之节烈观》)。人被其挤死了,还无法指明谁是凶手。这是社会中"古来不晓得死了多少人物"的主要原因。它不能不让鲁迅顾忌。

而正如鲁迅对许广平说过的:"这些瞻前顾后,其实也是很可笑的,这样下去,更将不能动弹。"(《两地书·八三》)作为改革者,鲁迅不得不从多方面去加以警惕,警惕来警惕去,就难以动弹了,这也许就是鲁迅梦见自己"死"在道路上的事实:"我想睁开眼来,他却丝毫不动,简直不象是我的眼睛;于是想抬手,也一样。"

改革者要到了这地步,自然是恐惧的:"恐怖的利镞忽然穿透我的心了。"他害怕的就是被弄敏了感觉却不得行动,那样比什么都痛苦。而"我"死后躺倒在地则正是这种情况:"只是运动神经的废灭,而知觉还在。"

"我"希望因为"死"而得到别人的直言不讳的评价。因为"死"了人们可以不必担心报复。然而,"我"所见到和听到的却仍然是《立论》式的市侩人生哲学——"哈哈主义":"死了?……"。"嗡。——这……","哼!……","啧。……唉!……"。是猜疑,还是肯定?是无话可说,还是鄙夷?是怜惜,还是哀叹?让人不得而知。一切都是不表态的打哈哈——事不关己,高高挂起,少说为佳。这就是社会的恶浊面。

"我"终于未听到一个熟识的声音,这是令我高兴的。因为"我"不愿意因为我的死累及亲人伤心,也不愿意因为我的死使仇敌感到快意,更不愿意为那些无聊的人们增添茶余饭后的闲谈的材料。这正是鲁迅自我精神的再现。

鲁迅的最大担心之一是死后的被人利用。在他创作的《死》中,他就一再叮嘱后人"忘记我""赶快收敛,埋掉,拉倒""不要做任何关于纪念的事情"。可他担心的事情还是发生了:先是马蚁在他的脊梁和大腿上爬,后又是青蝇在他的颧骨、鼻尖、嘴唇、眉毛上停舐,实际上是到他身上"来寻做论的材料"。当被风吹片物盖压而飞走时,青蝇们还大叫"可惜!"为自己未能来得及"做论"而可惜。写的是青蝇，实际上是形同《夏三虫》中"舐一点油汗"，"占一些便宜"，"总喜欢一律拉上一点蝇矢"的败类，他们的"做论"便说明他们是具有青蝇性质的鲁迅的论敌。为此，鲁迅是愤怒异常，"几乎昏厥过去"。

其二，人在现实社会中没有任意生存的权利，也没有任意死去的权利。作品写"我"的死，"很难适合人们的公意"，一开始便受到有人的指责："怎么要死在这里?……"鲁迅愤怒地写道："但人应该死在哪里呢？"倘若找不到应该死的地方，那人岂不是死无葬身之地了么？这就是黑暗现实给于人的：生不能安宁，死也不得安宁。

像《孤独者》中的魏连殳那样，在大殓的时候，卫道者们以封建的丧仪在玩弄着他。他们给他着上不妥帖的衣冠，还放一柄纸糊的指挥刀，俨然一副旧式军官的模样。连魏连殳也在含着冰冷的微笑，冷笑这可笑的死尸。作品写"我"躺进棺材里，被当作无人认领的尸体，连巡警也来了，连着被"翻了几个转身"，接着"向上一举，又往下一沉"。摆弄够了，便盖上棺材盖，又很随意地钉了两个钉子。在世人的摆弄下，改革者终于被打入了棺材。他面临的是"六面碰壁，外加钉子"。这正如鲁迅在诗中所说："运交华盖欲何求，未敢翻身已碰头。"（《自嘲》）"我"的死及入殓，正是人的权利遭到践踏的证明。

在黑暗的社会里，改革者只能"四处碰壁"。鲁迅指出："中国各处是壁，然而无形，象'鬼打墙'一般，使你随时能'碰'"（《华盖集·"碰壁"之后》），这"鬼打墙"似的"壁"，就是社会中封建势力的迫害与打击。如"女师大风潮"中，鲁迅揭示了这"壁"的实质。他说："这时我所不识的教员和学生在谈话了；我也不很细听。但在他的话里听到一句'你们做事不要碰壁'，在学生的话里听到一句'杨先生就是壁'，于是我就仿佛见了一道光，立刻知道我的痛苦的原因了。碰壁，碰壁！我碰了杨家的壁了!"这一层层壁不仅阻挡了改革者前进的步伐，同时也遮蔽了改革者与人民的联系。在《故乡》里，小时的好友闰土见到"我"时:"他站住了,脸上现出欢喜和凄凉的神情;动着嘴唇,却没有作声。他的态度终于恭敬起来了,分明的叫道:'老爷!……'我似乎打了一个寒噤;我不知道,我们之间已经隔了一层可悲的厚障壁了。我也说不出话。"一道"厚障壁"隔出了两个不同的世界,把本质善良的同类人挡在了等级的门槛内外。这不能不令"我"感到"呜呼哀哉"了!因为"我"久已没了纸笔,无法写,就是写了,也不能发表,"放进了应该去的地方",不"呜呼哀哉"又如何呢?

其三,改革者"躲进小楼成一统"无济于事,就是躲到棺材里也照样不得安宁,倒不如另作选择。作品写"我"睡在棺材里,"知不清埋了没有",但终觉"宁静"。乍看,这里确实"宁静",又有"不恶"的"尸衾"。然而,"背后的小衫的一角皱起来了"却"抵得我难受"!死也难逃其恶。

不但如此,"勃古斋旧书铺的跑外的小伙子"竟然抱着"明板《公羊传》"来了,面对死者,竟也做起书的生意来。倘若不是看见六面的壁(棺材板),恐怕不会让人想起这是死去的人。可是这小伙子在问了"您好?您死了么?"之后,但仍然要给死者留下那"嘉靖黑口本"的"明板《公羊传》"。对死者的诧异,他依然辩说:"那可以看,那不碍事。"使原本打算"静静地静着想"的死者,不得安静。直到"我"闭上眼睛,表现出"烦厌",停了一会儿,他才走开。只要赚钱,不看对象,这就是当时被经济利益驱使的商人们的特点。被钱物、经济利益搅得不安,是改革者面对的问题之一。

小伙子走了以后,要从死者身上占便宜的"马蚁"又来了。它不但爬过了大腿和脊梁,而且爬到脖子上、脸上。真是挥之不去,不请自来,让人厌恶至极。可见,这是改革者的常见问题。记得许广平的《鲁迅和青年》中叙述的"义子"的故事:一个青年人和他的女友、女友的哥哥打电报给鲁迅,鲁迅出于关心去接待。他们同住在鲁迅家楼下,其间鲁迅指导他们读书、写稿,甚至找工作,均未成功。鲁迅只好出钱让他们当书店的研究生，他们却嫌累，不去。最后鲁迅只好出旅费请他们走。他自称是鲁迅的"义子"，走时大敲一笔竹杠。回去后还曾拍电报来要钱，说"你还未倒台"。这类青年正是类似"马蚁""青蝇"的流氓无赖。

其四，改革者的最大欢乐是从容、沉静的度过一生，不为成绩得意忘形，也不为失误垂头丧气，执着、追求，永久不息。这在死者的身上体现得十分充分。一种执着追求的力，冲破了改革者内心的"平安"，促使他做了许多梦。就如鲁迅的诗作《梦》所写："很多的梦，趁黄昏起哄。前梦才挤却大前梦时，后梦又赶走了前梦。去的前梦黑如墨，在的后梦墨一般黑；去的在的仿佛都说：'看我真好颜色'。颜色许好，暗里不知；而且不知道，说话的是谁？暗里不知，身热头痛。你来你来！明白的梦。"一次一次梦的追寻，一次一次梦的破灭。但他并不灰心、失望，而是为"明白的梦"而奋斗。因此，改革者多是典型的理想主义者。

不管别人怎样看自己。朋友会祝愿改革胜利，对改革者的赴险表示关切、担心；敌人便期待改革失败，对改革者的挫折、失利感到幸灾乐祸；但改革者却不受他们的影响。他"总是既不安乐，也不灭亡地不上不下地生活下来，都不能副任何一面的期望"。即他既不愿让朋友受连累、伤心，更不愿让敌人感到快乐，"不肯赠给他们一点惠而不费的欢欣"。

对于"影一般的死掉"，朋友仇敌都不知道，改革者是感到十分宽慰的。因为他是殉自己的梦——理想，而且正达到了"不能副任何一面的期望"的目的。于是作品写道："我觉得在快意中要哭出来。"这"哭"是高兴的哭、快意的哭、无泪的哭。作品写"终于也没有眼泪流下"，眼前仿佛有"火花"一闪，即"快意"中流露出来的内心的火花。

可以说，《死后》是作者以"盖棺定论"方式所作的对于自己的解剖与评析，是改革者精神的总结和对社会现实的认识。

这样的战士

要有这样的一种战士——

已不是蒙昧如非洲土人而背着雪亮的毛瑟枪的；也并不疲惫如中国绿营兵而却佩着盒子炮。他毫无乞灵于牛皮和废铁的甲胄；他只有自己，但拿着蛮人所用的，脱手一掷的投枪。

他走进无物之阵，所遇见的都对他一式点头。他知道这点头就是敌人的武器，是杀人不见血的武器，许多战士都在此灭亡，正如炮弹一般，使猛士无所用其力。

那些头上有各种旗帜，绣出各样好名称：慈善家，学者，文士，长者，青年，雅人，君子……。头下有各样外套，绣出各式好花样：学问，道德，国粹，民意，逻辑，公义，东方文明……。

但他举起了投枪。

他们都同声立了誓来讲说，他们的心都在胸膛的中央，和别的偏心的人类两样。他们都在胸前放着护心镜，就为自己也深信心在胸膛中央的事作证。

但他举起了投枪。

他微笑，偏侧一掷，却正中了他们的心窝。

一切都颓然倒地；——然而只有一件外套，其中无物。无物之物已经脱走，得了胜利，因为他这时成了戕害慈善家等类的罪人。

但他举起了投枪。

他在无物之阵中大踏步走,再见一式的点头,各种的旗帜,各样的外套……。

但他举起了投枪。

他终于在无物之阵中老衰,寿终。他终于不是战士,但无物之物则是胜者。

在这样的境地里,谁也不闻战叫:太平。

太平……。

但他举起了投枪!

一九二五年十二月十四日

解读

《这样的战士》创作于1925年12月14日,发表于同年12月21日的《语丝》周刊第58期。

鲁迅在《〈野草〉英文译本序》中对这篇作品的主题是这样概括的:"《这样的战士》是有感于文人学士帮助军阀而作。"

从1924年11月起,北京女子师范大学掀起了一场反动校长杨荫榆的风潮,即"女师大风潮""驱羊运动"。学生运动遭到了军阀政府及其爪牙的疯狂镇压。他们开除学生,动用军警驱赶学生,对坚持斗争的学生停电停水,并决定停办女师大,另组北京女子大学。1925年9月在鲁迅等进步教员的支持下,女师大的师生迁至宗帽胡同新址坚持上课。据《鲁迅日记》统计,鲁迅到新女师大上课、开会,仅两个月就达16次。11月底,在党的领导下,北京工人、学生、各界人士多次游行示威,并一举捣毁了教育总长章士钊等人的住宅。11月30日,女师大学生返回原址复校。"女师大风潮"终于以进步师生的胜利而告终。在这一风潮中,一些文人学士却扮演了极不光彩的角色。

这里有被称为"东吉祥派的正人君子"的陈源、王世杰、燕树棠等一批居住在东吉祥胡同的亲北洋军阀政府的北大教授。这些所谓的"教育界名流"，打着维持公理的幌子，成立所谓"教育界公理维持会"，在女师大复校后仍然玩着"国立女子大学后援"的伎俩，居心叵测。鲁迅作《碎话》《"公理"的把戏》《这回是"多数"的把戏》对他们进行了有力的揭露和回击，指出：他们在军阀肆虐、学生遭摧残时却肉麻地为军阀唱赞歌，而学生的正义斗争胜利后，他们却跳出来横加指责，其卑劣、可耻是不言自明的。他们不过是军阀的走狗。另有周作人和林语堂，在军阀政府面临灭顶之灾时，也打着公允的旗号，出来说话。周作人曾宣扬"西洋近代文明之精神只是宽容"，而"中国现在最切要的是宽容思想之养成"（《黑背心》）。林语堂则公开宣扬"'费厄泼赖'精神"。两人一唱一和，其目的是"现在段君（指军阀段祺瑞）即而复归于禅，不再为我辈的法王，就没有再加批评之必要，况且'打落水狗'（吾乡方言，即'打死老虎'之意），也是不大好的事……"，即为军阀辩解，保护被撵下台的军阀政府。

这么一批人，有鲁迅的大学教书的同事，有平时生活交往中的朋友，更有他的亲兄弟。从人伦的角度看，他们并无你死我活的利害冲突，平时还要相处、交往。他们并非面目狰狞的恶鬼猛兽。就像鲁迅在谈论起他和论敌的关系时所说，他的所有的论争都"实为公仇，决非私怨"（《书信·340522·致杨霁云》）。也就是说，他的打击目标都是无形的旧思想意识、封建专制及其帮凶，不是与之论战的形体的人。这恐怕就是他写《这样的战士》的心态。

《这样的战士》中首先向我们描述了一位战士的形象：既不蒙昧"如非洲土人"，也不疲惫"如中国绿营兵"，既无"雪亮的毛瑟枪"，也无"佩着的盒子炮"。他"只有自己"，没有也不会去乞求"牛皮和废铁甲胄"作保护。他清醒地无所畏惧地手执投枪，独自一人冲锋陷阵。战士的清醒强劲，不带保护的无畏，独自一人的孤寂，都是鲁迅当时思想特征的化身，也是当时改革者的形象的化身。

137

"这样的战士"面对着的是一个"无物之阵",——不见形体的敌人的阵地。找不到敌手,独自一人的叫阵,着实令人感到孤寂的悲壮。他的敌手并非某人,而是千百年来"社会上多数古人模模胡胡传下来的道理"(《坟·我之节烈观》)。他认识到:"如果'叛徒'们造成战线而能遇到敌人,中国的情形早已不至于如此"(《集外集·通讯》)。就是这种"无物之阵"太多,致使人一时难以找准方向,甚至让人连是友是仇也不大容易分辨清楚。

在"无物之阵"里,这样的战士所遇到的都是一些头上插着旗号的"无物",诸如"慈善家,学者,文士,长者,青年,雅人,君子"之类;而且他们均各自标榜为"学问,道德,国粹,民意,逻辑,公义,东方文明"等。他们"都对他一式的点头"。显然,这是现实生活中的现象的写真。改革一出来,得到不少人的赞同、叫好,仿佛改革已经顺乎民心,成为历史发展的大潮。其实,在赞同的人群中,既有真心实意拥护改革者,也有期望从改革中捞取个人私利者,更有改头换面的反改革的旧势力。这些伪装了的反改革势力自"有它使新势力妥协的好办法,但它自己是决不妥协的"(《二心集·对于左翼作家联盟的意见》)。他们"压不下时,则于是乎捧,以为抬之使高,餍之使足,便可以于己稍稍无害,得以安心"(《华盖集·这个与那个》),这是第一步,然后,"将新事物变得合于自己"(《华盖集·补白·二》)。

"无物之阵"中的"一式的点头",所求的目的不外乎就是这样的先使改革者下不了手,"于己稍稍无害",那么,接下去的就是"同化"。使改革驶入自己的轨辙。这样,改革无疑是失败的,改革者也自然被其所"杀"(有的可以被横加罪名而诛杀,有的即使未被杀身,但其改革以毙命告终也是另一种形式的被杀)。因此,鲁迅在作品中写道,这样的战士并未被"一式的点头"所迷惑,他知道"这点头就是敌人的武器,是杀人不见血的武器,许多战士都在此灭亡,正如炮弹一般,使猛士无所用其力"。

在自己的假面目被识破之后，敌手又会改变手段，再度制造新的假象。这就是作品中的战士举起了投枪之后，他们便向战士指明目标："他们都同声立了誓来讲说，他们的心都在胸膛的中央，和别的偏心的人类两样。"这个象征手法的运用的确是耐人寻味和幽默的。"心都在胸膛的中央"，正合了所谓"正人君子"的"正人"一词，同时，又将现实生活中的玩着"公理"把戏，一再表示自己是"持中"，公允，而别人无不偏激的文人学士的神态，是活灵活现。从医学的角度看，人体的构造中心脏应在胸膛的偏左部位，"正人君子"所说的中央，倒是违背客观规律的欺骗。"这样的战士"尊重科学，尊重事实，不被其欺骗的假象——"护心镜"在胸前放着——所迷惑，举起投枪，微笑着"偏侧一掷"，"正中了他们的心窝"。这不禁让我们想到鲁迅先生掌握了真理，不但勇于斗争而且善于斗争的伟大品格。与敌人展开斗争，鲁迅先生是毫不留情的。在揭露和批驳敌人的丑言丑行时，他又采取了灵活多样的方式方法，时而短兵相接、针锋相对，时而声东击西、攻其不备，时而欲擒故纵、诱敌深入。"这样的战士"的微笑地"偏侧一掷"，"却正中了他们的心窝"不正是他灵活多变的战斗方法的写照吗？

然而，反动文人的着力的一招，便是在被揭露被批驳得体无完肤时，或矢口否认，仿佛与己无关，或抽身走脱：三十六计，走为上策。就如作品中所写"一切颓然倒地；——然而只有一件外套，其中无物。无物之物已经脱走，得了胜利"。即，文人学士仍然是文人学士，慈善家仍然是慈善家。而"这样的战士"却"成了戕害慈善家等类的罪人"。于是，打击迫害"正人君子"，难逃其咎。先于1925年8月12日，教育总长章士钊呈请执政府批准，撤销鲁迅的教育部佥事职；继而1926年3月26日《京报》披露，段祺瑞执政府准备继续通缉"乱党"150人，鲁迅名列其中的50名之内。后又于1930年3月，"国民党浙江省党部"呈请通缉鲁迅，罪名为"反动文人"。

但是"这样的战士"却仍然举起投枪。在"无物之阵"中"大踏步"

地走着。又是如此的循环往复:"一式的点头,各样的旗帜,各样的外套",后面依然会有"戕害慈善家等类"的罪名,解职,通缉。但战士毕竟是战士,也依然举起了枪……。这是鲁迅对改革进程的浓缩的象征性描述,也是对改革者的遭际的经验性总结,更是韧性战斗精神的概括。

　　在黑暗势力仍旧比较强大的岁月里,一批批的"这样的战士"在战阵中"老衰""寿终",被黑暗所吞没。"无物之物"的文人学士们倚仗军阀的权势,也会有暂时的得意。伟大的战斗也有短暂的歇息,甚至一时的失利;改革者也会有"寂寞新文苑,平安旧战场,两间余一卒,荷戟独彷徨"(《题〈彷徨〉》)的压抑的心态,但是,不管敌人怎样以"太平"迷惑人,又一批的"这样的战士"必然会再举投枪,前赴后继,生命不息,战斗不止。

　　鲁迅的"这样的战士"的形象,集中了他的彻底斗争精神,再现了他的清醒、机智和顽强性格,表现了他的韧性战斗的意志和宣言。但在一定程度上也流露出孤独、寂寞和带点儿感伤的情绪。

聪明人和傻子和奴才

　　奴才总不过是寻人诉苦。只要这样,也只能这样。有一日,他遇到一个聪明人。

　　"先生!"他悲哀地说,眼泪联成一线,就从眼角上直流下来。"你知道的。我所过的简直不是人的生活。吃的是一天未必有一餐,这一餐又不过是高粱皮,连猪狗都不要吃的,尚且只有一小碗……。"

　　"这实在令人同情。"聪明人也惨然说。

　　"可不是么!"他高兴了。"可是做工是昼夜无休息的:清早担水晚烧饭,上午跑街夜磨面,晴洗衣裳雨张伞,冬烧汽炉夏打扇。半夜要煨银耳,侍候主人耍钱;头钱从来没分,有时还挨皮鞭……。"

　　"唉唉……。"聪明的人叹息着,眼圈有些发红似乎下泪。

　　"先生!我这样是敷衍不下去的。我总得另外想法子。可是什么法子呢?……"

　　"我想,你总会好起来……。"

　　"是么?但愿如此。可是我对先生诉了冤苦,又得你的同情和安慰,已经舒坦得不少了。可见天理没有灭绝……。"

　　但是,不几日,他又不平起来了,仍然寻人去诉苦。

　　"先生!"他流着眼泪说,"你知道的。我住的简直比猪窠还不如。主人并不将我当人;他对他的叭儿狗还要好到几万倍……。"

　　"混帐!"那人大叫起来,使他吃惊了。那人是一个傻子。

"先生，我住的只是一间破小屋，又湿，又阴，满是臭虫，睡下去就咬得真可以。秽气冲着鼻子，四面又没有一个窗……。"

"你不会要你的主人开一个窗的么？"

"这怎么行？……"

"那么，你带我去看看！"

傻子跟奴才到他屋外，动手就砸那泥墙。

"先生！你干什么？"他大惊地说。

"我给你打开一个窗洞来。"

"这不行！主人要骂的！"

"管他呢！"他仍然砸。

"人来呀！强盗在毁咱们的屋子了！快来呀！迟一点可要打出窟窿来了！……"他哭嚷着，在地上团团地打滚。

一群奴才都出来了，将傻子赶走。

听到了喊声，慢慢地最后出来的是主人。

"有强盗要来毁咱们的屋子，我首先叫喊起来，大家一同把他赶走了。"他恭敬而得胜地说。

"你不错。"主人这样夸奖他。

这一天就来了许多慰问的人，聪明人也在内。

"先生，这回因为我有功，主人夸奖了我了。你先前说总会好起来，实在是有先见之明……。"他大有希望似的高兴地说。

"可不是么……。"聪明人也代为高兴的回答他。

一九二五年十二月二十六日

解读

《聪明人和傻子和奴才》创作于1925年12月26日，发表于1926年1月4日的《语丝》周刊第60期，与《腊叶》同时。

这是一篇类似于小说的散文诗，在作品中，鲁迅围绕着如何对待受剥削受压迫的问题，刻划了聪明人和傻子和奴才三种不同的人物性格，展现了三种不同的人生态度。

贯穿作品始终的是奴才。这是一个处在社会底层，受剥削受压迫的典型。他处境悲惨，过的是非人的生活，因此他见人便哭诉，说自己"吃的是一天未必有一餐，这一餐又不过是高粱皮，连猪狗都不要吃的，尚且只有一小碗……"，"可是做工是昼夜无休息的：清早担水晚烧饭，上午跑街夜磨面，晴洗衣裳雨张伞，冬烧汽炉夏打扇。半夜要煨银耳，侍候主人耍钱；头钱从来没分，有时还挨皮鞭……。"奴才的苦痛是封建专制统治的产物。千百年来，孔孟之道就一直把社会分为两大类："或劳心，或劳力；劳心者治人，劳力者治于人；治于人者食人，治人者食于人：天下之通义也。"（《孟子·滕文公上》）奴才是劳力者，自然是被人统治的，也自然是供养别人的，这是封建社会里通行的道义。不值得大惊小怪，属常规常理，换句话说，奴才受苦是应该的。《左传·昭公七年》则将社会中人作了更细的划分："天有十日，人有十等。下所以事上，上所以共神也。故王臣公，公臣大夫，大夫臣士，士臣皂，皂臣舆，舆臣隶，隶臣僚，僚臣仆，仆臣台。"在这里，它将人分为十等：王、公、大夫、士、皂、舆、隶、僚、仆、台。鲁迅指出："我们自己是早已布置妥贴了，有贵贱，有大小，有上下。自己被人凌虐，但也可以凌虐别人；自己被人吃，但也可以吃别人。一级一级的制驭着，不能动弹，也不想动弹"（《坟·灯下漫笔》）。这就是作品的开头，作者所写的："奴才总不过是寻人诉苦。只要这样，也只能这样。"

奴才是不幸的，他也想改变一下现状，甚至提出过"我这样敷衍不下去的"，但他却把希望寄托在"天理"之上。就如《故乡》中的闰土，向"我"索要的是香炉和烛台，把希望寄托在神佛的身上。因而他们又都是不争的。这就是鲁迅在总结中国封建社会的历史时所得出的:"中国人向来就没有争到过'人'的价格,至多不过是奴隶,到现在还如此,然而下于奴隶的时候,却是数见不鲜的。"鲁迅对中国人长期安于受剥削受压迫表现了自己的极大愤怒和批判:"哀其不幸,怒其不争。"

当受到聪明人的可怜与安慰时,奴才似乎受了感动,觉得"已经舒坦得不少了"。而实际上,聪明人的同情——"你总会好起来"的安慰,是缥缈而虚幻的,"总会"是什么时候?下半辈子或死后?

与此相反的,当傻子听奴才诉苦,说及"主人并不将我当人;他对他的叭儿狗还要好到几万倍"时,便大骂主人"混账!"这在奴才看来是断然不能做的,因为这违背了"从来如此"的规矩,所以才显得"吃惊"。再当奴才说到自己"住的只是一间破小屋,又湿,又阴,满是臭虫,……秽气冲着鼻子,四面又没有一个窗"时,傻子指出:"你不会要你的主人开一个窗的么?"这对于奴才来说,简直是"天方夜谭",连想都不敢想的事。所以奴才极快地就反应了:"这怎么行?……。"傻子跟奴才到了他住的黑屋子,动手砸泥墙,要给奴才砸开一个窗户,这时奴才却大惊失色。他不但不让傻子来砸,而且哭嚷着在地上打滚,呼叫:"人来呀!强盗在毁咱们的屋子了!"真正帮助奴才改变处境的傻子,却被其视为强盗。奴才唤来了一群奴才,将傻子给赶走了。这与鲁迅在《复仇(其二)》《颓败线的颤动》等作品所表现的主题是类似的:"要救群众,而反被群众所迫害"(《两地书·四》)。傻子要救奴才,反受奴才的殴打与驱赶,又是这样的例子。这说明鲁迅在先觉的改革者与群众的关系问题上,不止一次地为他们的疏离感到痛心:挚爱人民却不为人民所理解,要改变被压迫者的命运却遭到被压迫者的反对,这是多么残酷的现实!

在主子面前,奴才表现出的态度一是"恭敬",二是"得胜"。在主人面前卑躬屈膝,俯首贴耳,请功领赏,这是要坐稳奴隶位子的人的常态,奴才也不例外,一面"恭敬",一面报告赶走傻子的经过。自己是弱者常受欺侮，却又去欺侮比自己更弱小的人，这也是愚昧落后的奴隶借以自娱的常用的手段，"得胜"感便产生于此。这与《阿Q正传》中的阿Q欺侮小尼姑是相同的。以虐人为乐的痛苦来满足自己的得胜欲，建构自己的优越的心理机制，实际上就是"卑怯"，这就是奴才的基本精神特征之一。

得到了主人的夸奖："你不错"，于是便受宠若惊，仿佛就有了希望，这是奴才的安于现状的本质的表现。

第二个人物形象是聪明人。虽然作者对他着墨不多，却已将这类人的特点表现得非常明晰。聪明人没有任何的行动，只有表情和话语。在听了奴才的哭诉之后，他先是表情"惨然"，说："这实在令人同情"。接着，便是"唉唉……"地叹息，"眼圈有些发红，似乎要下泪"。最终，他向奴才表示了自己的安慰："我想，你总会好起来……。"当奴才赶走傻子，得到主子的夸奖非常高兴，称赞聪明人有先见之明时，他"也代为高兴似的回答：'可不是么……'"。

聪明人的本质是鲜明的：虚伪而教人安于现状。在表情中，两个"似乎""似的"，揭出了他的伪装。其一，"似乎要下泪"，但却没有下。可见，听了奴才的哭诉，他并未真的动感情。他在这之前的"惨然""叹息""眼圈有些发红"都是假惺惺地装出来的。其二，"也代为高兴似的"，其实并没有真的代奴才高兴。这一类人，鲁迅称他们为"做戏的虚无党"。他指出："中国的一些人，至少是上等人，他们的对于神，宗教，传统的权威……是什么也不信从的，但总要摆出和内心两样的架子来……，虽然这么想，却是那么说，在后台这么做，到前台又那么做……。将这种特别人物，号称为'做戏的虚无党'"（《华盖集续编·马上支日记》）。聪明人对奴才并非真的同情，而是做出样子，让其安于现状。实际上，他的"我想，你总会好起来……"的安慰，只是一种虚幻的"黄金世界"的"豫约"，是一种麻醉人的麻醉剂。其作用，正如鲁迅在《一点比喻》中所描绘的"山羊"，——"因为比胡羊聪明，能够率领羊群，悉依它的进止，所以畜牧家虽然偶而养几匹，却只用作胡羊们的领导，并不杀掉它。这样的山羊我只见过一回，确是走在一群胡羊的前面，脖子上还挂着一个小铃铎，作为智识阶级的徽章。"这山羊带领着胡羊们，挨挨挤挤、浩浩荡荡、匆匆地竟奔向它们的前程——北京的触目皆是的"羊肉铺"。

傻子是一个敢于"毁坏铁屋子"的斗争者的典型。在他的身上，没有传统的恶习，没有固有的旧观念的束缚，因而他的举动与奴才、聪明人等完全不同，是一个从传统角度去看属于出轨的"敢说，敢笑，敢哭，敢怒，敢骂，敢打"的改革者性格。首先，他敢于打破旧的等级观念，对主人的不人道，把奴才看得比狗还不如的行为，大骂他"混帐！"因为傻子骂得有理，主人的的确确是言语行动无理无耻，是"混帐"。按照封建礼教的常规，傻子这是"以下犯上"，但改革就要有这样的"以下犯上"的精神。不管是谁，只要他做得不合理、不对，就应该出来反对和指正。其次，不仅是敢骂，他而且敢于颠倒主仆的关系，根据事物的道理，支配主人的行动。这是进一步对封建社会的等级观念的否定。傻子听到奴才被主人安排在一间没有窗户的又湿又阴的黑屋子住时，便直截了当地对奴才说："你不会要你的主人开一个窗的么？"傻子的这话在现实社会中来看是有些天真的，因为现实生活中这是办不到的：只有主人支配奴隶，没有奴隶支配主人。主仆的关系是不可能颠倒的。可傻子仿佛不是现实中人，他身上毫无世俗的污染。按照傻子的逻辑，主人完全有义务有责任给奴才的黑屋子开一个窗户，以便通风和透光，这原因不是别的，就是因为奴才也是人。因此，傻子应该是一个时代的新人的形象。再者，他是一个不尚空谈，敢于行动，雷厉风行，说干就干的实干家。他听奴才说："这怎么行？"便立即到黑屋子去实地调查，并立即决定"我给你打开一个窗洞来"，边说就边开始动手砸那泥墙。面对奴才的劝阻："主人要骂的！"他态度坚决，砸墙不止，并说："管他呢！"傻子是十分清醒的，要根本解决黑屋子的问题，只有砸开一个窗户，这是最有效最得力的办法。他一下子就抓住了问题的关键，而且并不是停留在口头上。如果不是奴才们人多，不是他们出来快、下手狠，也许傻子已经大功告成了。

《聪明人和傻子和奴才》的表达方式有如于《列子·汤问》里的《愚公移山》。在《愚公移山》里，被人们视为"愚公"的人，表面看的确"愚"，凭他那一点点力量要搬走太行、王屋两座山，简直是不可能。所以，"智叟"来劝阻他。但"愚公"以子孙万代挖山不止、何愁大山挖不平的道理，显示了自己的聪明才智和勇气。其实，是愚公不愚、智叟不智，表面的愚和智，只不过是传统的短浅眼光造成的。《聪明人和傻子和奴才》也正是这样。按传统观念的常理，人们眼中的聪明人和傻子如题目所指。但从真正改变奴才被压迫被奴役的命运的功效看，傻子才是真正的聪明人，而聪明人才是傻子。

鲁迅在《写在〈坟〉后面》一文中写道："世界却正由愚人造成，聪明人决不能支持世界，尤其是中国的聪明人。"所指的也正在于此。

腊叶

灯下看《雁门集》，忽然翻出一片压干的枫叶来。

这使我记起去年的深秋。繁霜夜降，木叶多半凋零，庭前的一株小小的枫树也变成红色了。我曾绕树徘徊，细看叶片的颜色，当他青葱的时候是从没有这么注意的。他也并非全树通红，最多的是浅绛，有几片则在绯红地上，还带着几团浓绿。一片独有一点蛀孔，镶着乌黑的花边，在红，黄和绿的斑驳中，明眸似的向人凝视。我自念：这是病叶呵！便将他摘了下来，夹在刚才买到的《雁门集》里。大概是愿使这将坠的被蚀而斑斓的颜色，暂得保存，不即与群叶一同飘散罢。

但今夜他却黄蜡似的躺在我的眼前，那眸子也不复似去年一般灼灼。假使再过几年，旧时的颜色在我记忆中消去，怕连我也不知道他何以夹在书里面的原因了。将坠的病叶的斑斓，似乎也只能在极短时中相对，更何况是葱郁的呢。看看窗外，很能耐寒的树木也早经秃尽了；枫树更何消说得。当深秋时，想来也许有和这去年的模样相似的病叶的罢，但可惜我今年竟没有赏玩秋树的余闲。

一九二五年十二月二十六日

解读

《腊叶》与《聪明人和傻子和奴才》同时创作于1925年12月26日，

同时发表于1926年1月4日的《语丝》周刊第60期。此时，鲁迅正在一场大病之中，《腊叶》是他用以自况的作品。

由于黑暗社会的残酷迫害，长期的紧张战斗生活，鲁迅的健康受到了严重的损害。他的病情，可以从1936年9月大病之后，他给母亲的信中看出。他写道："男所生的病，报上虽说是神经衰弱，其实不是，而是肺病，且已经生了二三十年，被八道湾赶出后的一回，和章士钊闹后的一回，躺倒过的，这都是这病，……初到上海后，也发过一回，今年是第四回，大约因为年纪大了之故罢，一直医了三个月，还没有能够停药……。"写《腊叶》的这回正是"和章士钊闹后的一回"。

许广平在《欣慰的纪念》中曾经回忆："事实的压迫，章士钊们的代表黑暗的反动力，正人君子的卑劣诬陷，真使先生痛愤成疾了。不眠不食之外，长时期在纵酒。经医生诊看之后，也开不出好药方，要他先禁酒、禁烟。"她又写道："在北京和章士钊之流的正人君子的斗争，医生曾经通知过他，服药同时吸烟，病是不会好的。我们几个学生那时就经常做监视的工作，结果仍然未能停止；从此之后，只不过劝告减少而已。"

可是鲁迅的喝酒抽烟是有原因的。正如他在信中告诉许广平自己已经戒酒了，但烟总难戒。他写道："酒是自己不想喝，我在北京，太高兴和太愤懑时就喝酒，这里虽仍不免有小刺戟，然而不至于'太'，所以可以无须喝了，况且我本来没有瘾。少吸烟卷，可不知道是怎么一回事，大约因为编讲义，只要调查，不须思索之故罢。但近几天可又多吸了一点，因为我连做了四篇《旧事重提》。"（《两地书·六十四》）太高兴和太愤懑，自然是由于战斗的缘故。斗争取得成效，达到预期的目的，使敌手原形毕露，这自然是令人高兴的事，喝酒而助兴。当见到敌手的肆虐，人民遭涂炭，或是被造谣诬陷，打击迫害，必然使人气愤而抑郁不平，喝酒而浇愤解郁。吸烟则因为长时间写作，用脑紧张，抽烟来舒缓。这并非一般的酗酒和重烟瘾。不过，这也更损害了他的健康。

　　这情况，鲁迅自己亦是非常清楚的，戒酒成功就是他自己努力的结果，——丢弃小"刺戟"。但他自我感觉烟难戒，许广平等人也只好"劝告减少而已"。因此，在《〈野草〉英文译本序》中，鲁迅明确指出："《腊叶》，是为爱我者的想要保存我而作的"。他也曾对孙伏园谈及作《腊叶》的本意："许公（按：即许广平）很鼓励我，希望我努力工作，不要松懈，不要急急。"

　　在作品中，他变换了叙述角度，站在"爱我者"的观点上，来看自己。而自己则成了将坠的被病蚀的"腊叶"。显然，作品中的"我"乃是"爱我者"。象征性的手法运用，是《腊叶》的主要艺术特点。

　　"腊叶"，是深冬（农历十二月）的枫叶。在作品中，是"我"压在《雁门集》中的一片已经干了的枫叶。围绕这片干了的枫叶，鲁迅作了细致的描绘，形象地写出了自己得病的现状及心态。

　　先写"去年的深秋"。那时鲁迅虽然早已患病，起病最早时是1923年，但却没有复发，他正精神勃发地在战斗。他不但写了大量的作品，有小说、杂文、散文诗，而且在"女师大风潮"中站在斗争的前列，为了支持学生的正义斗争，他于8月13日向杨荫瑜提出辞呈。尽管当时封建势力仍然十分强大，白色恐怖仍然笼罩在北京的上空。在《腊叶》中，这些都被寄寓于自然环境的描写中。总体的环境特点是"繁霜夜降，木叶多半凋零"，这与鲁迅所作《秋夜》中的情形是相同的：阴冷肃杀，充满恐怖气氛，这显然是时代背景的象征。在这样的环境中"庭前的一株小小的枫树也变成红色了。"乍一看，小枫树整个是红色的，这符合自然的规律：秋天，是枫叶红的季节；这也有积极的象征义：红色，象征欢快热烈，代表着积极向上的精神。作品要集中描写的"腊叶"，就是这红色的小枫树上的一片。不过，作者紧接着笔锋一转，"他也并非全树通红，最多的是浅绛，有几片则在绯红地上，还带着几团浓绿"。这一转折，是为将要描写的"腊叶"——病叶作铺垫：

正因为如此，才有斑驳的病叶夹杂其中。

接着写"去年深秋的病叶"。作品写道："一片独有一点蛀孔，镶有乌黑的花边，在红，黄和绿的斑驳中，明眸似的向人凝视。"这里的"一点蛀孔"便是病叶的症状。鲁迅学过西医，深知肺病的症状：结核杆菌在人的肺部繁衍、吞噬，能导致肺部的穿孔，形成空洞。"蛀孔"便是形象的表述，而"一点"则说明病灶不大，病情不严重。"蛀孔"周围"镶着乌黑的花边"正是一种外在病态的显著形状，"乌黑"是其颜色，"花边"是其锯齿状的蛀孔边缘。但是，病叶并未就此萎靡不振，而是"明眸似的向人凝视"。睁大了明亮的眼睛，洞察着周围的一切。他正是以"睁了眼看"的方式，看见了"国民性的怯弱，懒惰，而又巧滑。一天一天的满足着，即一天一天的堕落着，但却又觉得日见其光荣"，看见了我们整个民族都沉缅于"残存的旧梦"，形成了积重难返的民族惰性："于是无问题，无缺陷，无不平，也就无解决，无改革，无反抗。"（《坟·论睁了眼看》）因此，他提出了"在改革者的眼里，已往和目前的东西是全等于无物"（《译文序跋集·〈出了象牙之塔〉后记》）的命题。在《论睁了眼看》中，他发出了具有历史意义的号召："没有冲破一切传统思想和手法的闯将，中国是不会有真的新文艺的"，"早就应该有一片崭新的文场，早就应该有几个凶猛的闯将"。

作者将关键的内容放在"今夜"。这时，鲁迅已处在1925年年底至1926年年初的肺病复发期中。因此，作品中的"腊叶"这时是："他却黄蜡似的躺在我的眼前，那眸子也不复似去年一般灼灼。"作者用了"黄蜡似的"来形容"腊叶"的颜色，这与现实生活中的病人病态的脸色"蜡黄"十分吻合，当时正在病中的鲁迅就有似于这"黄蜡似的""腊叶"。加之用了一"躺"字，则显得更为逼真、形象，再现了这回鲁迅病情的严重。和"去年的深秋"时相比较，已经难以有那种"灼灼"之态。病情使鲁迅的战斗也受到一定的影响。与鲁迅关系非常密切，也非常了解鲁迅思想性格的冯雪峰，在他的《回忆鲁迅》中曾这样评价鲁迅:"没有任何强有力的敌人能够压服他,没有任何困难能够阻挠他的意志,……但是,暗暗地他在感觉到只有一个敌人能够压服他,能够夺去他的工作,这就是病以及由病而来的死的预感。"许广平也正是在1925至1926年的这次他的旧病复发中,看到了这一点。她在写给朋友常玉书的信中,就表示了自己的担心,一面是鲁迅的面面受敌,心力交瘁;一面是病甚沉重,可面对医生的警告,鲁迅却"本抱厌世,置病不顾"。

应该说,那片将要坠落的已有蛀孔而黄蜡色的病枫叶,是鲁迅形象的象征。而作品将"我"(即"爱我者")的"想要保存我"的思想、情感也作了淋漓尽致的揭示。

在"去年的深秋","我"曾一别过去的常态(即枫树青葱的时候),"细看叶片的颜色",当发现有蛀孔和乌黑的花边,便自念:"这是病叶呵!"表现了一种深重的关切。鲁迅作为文化革命的旗手,在新文化运动中冲锋陷阵,成绩斐然,他的"呐喊"在人们心头留下了闯将的形象,谁也不会注意到他的病情。而正是许广平等这些女师大的学生们,细致入微注意到了这一点。就如王士菁在《鲁迅传》中写的:"许多爱护鲁迅先生的青年们,时常到鲁迅家里来的学生们,就闹着不许他喝酒,要求他戒烟,景宋女士(按:即许广平)是其中最关心的一个。"是这些"爱我者"关心着鲁迅的病。作品写道,于是"我""便将他摘了下来,夹在刚才买的《雁门集》里。大概是愿使这将坠的被蚀而斑斓的颜色,暂得保存,不即与群叶一同飘散罢。"保存"腊叶"的原有"斑斓颜色",这是"我"的最大愿望。这就是鲁迅把此篇作品概括为"为爱我者的想要保存我而作"的原因。"我"对"腊叶"的关心、体察、收藏,希望这片叶子"不同群叶一同飘散",正体现了这一点。

面对今夜已"不复似去年一般灼灼"的"腊叶","我"害怕"旧时的颜色在我记忆中消去"。因为这将坠的病叶的斑斓,虽然说是经受过霜打冰冻,但也"只能在极短时中相对",更何况那些经不起霜打冰冻的青的绿叶呢。鲁迅在这里将"爱我者"的期望、担心表现得非常充分,但对自我的象征——将坠的病叶的斑斓,更有着十分清醒的认识。作为"历史的中间物",他个人的作用是渺小的,而且也是短暂而极其有限的。正因为如此,他更要珍惜它。

鲁迅在这篇作品中怀着深深的感激,感激青年们对自己的关心、爱护和尊敬,感激他们对自己的病的关照无微不至。这些都在作品"我"的细微描写中表现出来了。但这之中我们可以体味到鲁迅的情感并不仅仅是感激,他对"腊叶"的清醒的认识也包含着他对自己的病的态度:既然"腊叶"的斑斓只能在"极短时中相对",那么,就让它傲然挺立于繁霜之中,放射自己的斑斓之光!

作品的末尾,以"我"的口吻假设:"当深秋时,想来也许有和这去年的模样相似的病叶的罢",但"我"以否定的回答表现了自己的否定态度;"没有赏玩秋树的余闲。"即:不希望再有这样的病叶,因为眼前的病叶已经让人揪心了。这时寄寓的思想意义在于:愿改革者们都能郁郁葱葱,到深秋则一片灼灼的红色,放射出斑斓之光,不再遭受疾病的折磨。这就要改革者既要战斗,又要注意休养生息,才能保持旺盛的改革精力,才能把改革进行到底。这是意味深长的!

《腊叶》以虚拟的方式,创造了"病叶"的形象,深切地表达了鲁迅自我虽病犹战的意志,以及对关心爱护自己的青年友人的感激。

淡淡的血痕中

——记念几个死者和生者和未生者

目前的造物主,还是一个怯弱者。

他暗暗地使天变地异,却不敢毁灭一个这地球;暗暗地使生物衰亡,却不敢长存一切尸体;暗暗地使人类流血,却不敢使血色永远鲜秾;暗暗地使人类受苦,却不敢使人类永远记得。

他专为他的同类——人类中的怯弱者——设想,用废墟荒坟来衬托华屋,用时光来冲淡苦痛和血痕;日日斟出一杯微甘的苦酒,不太少,不太多,以能微醉为度,递给人间,使饮者可以哭,可以歌,也如醒,也如醉,若有知,若无知,也欲死,也欲生。他必须使一切也欲生;他还没有灭尽人类的勇气。

几片废墟和几个荒坟散在地上,映以淡淡的血痕,人们都在其间咀嚼着人我的渺茫的悲苦。但是不肯吐弃,以为究竟胜于空虚,各各自称为"天之戮民",以作咀嚼着人我的渺茫的悲苦的辩解,而且悚息着静待新的悲苦的到来。新的,这就使他们恐惧,而又渴欲相遇。

这都是造物主的良民。他就需要这样。

叛逆的猛士出于人间;他屹立着,洞见一切已改和现有的废墟和荒坟,记得一切深广和久远的苦痛,正视一切重叠淤积的凝血,深知一切已死,方生,将生和未生。他看透了造化的把戏;他将要起来使人类苏生，或者使人类灭尽，这些造物主的良民们。

造物主，怯弱者，羞惭了，于是伏藏。天地在猛士的眼中于是变色。

一九二六年四月八日

解读

《淡淡的血痕中》创作于1926年4月8日，发表于年4月19日的《语丝》周刊第75期。

鲁迅在《〈野草〉英文译本序》中点述了自己创作这篇作品的意旨，他说："段祺瑞政府枪击徒手民众后，作《淡淡的血痕中》，其时我已避居别处"。很显然，其主题是抨击封建军阀屠杀手无寸铁的群众，用卑鄙的手段镇压人民的罪行。

1926年的3月18日，北京女子师范大学的学生们就"大沽口事件"，进行游行示威、请愿，要求当时的段祺瑞执政府驳回帝国主义的"最后通谍"，废除不平等条约，抗击帝国主义的侵略。可是当游行队伍到达铁狮子胡同国务院东辕门——执政府门前时，段祺瑞竟下令卫队用大刀和排枪，大开杀戒，肆无忌惮地残忍地屠杀青年学生和进步群众。刘和珍、杨德群便牺牲在敌人的枪弹下。鲁迅听到这消息后，当即在正在创作的《无花的蔷薇之二》中，加入了谴责军阀政府大屠杀的内容。他写道："如此残虐险狠的行为，不但在禽兽中所未曾见，便是在人类中也极少有的"，"这不是一件事的结束，是一件事的开头。墨写的谎话，决掩不住血写的事实。血债必须用同物偿还。拖欠得愈久，就要付出更大的利息。"他异常愤怒地把这一天称之为"民国以来最黑暗的一天"。

段祺瑞之流为了掩盖自己的罪行，颠倒是非、混淆黑白，到处造谣诬蔑"学生暴乱""闯袭国务院""抛掷炸弹、泼灌火油""殴打警察"，甚至说"当场夺获暴徒手枪数支"。对此，鲁迅先后写下了《死地》《空谈》《记念刘和珍君》等一批杂文，对敌人的无耻谰言作了彻底的揭露与抨击。在《记念刘和珍君》里，鲁迅愤怒地写道："真的猛士，敢于直面惨淡的人生，敢于正视淋漓的鲜血。这是怎样的哀痛者和幸福者？然而造化又常常为庸人设计，以时间的流驶，来洗涤旧迹，仅使留下淡红的血色和微漠的悲哀。在这淡红的血色和微漠的悲哀中，又给人暂得偷生，维持着这似人非人的世界。我不知道这样的世界何时是一个尽头！"

《淡淡的血痕中》所揭示的，也正是鲁迅所说的"淡红的血色和微漠的悲哀"。这世界是"造化"所设计的，它"给人暂得偷生"，维持着的是"似人非人"的状态。这"造化"，不是传说中的天、神、万物的创造者，而是现实世界的主宰者——旧中国的最高统治者——旧军阀。

因此，鲁迅单刀直入，在作品的一开头，就直指"造物主"。他以轻蔑的神情写道："目前的造物主，还是一怯弱者"。反动军阀就是因为害怕人民的力量，害怕见到自己的悲剧式结局，便疯狂地屠杀人民，作为自己垂死前的挣扎。屠杀之后又害怕被人们知道真相，自己难辞其咎，便编造谎言。这样的"造物主"——现实社会的主宰是何等的怯弱！

作品从四个方面来揭露"造物主"的"怯弱"的本质。其一，"他暗暗地使天变地异，却不敢毁灭一个这地球"。这里的"天变地异"，指的是反动统治者违背道理公德，干些不合常理的罪恶勾当，残害人民。但他们又不敢失去人民而毁灭地球，毁灭地球可能他们自己也要毁灭，即使不毁灭，没了地球和人类，他们也就无人统治、无地登基。"变异"是他们统治人的手段，维护统治地位才是他们的目的。其二，他"暗暗地使生物衰亡，却不敢长存一切尸体"。本来生物的衰亡应有其客观的自然规律，新陈代谢，循环往复，可这里的"使生物衰亡"，乃是不合自然规律的卑劣手段。把自己认为是"可恶"的人清除掉，不管采用什么手段，这是封建军阀和一切反动势力的惯用伎俩。但他们却不敢长存尸体，而留下他们的罪证。他们怕见阳光，怕原形毕露，所以他们在杀了人之后就得焚尸灭迹。其三，他"暗暗使人类流血，却不敢使血色永远鲜秾"。封建军阀反动双手沾满了人民的鲜血，依靠大屠杀来维持自己的统治，可又怕人民"血债要用血来偿"，起来找它清算。因此，制造了血案，就必须立即将血迹清扫干净，以便掩盖自己的罪行，而方便蒙蔽人民。其四，他"暗暗地使人类受苦，却不敢使人类永远记得"。封建统治者实行封建专制统治的同时，必然制造许多舆论，"三纲五常"的封建伦理道德便是其压迫剥削合理化、合法化的理论依据，千百年从来如此，人们遵从它是天经地义。至于受苦，那是天命难违，一切命中注定。不得计较，不怨天尤人，更不用记在心上。这是他们害怕压迫激起人民的仇恨与反抗。四个方面的分析、总结，四个"暗暗地"状语，揭露了封建军阀的虚弱的本质。

本质如此虚弱，而要维护自己的统治，就不得不采用狡猾的手段。这就是作品中的"用废墟荒坟来衬托华屋，用时光来冲淡苦痛和血痕；日日斟出一杯微甘的苦酒，不太少，不太多，以能微醉为度，递给人间，使饮者可以哭，可以歌，也如醒，也如醉，若有知，若无知，也欲死，也欲生。"先是用"废墟荒坟"与"华屋"的对比，来对"人类中的怯弱者"作软硬兼施，诚服者可以得"华屋"，反抗者打入"废墟荒坟"，怯弱者该选择的是"华屋"吧！接着是用"时光"来冲淡"苦痛与血痕"。有苦痛吗？流过血吗？这只是暂时的。没有苦怎会有甜？不流血怎么会有新生儿？随着时光的推移，你一定会苦尽甜来，忍着吧！一定会伤好痊愈，生出新的骨肉，抚平创伤吧！怯弱者应该像《聪明人和傻子和奴才》中的奴才那样，得到慰安，感激涕零。喝一杯人生的苦酒吧，对酒当歌，人生几何？今朝有酒今朝醉，莫待他日空对樽。何以解忧？唯有苦酒。伴着酒，可以落泪散郁，可以放歌泄情，半醉半醒，似醉非醉，即像有知觉，又像没知觉，处于要死要生之间的醉死梦生。这是怯弱者的最理想的精神状态。何乐而不为呢？封建专制统治者就是要使人类中的怯弱者养成偷生的性格，他们得靠这些人的供养，因此，他们还没有灭尽人类的勇气，只能采取以上的一些法子。

封建专制统治者们用屠刀杀害了那些敢于不服从、敢于反抗的人，把他们打入废墟荒坟，使淡淡的血痕与其相映衬。在这淡淡的血痕中，许多人有其间咀嚼着别人和自己的悲苦（别人的被屠杀失去了性命是悲苦的，自己处在屠刀之下胆战心惊也是悲苦的），而且不知这悲苦究竟何时才能了结。然而，他们却不愿意改变这种状况，认为这样比什么都没有要强。他们把自己看作是"被天侮辱损害的人"，一切听天由命，无论是自己，还是别人，悲苦的长短不是自己决定得了的。他们以此为自己的行为来辩解。就这样，旧的悲苦去了，新的悲苦又会到来，这是他们的命运所安排的，他们只能惊恐地屏住呼吸等待着那新的悲苦的到来。新的悲苦来得早，去得就越快，悲苦过完总有好日子。因此，虽然他们对新的悲苦充满恐惧，但又渴望它的早些来临。淡淡的血痕中的这些人都是封建专制统治者治下的顺民，他们的行为、思想正是封建专制统治者所需要的。

在淡淡的血痕中还有另外一类人，那就是叛逆的猛士。他们生长在人民中间，站得高看得远。他们能洞察一切已经被改变模样的或现存的废墟、荒坟，不会忘记一切深广而久远的苦痛，敢于正视一切重重叠叠的淤积起来的鲜浓的血。他们深深懂得一切都在变化发展，生和死也如此。已经死去的死的价值，正在活着的活的意义，将要出生和还未出生的历史的作用，将决定他们自身的得与失、崇高与卑鄙。他们看透了封建专制统治者玩弄的手段和把戏，他们要起来唤起人们的觉醒，不再做统治者的顺民；或者要让那些逆来顺受的奴隶乃至整个人类都走向毁灭，使封建专制统治者无民可治。

显然，鲁迅景仰的就是在淡淡的血痕中的叛逆的猛士。正如他所说："这一类的人们，就是现在也何尝少呢？他们有确信，不自欺；他们在前仆后继的战斗，不过一面总在被摧残，被抹杀，消灭于黑暗中，不能为大家所知道罢了。"（《且介亭杂文·中国人失掉自信力了吗？》）

他又指出:"苟活者在淡红的血色中,会依稀看见微茫的希望;真的猛士,将更奋然而前行。"(《华盖集续编·记念刘和珍君》)

这些叛逆的猛士的"不惮前驱",勇往直前的精神,将使作为"造物主"的封建统治者深感内心的虚弱,使顺民——人类中的怯弱者为自己的行为感到羞愧。他们最终都将被历史所淘汰。到那时,天地将在猛士的眼中改变颜色,由黑暗转入光明。

《淡淡的血痕中》揭露了封建军阀以残忍的手段屠杀人民的罪行,刻划了在淡淡的血痕中的两类不同的人物:造物主的顺民和叛逆的猛士,表达了自己对真的猛士的景仰和对一味咀嚼悲苦者的批判,并预言新的天地的终将出现。作品的副标题"记念几个死者和生者和未生者"也是耐人寻味的。对叛逆的猛士的赞扬,正是对刘和珍、杨德群等烈士的最好祭奠,也是对生者的鞭策。而对造物者的揭露,对顺民的批评,更是对死者的安慰,为生者所警惕。整个作品的内涵,将对未生者带来新的启迪。

一觉

　　飞机负了掷下炸弹的使命，像学校的上课似的，每日上午在北京城上飞行。每听得机件搏击空中的声音，我常觉到一种轻微的紧张，宛然目睹了"死"的袭来，但同时也深切地感着"生"的存在。

　　隐约听到一二爆发声以后，飞机嗡嗡地叫着，冉冉地飞去了。也许有人死伤了罢，然而天下却似乎更显得太平。窗外的白杨的嫩叶，在日光下发乌金光；榆叶梅也比昨日开得更烂漫。收拾了散乱满床的日报，拂去昨夜聚在书桌上的苍白的微尘，我的四方的小书斋，今日也依然是所谓"窗明几净"。

　　因为或一种原因，我开手编校那历来积压在我这里的青年作者的文稿了；我要全都给一个清理。我照作品的年月看下去，这些不肯涂脂抹粉的青年们的魂灵便依次屹立在我眼前。他们是绰约的，是纯真的，——阿，然而他们苦恼了，呻吟了，愤怒，而且终于粗暴了，我的可爱的青年们！

　　魂灵被风沙打击得粗暴，因为这是人的魂灵，我爱这样的魂灵；我愿意在无形无色的鲜血淋漓的粗暴上接吻。漂渺的名园中，奇花盛开着，红颜的静女正在超然无事地逍遥，鹤唳一声，白云郁然而起……。这自然使人神往的罢，然而我总记得我活在人间。

　　我忽然记起一件事：两三年前，我在北京大学的教员预备室里，看见进来了一个并不熟识的青年，默默地给我一包书，便出去了，打开看时，是一本《浅草》。就在这默默中，使我懂得了许多话。阿，这赠品是多么丰饶啊！可惜那《浅草》不再出版了，似乎只成了《沉钟》的前身。那《沉钟》就在这风沙洞中，深深地在人海的底里寂寞地鸣动。

野蓟经了几乎致命的摧折，还要开一朵小花，我记得托尔斯泰曾受了很大的感动，因此写出一篇小说来。但是，草木在旱干的沙漠中间，拼命伸长他的根，吸取深地中的水泉，来造成碧绿的林莽，自然是为了自己的"生"的，然而使疲劳枯渴的旅人，一见就怡然觉得遇到了暂时息肩之所，这是如何的可以感激，而且可以悲哀的事？

《沉钟》的《无题》——代启事——说："有人说：我们的社会是一片沙漠。——如果当真是一片沙漠，这虽然荒漠一点也还静肃；虽然寂寞一点也还会使感觉苍茫。何至于像这样的混沌，这样的阴沉，而且这样的离奇变幻！"

是的，青年的魂灵屹立在我眼前，他们已经粗暴了，或者将要粗暴了，然而我爱这些流血隐痛的魂灵，因为他使我觉得是在人间，是在人间活着。

在编校中夕阳居然西下，灯火给我接续的光。各样的青春在眼前一一驰去了，身外但有昏黄环绕。我疲劳着，捏着纸烟，在无名的思想中静静地合了眼睛，看见很长的梦。忽而惊觉，身外也还有环绕着昏黄；烟篆在不动的空气中上升，如几片小小夏云，徐徐幻出难以指名的形象。

一九二六年四月十日

解读

《一觉》创作于1926年4月10日，发表于同年4月19日的《语丝》周刊第75期。鲁迅在《〈野草〉英文译本序》中，介绍这篇作品时，曾说:"奉天派和直隶派军阀战争的时候,作《一觉》;此后我就不能住在北京了。"

1926年的"3·18"惨案之后,封建军阀更加加紧了对进步人士、青年学生的迫害。他们编造谣言,妄加罪名,肆意捕人,一时间,北京城的上空笼罩着异常恐怖的气氛。4月9日,也就是鲁迅创作《一觉》的前一天,《京报》披露了军阀政府"深恶教育界之迭次反对,早有大兴党狱之意",并派遣部次长陈任中"调查反对者之姓名,开单密告"。先定有百余名,"18日事变后经章(按:指司法总长兼教育总长章士钊)按单挑出50人",准备在教育界大开杀戒,而鲁迅就名列50名之内(见《京报·三一八惨案之内幕种种》)。面对反动势力气势汹汹的来势,鲁迅非常愤慨,接连写下了《淡淡的血痕中》《大衍发微》《如此"讨赤"》《一觉》等一批作品,揭露封建军阀政府的罪恶与丑行。

《一觉》正是在这一天比一天更为险恶的环境中写的。鲁迅以青年一代的"敢于正视淋漓的鲜血",勇敢地向军阀展开斗争的行为,作为自己的鞭策和鼓舞。他为青年们的"粗暴的灵魂"所惊觉。

作品虽然没有直接写封建军阀的血腥屠杀,没有正面揭露"3·18"惨案的悲惨事实,但"奉天派"军阀张作霖和"直隶派"军阀冯玉祥打仗的背景,同样显示了军阀们的作恶多端。这就是作品开首作者所写"飞机负了掷下炸弹的使命,象学校的上课似的,每日上午在北京城上飞行"。奉系军阀的飞机频繁地飞临北京上空,扔下炸弹,使北京的市民日日处在生死线上。所以作者写道:"每听得机件搏击空气的声音,我常觉到一种轻微的紧张,宛然目睹了'死'的袭来,但同时也深切地感到'生'的存在。"军阀的轰炸,视民众为草芥,肆意地虐杀,这与段祺瑞政府下令屠杀手无寸铁的人民乃"异曲同工"。

在这样的背景下,鲁迅表现出了异常的冷静。爆炸声过后,"飞机嗡嗡地叫着,冉冉地飞去了",他得到了暂时的安宁。经过飞机轰炸之后的环境,令人感到异常的宁静、清新,感到生活于人的宝贵:"窗外的白杨的嫩叶,在日光下发乌金光;榆叶梅也比昨日开得更烂漫。"这也许就是失去自由才懂得自由的可贵,失去安宁才更感觉安宁的甜美。于是,他"收拾了散乱满床的日报,拂去昨夜聚在书桌上的苍白的微尘",使整个小书斋"依然是所谓'窗明几净'"。然后"开手编校那"积压多时的"青年作者的文稿"了。

飞机轰炸的过去,只是自己编校和整理青年作者的文稿的背景,一得安宁便抓紧工作,这是鲁迅的性格。然而,作者清查青年作者的文稿的真正原因却是"因为或一种原因"。作者没有明说,但联系鲁迅写《一觉》前后的生活看,这原因便是与飞机轰炸相比有过之而无不及的,军阀政府对人民的血腥镇压。《鲁迅日记》记载,鲁迅3月29日"入山本医院",后又"移往德国医院","晚自德国医院回家","夜往法国医院",这么转来转去,显然是避开军阀政府的迫害。倘是治病不至于这么短时间(约一个来月)换这许多外国医院,而且不至于"回家省视,夜至医院","往法国医院取什物少许"。因为"3·18"惨案后,军阀政府四处搜查捕人,在朋友的极力劝阻下,鲁迅借贷几百元,于1926年3月底至5月初渡过了一段短期的避难生活。写《一觉》时,仍在危险之中,段祺瑞政府尚未下野。采取曲笔不直说,也是为了避害。正如鲁迅在《〈野草〉英文译本序》中所说:"因为那时难于直说,所以有时措辞就很含糊了。"

整理好青年的文稿,尤其是牺牲了的青年朋友的文稿,是鲁迅的心愿,他甚至把这看成是责任。他曾说过:"一个人如果还有友情,那么,收存亡友的遗文真如捏着一团火,常要觉得寝食不安,给它企图流布的"(《白莽作〈孩儿塔〉序》)。让他们的文稿、他们的精神流传、散布,是鲁迅整理文稿的根本意图和目的。

鲁迅用了"粗暴"二字来赞叹青年们。他写道:"这些不肯涂脂抹粉的青年们的魂灵便依次屹立在我眼前。他们是绰约的,是纯真的。——阿,然而他们苦恼了,呻吟了,愤怒,而且终于粗暴了,我的可爱的青年们。"和温文尔雅的先生、淑女相比，青年们没有脂粉气，原先也是柔弱而天真烂漫的，但终于他们变得苦恼了，也因痛苦而呻吟了，从而走向愤怒，成了粗暴的性格。这"粗暴"却来自"风沙"的打击，——环境的逼迫。这是鲁迅的认识。

鲁迅多次谈及军阀统治下的北京有如沙漠。他在《为"俄国歌剧园"》中写道："有人初到北京来，不久便说：我似乎住在沙漠里了。是的，沙漠在这里。没有花，没有诗，没有光，没有热。没有艺术，而且没有趣味，而且至于没有好奇心。沉重的沙……。"北京不仅有死的沉寂，而且也有飞沙走石的大风，致使沙漠砂砾漫天。就如鲁迅在《华盖集·题记》中所写："还是站在沙漠上，看看飞沙走石，乐则大笑，悲则大叫，愤则大骂，即使被沙砾打得遍身粗糙，头破血流……。"显然，这里比喻的是军阀的专制统治和争权夺利的战争给人民造成灾难。

在这里，鲁迅用了溢美之辞来表达自己对青年们的赞颂之情："魂灵被风沙打击得粗暴，因为这是人的魂灵，我爱这样的魂灵；我愿意在无形无色的鲜血淋漓的粗暴上接吻。"哪里有压迫，哪里就有反抗；风沙的打击必然使魂灵变得粗暴！粗暴正是战斗者所应有的风格。就像毛泽东所指出的："革命不是请客吃饭，不是做文章，不是绘画绣花，不能那样雅致，那样从容不迫，文质彬彬，那样温良恭俭让。革命是暴动，是一个阶级推翻一个阶级的暴烈的行动"（《毛泽东选集·湖南农民运动考察报告》）。

作品以"漂渺的名园"中的景物与现实中"沙漠"的飞沙走石进行了对比。美自然是美的："奇花盛开着，红颜的静女正在超然无事地逍遥，鹤唳一声，白云郁然而起……"，的确也是令人神往的，但它与现实却相隔十万八千里。它只是脱离现实的虚幻的世界，因此鲁迅说："然而我总记得我活在人间。"正如他曾指出的："现在的地上，应该是执着现在，执着在地上的人们居住的。"（《华盖集·杂感》）

接下去鲁迅用了较多的文字介绍了《浅草》《沉钟》的青年们的事实。他原来与这些青年"并不熟识",是一次在教师预备室里得到他们的默默的赠书——《浅草》。虽然无语,但鲁迅却感觉"就在这默默中",他"懂得了许多话",因《浅草》这刊物表现了青年们的丰饶的思想。后来《浅草》不能出了,青年们改出《沉钟》,原有的涉世未深的"浅草",成了"深深在人海的底里寂寞地鸣动"的"沉钟"。这不正像作者在前面所写到的青年吗?他们由"绰约""纯真",而走向"苦恼""呻吟""愤怒",至于"粗暴"了。应该说,《浅草》《沉钟》的青年们也是"粗暴的魂灵"的典型。面对打击,他们不屈不挠地战斗着。鲁迅后来曾称誉他们是"中国的最坚韧,最诚实,挣扎得最久的团体。……如'沉钟'的铸造者,死也得在水底里用自己的脚敲出洪大的钟声"(《中国新文学大系·小说二集·导言》)。鲁迅把他们与托尔斯泰的小说《哈吉穆拉特》中的"牛蒡花"相比:"经了几乎致命的摧折,还要开一朵小花。"

《浅草》《沉钟》的青年们也处在"风沙浈洞"之中,但他们"拼命伸长他的根,吸取深地中的水泉,来造成碧绿的林莽"。从主观角度看,这自然是为了自己的"生",而从客观角度看,这能给疲劳枯渴的旅人带来精神的安慰和休憩的场所。对于青年们,人们将既感激而又悲哀。感激的是他们的努力创造了新的天地,悲哀的是这么有为的好青年们却遇到如此恶劣的环境。他们的努力是有成效而悲壮的。

作者还进一步地写出了《浅草》《沉钟》的青年们的观点,这就是:我们的社会连沙漠都不如。《沉钟》的启事写道:"有人说:我们的社会是一片沙漠。——如果当真是一片沙漠,这虽然荒漠一点也还静肃;虽然寂寞一点也还会使你感觉苍茫。何至于像这样的混沌,这样的阴沉,而且这样的离奇变幻!"多么鲜明的态度,多么有力的谴责!他们比年长的前辈们更清醒,更猛烈,甚至更深刻!它使鲁迅仿佛看见了屹立着的"青年的魂灵",——"他们已经粗暴了,或者将要粗暴了"。它让鲁迅更回到了现实之中：因为青年们所揭示的正是现实的本质，鲁迅称："他使我觉得是在人间，是在人间活着。"军阀统治下的人间正是：混沌、阴沉、离奇变幻。鲁迅再次地表示了自己对这些青年的由衷的热爱："我爱这些流血和隐痛的魂灵。"

这篇紧接着《淡淡的血痕中》创作的作品，既有对辗转于军阀枪弹而英勇牺牲的青年们的记悼，又有对在现实中奋斗搏击的英勇无畏的青年们的赞许，同时，也有着面对黑暗势力仍比较强大，还在猖狂肆虐的内心的沉重。鲁迅以"夕阳"的"西下"，"各样的青春在眼前一一驰去了，身外但有昏黄环绕"来象征。客观环境如此，作者的主观情形又怎样呢？作品用了"疲劳着""无名的思想""很长的梦"来描述。"疲劳"是由于激烈的战斗，而黑暗仍不能排除，光明还十分遥远所致；"无名的思想"即复杂而说不清楚的思想，这反映了作者对自己的反思与自剖，处于人生的十字路口的彷徨、自责；"很长的梦"则表明作者已经意识到改革的道路是漫长的，必须坚持韧性的战斗，美好的梦才能变为现实。

作品中"青年的魂灵"，"被风沙打击得粗暴"的意象本身就是一种悲壮美。虽然"粗暴"显示了强劲、有力的壮美，但它毕竟是遭受了风沙的打击，蕴含着深深的悲哀。这意象也折射出鲁迅内心不是一般的沉重。因此，他一而再地强调："忽而惊觉，身外也还是环绕着昏黄。"但他并不因此而消沉，在作品的结尾他写道："烟篆在不动的空气中上升，如几片小小夏云，徐徐幻出难以指名的形象。"这里，空气虽然不动，但袅袅如篆字的烟雾却扶摇直上。尤其是"夏云"的比喻，令人仿佛突见了光明。夏天的云朵，在烈日的照射下，瑰丽灿烂，不是光明和希望的象征么？只不过作者一时还说不清、道不明，因而它"徐徐幻出难以指名的形象"。这也反映了当时的鲁迅，对光明前途的认识还是比较模糊的，也就是实现"阶级论"转变前的真实写照。

《一觉》是《野草》中最具散文意味的散文诗。在直抒胸臆的同时，也有许多具有象征意味的象征物，寓含深刻，意义深远。题目"一觉"就如此：青年的奋斗、牺牲，给了自己对社会对人生的一次意义深远的惊觉。这意思，鲁迅在《朝花夕拾·小引》中就说得较明白："听到飞机在头上鸣叫，竟记得了一年前在北京城上日日旋绕的飞机。我那时还作了一篇短文，叫做《一觉》。现在是，连这'一觉'也没有了。"

附录

论《野草》之梦境的幻觉型创造

弗洛伊德和荣格创立的"心理分析学"曾经把文学艺术作品分为"心理型"和"幻觉型"两种:"心理型涉及的素材来自人的意识范围,诸如:生活教训,感情波动,情欲体验,一般来说,是人的命运的各种转折点——所有这一切构成人的意识生活,特别是感情生活。……幻觉型的情形与心理型恰恰相反。为艺术表现提供素材的经验,不再是人们所熟悉的了。这种经验是来自人类心灵深处某种陌生的东西——它使人想起分隔我们与史前时代的深渊,或者使人想起一个光明与黑暗形成鲜明对照的超人世界。这是一种人所不能理解的原始经验,人的理解力有可能屈从于它。"[1] 他认为:"幻觉经验看起来确乎与人的一般命运颇不相关,因此人们难以相信它是真实的。可惜幻觉经验略带一些晦涩玄乎和神秘的色彩。我们觉得应该合情合理地进行解释。"[2]

鲁迅的《野草》可以说正是这种"幻觉型"的文学作品。《野草》中以梦的方式写梦幻境界的作品,在全部的23篇作品中就占9篇。正是这些以梦的方式来展现内容的作品,更增加了《野草》的朦胧色彩和难以把握的晦涩。

例如,《影的告别》已经完全脱离了现实中人类的基本经验:有形才有影——形影不离,作品中的"彷徨于无地"的影子要与形体告别——"朋友,我不想跟随你了,我不愿住。我不愿意!"怎么会出现如此之现象?这现象本身就是一种幻象,因此颇令人费解!《狗的驳诘》则是梦境中人面对狗的无可辩驳的驳诘,狼狈逃遁的非现实的荒诞,——人畜颠倒,让人倍觉幽默诙谐,而"人不如狗"的命题却与梦也似的令人难以阐释。尤其是《墓碣文》,更使人迷惑而惊骇不已。墓碣上说明死者的文字:"于浩歌狂热之际中寒;于天上看见深渊。于一切眼中看见无所有;于无所希望中得救。……"简直让人陷在云里雾里!而且,既是"游魂",又化为"长蛇"——"不以啮人,自啮其身",颓坏的墓中尸骸则"胸腹俱破,中无心肝",在欲知本味而抉心自食,令人恐惧万状。《失掉的好地狱》中"伟大的男子"却是"魔鬼",他叙述着让人不解的"好地狱"——"地狱"本来是人类想象编造的、也可以说是"经验"的最坏的处所,这里却称其为"好";那地狱里的鬼魂的叫唤、火焰的怒吼、油的沸腾、钢叉的震颤,这些使人毛骨悚然的现象,却构成了"醉心的大乐":天下太平!这一切,简直太不可思议了!

无论如何,这些怪异的梦境完全超出了人的经验和想象力,不是人类所熟悉的事物。鲁迅在《野草》中为什么写出了这样的梦境?所写的梦境该怎样去解读?

弗洛伊德关于梦的理论认为,所有的梦,即使是最不愉快的梦都可以加以解释,证明具有实现做梦人的愿望的意向。在精神生活中,有一种反复的强制性活动,造成了人的不快乐而逐步显现恐惧。换句话说,也就是恶劣的情境造成了人的压抑,甚至损害。而人的愿望和意向,只有在梦中去设想。

英国学者莱昂内尔·特里林在阐释弗洛伊德关于梦的理论时说:"梦是修复恶劣情境的努力,以便使无能应付这个情境所造成的损失得以补偿;在这些梦中,没有任何躲避这一情境朦胧意向,只有应付这一情境,重新努力进行控制的尝试。"[3]

荣格也说:"至于人们对幻觉型创作的素材来源还不着边际,这是非常奇怪的,……我们甚至因此而怀疑这种不着边际是有意的。我们

169

自然会假设——弗洛伊德心理学鼓励我们这样做——这种希奇古怪的朦胧不明，是以某些完全是个人的经历为基础的。从而，我们希望解释浑沌中的这些奇妙微光，并搞清楚诗人有时仿佛故意把他的基本经验隐蔽起来，不让我们知道的原因。……诗人为了通过自我，把这种经验压抑下去，并且使之成为无意识，运用了病理学的十八般武器。再者，以虚构代替现实的企图，因为不能令人满意，就一定会反复出现在连续产生的许多作品中。这就能对一切荒诞不经、希奇古怪、偏离反常的虚构形象的大量产生作出解释。"[4]

从这个意义上说，鲁迅在《野草》中所写的这些梦境，正是受到恶劣环境的压抑，情感受到伤害境况中的"修复"的努力。鲁迅正是以自己个人的经验，用一种朦胧的遮蔽人的基本经验的方式，完成的独特的艺术创造。

《野草》中的这些梦境，可以说是鲁迅对自己的生存环境——现实社会的独特观照。

梦境的根本特征之一，是违背人的基本逻辑观念的颠倒。这颠倒正是恶劣环境压抑、情感受到伤害的心理的反映，是无意识的自然表现。

《失掉的好地狱》中是人妖的颠倒。明明是充满罪恶：四处燃烧的烤炙人的火焰熊熊、油锅中榨人的烫油滚沸、用以酷刑的钢叉铮亮震动、受尽煎熬的鬼魂在痛苦地呻吟。这本来是罪恶的世界，鲁迅则反称其为醉心大乐的地下太平。在这里，"人类"与"魔鬼"无异，当"人类"取代"魔鬼"后，其统治下的"地狱"仍然"油一样沸；刀一样铦；火一样热；鬼众一样呻吟，一样宛转……"。就如他在《"碰壁"之后》中所说："华夏大概并非地狱，然而'境由心生'，我眼前总充塞着重叠的黑云，其中的故鬼、新鬼、游魂、牛首阿旁、畜生、化生、大叫唤、无叫唤，使我不堪闻见。"[5]

《颓败线的颤动》中是是非的颠倒。封建伦理道德对人伦的颠倒：将母爱的伟大人格和牺牲精神视为"颓败"。忍辱负重的母亲为了女儿，为生活所迫，不得不出卖肉体，她惨遭蹂躏、饱受屈辱；可长大后的儿女却报以冷眼和鄙夷，甚至指责她"害苦"了自己。垂老的母亲在儿女们以怨报德的现实面前，"颓败的身躯"变成"全面都颤动"，——"这颤动点点如鱼鳞，每一鳞都起伏如沸水在烈火上；空中也即刻一同振颤，仿佛暴风雨中的荒海的波涛。……惟有颤动，辐射如太阳光，使空中的波涛立刻回旋，如遭飓风，汹涌奔腾于无边的荒野"。鲁迅是在作个人经验的模拟，是心底梦魇的散发。这是他人生道路上的直觉与感悟。许广平曾经在《鲁迅和青年们》中写道："不管先生如何以物质济人之困，而被接济的还说这东西来路不清，这是很使他痛心的。在他的著作里也曾说过，用了妓女卖身的钱，还骂妓女卑污。"[6]《狗的驳诘》中是人畜的颠倒。隘巷中，人对狗的"见了阔人摇头摆尾而见了穷人就狂吠"的势利的呵斥，遭来了狗的无可辩驳的驳诘。狗以自己智商的低下，不能够识别铜和银、布和绸、官和民、主和奴，不能像智商高的人类那样的追名逐利、媚上欺下，来反驳人类的趋利向尊性的势利。这势利，正是现实社会的承袭封建传统人际关系的基本状况。"人不如狗"的命题，颠倒了现实生活的基本自然规律，超出了人类社会中人类的社会性的本质。狗本来是为人类所不齿的，鲁迅却作出了颠倒的思考。这正如鲁迅在《狂人日记》中所描写的狂人形象一样：狂，即是醒。世人皆昏他独醒，他清醒地看到了封建社会的"吃人"的本质，把"古久先生的陈年流水簿子踹了一脚"，周围的人却视其"狂"而要吃他。

梦境的根本特征之二，是思维形式和思维定势的其妙莫名的反常。这是一种人所不能理解的主体经验。而正是这种人所不能理解的主体经验，造就了人们意想不到的深刻的感悟。

《立论》中的反常，是令人忍俊不禁的。梦中男孩满月的庆典上，在千百年来人们习以为常的升官发财恭贺声中，却冒出了一个"这孩子将来是要死的"的不谐之音，说话者结果"得到一顿大家合力的痛打"。人们正在为这人的"愚钝"而感到可笑时,却被鲁迅的延伸所震慑:升官发财的恭贺是"许谎"、说孩子要死则是"必然"!正常的却是错误的,错误的得好报;反常的才是真话,说真话却挨打。所以梦境中的先生则教自己的学生在立论时打"哈哈"!那么这里却又把先生的"教诲"引向了反常——"传道、授业、解惑"的反面。

《死后》中的人死后虽然不能动弹却还有感觉与思维,更是荒诞不经的反常。在这个作品中,人们第一次见到了经验中不可能有的一个死者死后的感觉:听觉——会听声音(脚步声、说话声、钉钉声等),触觉——有触感(蚂蚁的爬、青蝇的飞、旁人的抬等),还有思维,还会愤怒、气闷、快意、哭泣……。没有比这更稀奇古怪的了!

《墓碣文》里,除了也有死者的"抉心自食",死者的虽然"口唇不动"却也会说话的《死后》式的反常外,更突出的是在那些文字上。沙石所制、剥落很多、苔藓丛生的墓碣上呈现出有限的文字:"……于浩歌狂热之际中寒;于天上看见深渊。于一切眼中看见无所有,于无所希望中得救。……"这种反常是超乎寻常的:处在浩歌狂热的处境中,他却感到中了寒,完全与处境相背,属于非常人之常感;身在天堂他却看见的是深渊,是非常人之常见;一切眼睛睁开都能够见到宇宙间万事万物,他却什么也看不见,是非常人之常能;与常人的"希望"认识不同,一反常人的"只要有一线希望也就能够得救"的观念,而主张越没有希望才越得救,更是常人所不能理解的。这些反常令读者对作品的主人公——尸骸的认识和理解更趋向晦涩。

从这些内容来看,这正如前文中荣格所说:"我们甚至因此而怀疑这种不着边际是有意的。……从而,我们希望解释浑沌中的这些奇妙微光,并搞清楚诗人有时仿佛故意把他的基本经验隐蔽起来,不让我们知道的原因。"确实如此。上述梦境中的反常,那些在人们眼中的"不着边际",应该是鲁迅有意地"仿佛故意把他的基本经验隐蔽起来"。因为当时的社会,就是一个反常的社会。明明是《立论》式的错误,在现实中却成为了千百年来被人们所认可的常理常俗，因而违背这种"常理常俗"就被视为"越轨""发狂"；明明是行尸走肉，不辨是非、冷漠隔膜、没有正义感和同情心，苟活于世，却像《死后》中的旁人那样活着，而有清醒的思想、有真知灼见的人，却已经死了；明明是冷酷、黑暗的现状，却以为是浩歌狂热、已经步入天堂，还以虚无缥缈的所谓"希望"来自我麻醉，这就是《墓碣文》的尸骸走向反常的根本。

鲁迅在《野草》中正是用了梦境的梦幻形式，故意把人们的基本经验隐藏起来，让人们在阅读这种反常方式时，思考、咀嚼，透过表面的混沌，去发现它奇妙微光。其实，作品所要表现的反常，正是反对真正反常的社会现实的正常。这些作品正反映出了鲁迅的独特的思维模式。

另外，《野草》中的这些梦境，还是鲁迅自我潜意识的自然流露。

中国著名美学家朱狄在提出"心理分析美学"的概念时，曾评介了弗洛伊德的精神分析学。他介绍说，弗洛伊德的理论曾被称为"深度心理学"，因为它重视人的深层心理，即人的本能欲望。弗洛伊德认为，在正常情况下，人的这种本能欲望是能够得到正当发泄的，但当其受到抑制时，就将发生转移。"艺术创造也就是艺术家的原始本能冲动转化到一种新的方向上去的升华过程，……人们在艺术家的作品中也能间接地感受到艺术家无意识本能的影响。"[7] 从《野草》中的梦境，我们也能够感受到鲁迅当时的深层次心理，即无意识本能的流露。

《野草》是鲁迅思想发生急剧变化、陷入苦闷彷徨时期的创作。《野草》正体现了鲁迅的抑郁、苦闷，反思、反省，探索、追求。其中交织着爱与恨、充实与空虚、坚定与彷徨、热烈与冷静、欢快与悲凉、希望与绝望……。矛盾的心境是这一切的根基。这种深度心理的矛盾，必然要通过其创作流露出来。《野草》中的梦境也正如此。

《死火》的标题就呈现出矛盾性。火，在人们的经验中，象征光明、革命和改革，代表上进与活力，含义积极。鲁迅却将它与"死"组合到了一起。作品中的"火""火焰"都成了"死"的——被"冰结"了的"死火"。"死火"外层包裹着冷气，内部却红焰流动。这与鲁迅自我外冷（冷静、清醒）内热（热烈、高昂）、冷与热的交织的个性性格是相一致的。"死火"在开始时虽然被遗弃在冰谷，但它最终融化了"冰结"，燃起了流动的烈焰，如红彗星，跃出冰谷口外。这是鲁迅对光明未来的信心和自信力的自然体现。

《影的告别》中形与影的矛盾，更是鲁迅深层次心理的再现。形与影本身就是形象统一体的两个方面，在现实经验中是不可分的，而且影永远是伴着形、随形而动、亦步亦趋的。可这里的"影"却表现出独立自主的个性意识，不愿徘徊于明暗之间，要别"形"而独自远行。这也是鲁迅个性的体现。作品中别"形"而去的"影"的未来充满着悲壮："在黑暗里沉没""被白天消失"。 这正是鲁迅在苦闷彷徨期的思想局限所致。不过，"影"仍然要独自远行，无论自己结局怎样，目的在于没有"形"和别的"影"在黑暗里。这又是鲁迅精神的体现。

[参考文献]

[1][2][3][4] 江西省文联文艺理论研究室等：外国现代文艺批评方法论 [C]. 南昌：江西人民出版社，1985. P94, P101, P103, P105.

[5] 鲁迅：鲁迅全集（1）[C]. 北京：人民文学出版社，2005.

[6] 许广平：许广平文集（二）[C]. 南京：江苏人民出版社，1998.

[7] 朱狄：当代西方美学 [M]. 北京：人民出版社，1984.

《复仇》：复仇话语的内在构成

鲁迅于1905年在日本仙台医科专门学校学医时遇到的一个偶然事件，改变了他的人生道路：弃医从文。这就是他在《呐喊·自序》和《藤野先生》中曾经描述过的"幻灯片"事件。它已经成为人们研究鲁迅的生平和思想发展道路的基本材料。在《呐喊·自序》中，鲁迅写道："从那一回以后，我便觉得医学并非一件紧要事，凡是愚弱的国民，即使体格如何健全，如何茁壮，也只能做毫无意义的示众的材料和看客，病死多少是不必以为不幸的。所以我们的第一要著，是在改变他们的精神，……"[1]鲁迅在这里表达了自己对于事件中的"看客"的深恶痛绝。以后，鲁迅不止一次地在自己的作品中表达了这样的观念。这切肤之痛导致他在20年后所写的《野草》中的《复仇》，《彷徨》中的《示众》，仍然在痛判"看客"。真可谓：此习不除，斗争不息！

《复仇》在这类作品中显得尤为突出。标题的"复仇"二字就体现了深深的痛恨之情：鲁迅用"仇恨"来表述自己的感受，并且要加以报复——"复仇"。整个作品建立在"复仇"的情绪之上，形成了"复仇"话语。

"复仇"话语是由被"复仇"对象——"路人们"的热衷、觊觎和"复仇"者——那对赤裸青年男女的憎恶、无动的对立所构成。

一

　　路人们觊觎、热衷于那对青年男女的"拥抱"和"杀戮",这正是青年男女"复仇"的根本之所在。在路人们的眼里,似乎"拥抱"和"杀戮",才能给他们自己带来"生命的沉酣的大欢喜"和"生命的飞扬的极致的大欢喜"。

　　"拥抱"本是男女性爱的基本表现,是中国千百年来形成的热衷的话题。话题形成之初,其似乎并不能构成"复仇"的话语。长期以来,中国封建旧传统就是"男女授受不亲""父母之命,媒妁之言"的伦理观念,男女爱情受到严酷的禁锢,"性"和"爱"都被视为禁区。"性"与"爱"的被压抑,造成了人们谈"性"色变。而真正敢于突破禁锢,描写男女爱情的作品,则在于对封建礼教的反叛,引起了人们的重视。一部《西厢记》,张生和莺莺的传奇爱情故事,虽然惹起了许多非议和非难,却受到了更多人的喜爱和认可。因为它体现了反封建的精神,既揭露了封建礼教的冷酷和封建婚姻制度的不合理,又反映了进步的社会理想,具有先进的历史意义。对于这类反封建的爱情题材的文艺作品,人们由喜爱到热衷也是无可厚非的,因为在现实中无法得到的东西,只能够从作品中去获取,以求的精神的弥补。它符合历史发展的潮流,是人性化的具体体现,并不具有构成"仇恨"的成分。

　　为什么《复仇》中的"拥抱"却与此相悖呢?这是因为,同为"拥抱",却有不同的蕴涵。在历史上,随着人们对突破封建礼教禁锢的爱情文艺作品的青睐,一些人为了自己的功利,便专事男女"性""爱"作品的构筑,他们以"性"为本的猎奇和展览的模式,远离了反封建的宗旨,渐入"色情"之道,走向诲淫诲盗。《复仇》中"路人们"觊觎、热衷的"拥抱",正是如此。

　　具有积极社会意义的"性""爱"和"拥抱"来自社会,与人们健康的社会文化心理相联系；走向"色情"的无意义的对"性""爱"的猎奇，来自生理，脱离人的社会性和道德观，诱引人的不健康的好奇心理。

鲁迅在《复仇》的起始部分，就从被复仇对象——路人们的生理和心理分析入手，展示了他们对"性""爱"的好奇心理与生理上的满足感：皮肤下的"鲜红的热血"在"血管里奔流，散出温热"，并"各以这温热互相鼓惑，煽动，牵引，拼命地希求偎依，接吻，拥抱，以得生命的沉酣的大欢喜"。毫不涉及社会内容的话语，使人不得不细细斟酌："沉酣"而忘乎一切，与反封建的传统应该是风马牛不相及。

路人所觊觎、热衷的"杀戮"，即指短兵相接的打斗。这也是自古以来的中国老百姓所津津乐道的：十八般武艺的精通、劫富济贫的武侠……。他们的乐道并非好斗，乃是因为在现实中受尽欺压而无力反抗所致。中国古代的封建社会里，等级观念森严："礼不下庶人，刑不上大夫"[2]。鲁迅在《灯下漫笔》里引《左传·昭公七年》所述封建等级："天有十日，人有十等。下所以事上，上所以共神也。故王臣公，公臣大夫，大夫臣士，士臣皂，皂臣舆，舆臣隶，隶臣僚，僚臣仆，仆臣台。"他指出："我们自己是早已布置妥帖了，有贵贱，有大小，有上下。自己被别人凌辱，但也可以凌虐别人；自己被别人吃，但也可以吃别人。一级一级的制驭着，不能动弹，也不想动弹。"[3]俗话也说："衙门八字开，有理无钱莫进来。"老百姓处于社会底层，只有受欺凌的份而无理可讲、无冤可诉。遇到这类情况，他们只能寄希望于像包拯、海瑞式的清官（这也是人们喜欢清官戏的原因），但当时的社会里这样的清官毕竟太少太少，甚至可以说我们今天所看到的文艺作品中的包拯、海瑞肯定还具有虚构的成分，那么，他们遭到贪官污吏、劣绅恶霸的压迫便只能期盼行侠仗义、除暴安良的武侠为他们伸张正义。这些人们心目中的英雄，武艺高强、为民除害，实现了人们在现实中不能实现的理想。因此，人们热衷于武侠的作品，热衷于英雄的崇拜。

他们喜欢看大侠们令人眼花缭乱的变化莫测的武艺，因为武艺越高强就越能够战胜敌人。人们只能够从"善有善报，恶有恶报"的作品的大团圆的结局中，得到安慰与解脱。他们对"武侠""打斗"的热衷，是出于对正义的褒扬、对邪恶的鞭挞、对理想的追求，而非对血腥的鉴赏、对残忍的无视。

同样，随着中国老百姓这种欣赏心理的形成，不少人也在为了自己的功利而揣摩它并投其所好，在创作中大打武侠牌。他们专注于武功的设计与描述，甚至不惜将其神化。为了吸引读者，他们编织离奇的情节，逐渐远离了正义和道德，而转向了江湖义气的展现。这时的武侠作品，已经背离了当初的意旨，成了炫耀武艺的文字游戏。血腥、残忍的场面，越来越普遍。

鲁迅是以"路人们"希望看到那青年男女无缘由的互相"杀戮"，以及看到残杀和死亡时的兴奋，来揭示"路人们"的残忍的。作品中"路人们"欣赏的是：利刃的一击，使"鲜红的热血激箭似的以所有温热直接灌溉杀戮者"；而死者的"冰冷的呼吸""淡白的嘴唇"，使"人性茫然"！这里的鲜血"激箭似的"，——可见其飞溅之快；而鲜血的"直接灌溉"，——也见其流量之大！如此鲜血淋漓，可谓惨不忍睹！那"冰冷""淡白"的死亡惨状，令人毛骨悚然！可是，"路人们"却反而兴奋不已——"得到生命的飞扬的极致的大欢喜"！这些路人，期待着"杀戮"，因为"杀戮"可以慰其"无聊"，他们仿佛看到"杀戮"后感觉到自己"舌上的汗和血的鲜味"。这就如鲁迅在《暴君的臣民》中所揭露和鞭笞的"暴君的臣民"，他指出："……暴君的臣民，只愿意暴政暴在他人的头上，他却看着高兴；拿'残酷'做赏玩，拿'他人的苦'做赏玩，做慰安。"[4]在这些"路人们"身上，缺乏的正是做人的起码的"人性"。与初期人们对武侠作品中的伸张正义的渴望相比较，既没有丝毫的联系，更谈不上可比性。"飞扬"显示的路人们欢喜的情态——自得自在、处于痴迷之中；"极致"则指路人们的欢喜达到了顶峰——没有比这令他们更欢喜的了。这样的"生命"其实只是一种没有人性的苟活!

二

"复仇"者——那对赤裸青年男女对路人的憎恶,以至于对路人采取的"复仇"——无动,是作品"复仇"话语的另一构成。鲁迅多次谈及这个话题:"因为憎恶社会上的旁观者之多,作《复仇》第一篇"[5]"我在《野草》中,曾记一男一女,持刀对立旷野中,无聊人竞随而往,因为必有事件,慰其无聊;而二人从此毫无动作,以致无聊人仍然无聊,至于老死,题曰《复仇》,亦是此意。"[6]

憎恶"旁观",视同仇敌,并以毫无动作,使其无所可观,进行"复仇",足以显示出这对裸身的青年男女与路人们的天壤之别。

青年男女的形象是特别的:"裸着全身,捏着利刃"。

"裸着全身"正应了人类的自然本性,原始的自由,——人是赤条条来到人世间,而最后又赤条条离开人世间。人们曾经以此来作为告诫具有贪欲之人的劝诫语。"裸"者,本身就是"露",毫无遮掩之意。从实体角度来说,是物体没有包裹遮盖的裸露;而从抽象的角度看,如思想、胸怀,那就是襟怀坦荡、心底无私。鲁迅等先驱者们正是这样的人,他们的一切都可以毫无保留地公之于众,甚至自己的隐私,其实他们根本没有自己的隐私。鲁迅不但把自己犯过的错误实实在在记录在自己创作的文字中(如《风筝》《记"杨树达"君的袭来》《关于杨树达君袭来事件的辩正》等),而且连个人最隐秘的恋爱过程也捧献于读者之前(那就是著名的鲁迅景宋通信集《两地书》)。这里的一个"裸"字,确实有着不同寻常的蕴涵。

"捏着利刃",给人以手持兵器的战斗者的形象。利剑在手,随时都可以挥剑上阵,浴血奋战。对此,我们会迅速联想起革命家鲁迅毕生都在战斗,生命不息,战斗不止。在给许广平的信中,他曾经声称:"你的反抗,是为希望光明的到来罢?(我想,一定是如此的。)但我的反抗,却不过是偏与黑暗捣乱。"[7]为了反抗黑暗,他的战斗从未停息,无论环境怎样艰苦、斗争怎样激烈,他都没有放下手中笔。如他在《过客》中所写,"即便前路是坟地,或者荆棘丛生,甚至根本没有路,在黑暗的夜里,过客也要大踏步地向前走去。"

可以说,青年男女作为"复仇"者,正是鲁迅的自我象征,他们表现出了鲁迅的思想特点和个性特征,体现了鲁迅对"看客"的民族劣根性的憎恶与批判——"复仇"。而"复仇"的话语不仅是先驱者性格本质的象征,而且还有思想者对"看客"的国民性批判的深邃:他们"裸着全身,捏着利刃"的特点暗合了看客——"路人们"的不健康的思想文化心理。这是鲁迅对我们民族的病态审美心理的洞察把握和准确概括。直到今天,情爱与武侠题材的文艺作品,仍然受到不少人的喜爱,占有很大的读者市场。

面对那些怀着不健康、无人性心理而只想看热闹的"看客"——"路人们",以及他们对"拥抱"和"杀戮"的热衷,青年男女以"仇恨"的心态决定了自己的"复仇"。"复仇"的方式就是:决不能迎合"看客"而使那些路人们的欲望得到满足。他们俩对立在广漠的旷野之上,"然而也不拥抱,也不杀戮,而且也不见有拥抱或杀戮之意",而以自己的毫无动作,让路人们感到索然无味,从而趋于无聊。于是,路人们从无聊到疲乏,再从疲乏到失了生趣,最终走向干枯。这样的"复仇"举动,鲁迅早有思考。在《娜拉走后怎样》一文中,他曾愤怒地写道:"群众——尤其是中国的,——永远是戏剧的看客。牺牲上场,如果显得慷慨,他们就看到了悲壮剧;如果显得觳觫,他们就看到了滑稽剧。……对于这样的群众没有法,只好使他们无戏可看倒是疗救……。"[8]这就

180

是《复仇》中所写的"无血的大戮"。"看客"式的庸众，是值得人们去愤恨的，但又不能将其杀戮，那样倒又给另一些"看客"提供可资欣赏的"悲壮剧"或"滑稽剧"了。因此，作为"复仇"者的男女，只能以无动来使"路人们"干枯。而当他们审视着"路人"的干枯——这"无血的大戮"时，他们将欣慰，而真正达到"永远沉浸于生命的飞扬的极致的大欢喜"！这正是鲁迅所愿意看到的。

旁观者对于改革，其负面作用从表面看似乎不如反改革者。鲁迅将"仇恨"集中于他们身上，是不是会有人觉得太过了些？其实，在社会中，旁观者的数量之多，常常远远高出反改革者之上。"旁观"之风不除，其危害并不小于反改革。在与反改革者不断斗争的同时，只有鲁迅看到了其严重性。"复仇"的话语，正显示了鲁迅希望"看客"消失的心情之切，真正是刻骨铭心！这思路和话语也是只有鲁迅这样的思想者、先觉者，才能有的。

[参考文献]

[1] [3][4][8] 鲁迅：鲁迅全集（1）[C]．北京：人民文学出版社，2005．P438，P439，P227，P384，P170，P171．

[2] 礼记·曲礼上 [M]．上海：古籍出版社，1987．P13．

[5] 鲁迅：鲁迅全集（4）[C]．北京：人民文学出版社，2005．P365．

[6] 鲁迅：鲁迅全集（13）[C]．北京：人民文学出版社，2005．P105．

[7] 鲁迅景宋通信集 [M]．长沙：湖南人民出版社，1984．P69．

中国现代浪漫主义文学思潮的滥觞

——鲁迅和王国维的浪漫主义文学观

从近代到五四是中国文化史上令人瞩目的伟大的开放时代。这期间，世界新文化潮流和中国传统文化发生了大交流。中国现代新兴文学思潮的产生，便是这特定历史条件下文化交流的结果。以"积极反抗"和"自由创造"为核心的浪漫主义思潮，最为突出地体现了当时的时代精神，因此，它自然而然地成了人们最早择取的武器，成了反对几千年来封建传统的强大精神洪流的喷火口。

浪漫主义思潮在中国源远流长。中国古代文化中光辉的浪漫主义传统为现代浪漫主义文学思潮的产生灌注了乳汁。然而，近代以来广大知识分子要求反抗强权、富国强兵，向西方寻求真理所受到的欧洲浪漫主义文学思潮的影响，却是中国现代浪漫主义文学思潮产生的直接因素。当时，不满中国文学现状而要求改革，介绍西方文艺思想和翻译西方文学作品的，在中国不乏其人。他们在现代浪漫主义文学思潮的形成、发展过程中，有着突出的贡献。

王国维是我国最早用西方美学理论研究中国文学的人。他认为，自汉代以后儒家抱残守缺、思想僵化，到魏晋时佛学输入才有新的起色，而今思想界又趋停滞，只有输入西方新思想才有活力。因此，他积极借鉴西洋人"思辨的""科学的""长于抽象而精于分类""无往而不用综括及分析"的研究方法。在诗文的理论研究中,他提出了许多崭新的见解,取得了可贵的成就。他的诗文理论中的文学观,已经蕴含了丰富的浪漫主义因素,成为中国现代浪漫主义的先声。

《人间词话》是王国维的主要文艺批评论著,体现了王国维的新的文学观念。王国维不拘泥于古代学说和异邦理论,将其合而发展成为自己的新声。他的词论既有我国清代浙派词和常州派词的遗风,又有叔本华、康德的新观念新内容。他指出:浙派"虽格韵高绝,然如雾里看花,终隔一层"[1]"有格而无情"[2],常州派"兴到之作,有何命意?"[3]王国维超越浙派和常州派的范畴,主张写真景物、真感情,讲求格调、气象、感情和韵味。他认为"词以境界为最上。有境界则自成高格,自有名派"[4]"文学之事,其内足以摅己,而外足以感人者,意与境二者而已。上焉者意与境浑,其次或以境胜,或以意胜"[5]。然而,他的"意境说"并不仅限于此,它并非中国传统理论中"心物交融说"(刘勰《文心雕龙·物色篇》)的简单重复,而提出了崭新的"无我之境"和"有我之境"的理论。他说:"有我之境,以物观物,故物皆著我之色彩;无我之境,有景语、情语之别,故不知何者为我,何者为物"[6],"无我之境,人惟于静中得之。有我之境,于由动之静时得之。故一优美,一宏壮也"[7]。王国维所强调的"意境",虽然也包含了境与情、客观与主观、知性与情感的统一,要求文学创作达到物我交融、和谐默契的最高境界,但他把"意境"一分为二,辟为"有我"和"无我",就在古文论的基础上前进了一大步。王国维的"有我之境"(或曰"写境")和"无我之境"(或曰"造境")已经突破了传统"心物交融说"只停留在艺术创造和形象思维阶段的局限,从创作方法和文学观念上对创作规律进行了崭新的探索。他指的"有我之境"和"无我之境"实质上是"理想与写实二派之所由分"[8]。"理想"和"写实"即是浪漫主义与现实主义之特质,王国维的理论首次明确地提出了浪漫主义与现实主义的本质区别。首创"理想"与"写实"的分野,在文学理论的发展史上是一大贡献。自古以来,"有我之境"为中国文论家们津津乐道,王国维于此似乎没有标新立异,而"无我之境"却明显地体现了西方直观主义美学观念的影响。王国维在《叔本华之哲学及其教育学》中曾说:"若我之为我,则为物之自身之一部,昭昭然矣。而我之为我,其现于直观之中时,则块然空间及时间中之一物,与万物无异。"这是他借鉴叔本华直观主义理论研究中国文学而创"无我之境"的例子之一。

受西方唯美主义的影响,一反文学功利主义观念,提倡纯艺术,强调文学的独立价值,是王国维文学观的主要内容之一。他主张:"于诗词中不为美刺投赠之篇,不使隶事之句,不用粉饰之字。"[9]又说:"政治家之眼,域于一人一事。诗人之眼,则通古今而观之。词人观物,须用诗人之眼,不可用政治家之眼。"[10]他把文学看成为非功利而不受别的什么支配的纯艺术。他夸大文学家的眼力,把文学超然于政治之外,视文学的作用超过政治。他认为,美的事物对人们来说是"无欲之我",人类常常为满足和不满足、希望和失望的矛盾所纠缠,功利思想时时存在,因而要从"无欲"中得到解脱。他提倡"使吾人超然于利害之外而亡物与我之关系"[11]的超现实超功利的艺术。20世纪20年代以创造社为代表的现代浪漫主义文学思潮追求艺术的"全"和"美",崇天才,重神会,宣传艺术的"无目的",与王国维的非功利纯艺术观何其相似。

处在新旧交替的急剧变革之际,思想观念的弃旧撷新并不是十分彻底地一蹴而就的,在人们身上往往表现为新与旧的二元矛盾对立。王国维虽然倡导非功利的纯艺术,表现了与"文以载道"传统的截然不同的态度,但他仍不能完全摆脱传统功利观的影响。他曾多次谈及文与作者自身思想、观念、人格的关系,谈及文学与社会的关系。在《文学小言·六》中,他声称:"三代以下之诗人,无过于屈子、渊明、子美、子瞻,此四子者,苟无文学之天才,其人格亦自足千古,故无高尚伟大之人格而有高尚伟大之文学者，殆未之有也。"他将人格与文学相提并论。在《屈子之文学精神》里，他又称："诗之道，既以描写人生为业，而人生者，非孤立之生活，而在家族、国家、社会中之生活也。"这里，他明确论述了文学与家族、国家、社会的紧密联系和表现社会生活的本质。王国维的这种矛盾状况是新旧变革时期的必然，也是后来现代浪漫主义思潮所具有的特征。创造社的成员们就曾一面宣扬艺术"无目的"，一面又强调"文学是时代的良心，文学家便应当是良心的战士"[12]"要在文学之中爆发出无产阶级的精神，赤裸裸的人性。"[13]思想倾向上的矛盾对立是现代浪漫主义思潮的显著特点之一。

强调作家的主观作用和文学表现作家自我意识的特征，是王国维文学观的主要内容之二。王国维说："古人为词，写有我之境者为多。"[14]但他指出："昔人论词，有情语景语之别，不知一切景语皆情语也。"[15]他视艺术创造为作家的主观直觉活动，"境界"便是作家主观的非理性的直觉活动的产物，是"情"之所致。他说："一切境界，无不为诗人设；世无诗人，即无此种境界。夫境界之于吾心而见于外物者，皆须臾之物，惟诗人能以此须臾之物，镌诸不朽之文字，使读者自得之，遂觉诗人之言，字字为我心中之所欲言，而又非我之所能自言，此大诗人之妙秘也。"[16]这里，他夸大诗人自我在文学创作中的作用，视诗人独有的自我意识为不朽文字之妙秘。王国维还将"性情"与"阅世"作为对立物，主张"主观之诗人，不必多阅世。阅世愈浅，则性情愈真。"在《文学小言》中，王国维曾说："故知感情真者，其观物亦真。"[17]把作家的主观情感提到了一个相当的高度。这与后来现代浪漫主义思潮强调直觉、灵感，主张"自我表现"和感情的"自然流泄"是相一致的。

然而，和他的功利观矛盾统一一样，在强调作家主观作用的同时，他仍注意到客观事物对创作的重要影响。他一面追求"真感情"，一面又强调"真景物"，他说："能写真景物、真感情者，谓之有境界，否则谓之无境界。"在论及理想与写实的不同特点为"造境"和"写境"时,又注意其联系,他指出:"有造境,有写境,此理想与写实二派之所由分。然二者颇难分别。因大诗人所造之境,必合乎自然,所写之境,亦必邻于理想故也。"[18]由此可见,强调作家主观作用并非王国维的主观唯心,乃是基于继承传统文学遗产基础上借鉴西方新文艺观念的更新。

王国维文艺观中还有一大特色:崇尚自然。他把自然美作为文学的最高境界,认为艺术不是简单地模仿,而应以真实的情感创造出自然美的境界:"以自然之眼观物,以自然之舌言情。"[19]在他眼里,南宋以来词作每况愈下,原因就在于失去了自然美。他指出:元、明及国初诸老"不免乎局促者,气困于雕琢也",嘉道以后"无救于浅薄者,意竭于摹拟也"。对于"梦窗砌字,玉田垒字""一雕琢,一敷衍",他尤感"痛诋"[20]。他把雕琢、摹拟视为浅薄,认为"大家之作,其言情也,必沁人心脾;其写景也,必豁人耳目。其辞脱口而出,无矫揉妆束之态。"[21]他明确地把自然作为文学的审美标准。他称赞元曲"以意兴之所为之,以自娱娱人",是"中国最自然之文学"(《宋元戏曲史》)。这和后来的现代浪漫主义文学思潮所主张的一篇诗、一支曲、一幅画都是艺术家们天才的"自然流露"相吻合。郭沫若在《三叶集》中曾称:"我对于诗的直觉,总觉得以'自然流露'的为上乘,若是出以'矫揉造作',只不过是些园艺盆栽,只好供诸富贵人赏玩了。"他们以自然之眼观物,以自然之舌言情,无拘无束,终于创造出汪洋恣肆的一代崭新文学。

总之,王国维文论中有关浪漫主义的内容虽然语焉不详,但其中蕴含的浪漫主义因素却是极其宝贵的。

鲁迅则是中国最早系统地介绍和提倡浪漫主义的人。在现代浪漫主义文学思潮的形成过程中,鲁迅的早期论文显然起到了很好的奠基作用。1908年,鲁迅发表的《摩罗诗力说》,旗帜鲜明地赞扬欧洲浪漫主义诗派,推崇积极浪漫主义诗人。鲁迅为寻找新的思想武器开拓中国文学的多种艺术潮流,突出地否定了封闭保守、停滞不前的旧文化;"惟文化已止之古民则不然:发展既央,隳败随起,况久席古宗祖之光荣,尝首出周围之下国,暮气之作,每不自知,自用而愚,污如死海。其煌煌然居历史之首,而终匿形于卷末者,殆以此欤?"[22]他指出,中国文化发展已经到了停滞阶段,发展既停滞,则衰败便随之而来。只凭借光荣的历史来炫耀自己而不求现实的进步,是愚蠢而又顽固的。它们除了供怀古的人赏玩之外别无它用。鲁迅在《文化偏至论》中也说:"欧洲十九世纪之文明,其度越前古,凌驾亚东,诚不俟明察而见矣。"他把19世纪欧洲文化作为改变中国文化落后现状的武器,并鲜明地指出其实质:"以改革而胎,反抗为本。"因此,他选择了摩罗诗人,赞扬他们"力足以振人""不为顺世和悦之音",提倡他们"立意在反抗,指归在动作"的精神和"不克厥敌,战则不止"的顽强意志。

和王国维不同,鲁迅是以一种彻底否定中国旧文化的精神,强调对西方文学的撷取。他把"审己""知人"作为"自觉"和"扬宗邦之真大"的根本,他说:"意者欲扬宗邦之真大,首在审己,亦必知人,比较既周,爰生自觉。"只有认识自己的弱点,了解别人的长处,作一番周密的比较,才能产生自觉。他说:"国民精神之发扬,与世界识见之广博有所属。"鲁迅是取世界文学中积极浪漫主义之火,来改革旧的中国文学,充满着强烈的彻底否定精神。从总体上看,鲁迅的观点更切近现代浪漫主义文学思潮"积极反抗""自由创造"的实质。

《摩罗诗力说》充分显示了鲁迅关于浪漫主义文学的观念:

其一,鲁迅借用丹麦评论家勃兰兑斯以流派论文学的观点和方法,鲜明地高扬起积极浪漫主义的大旗,直接呼唤浪漫主义思潮在中国的兴起。从近代以来,这不啻是一次对于中国旧文化进行反思和冲击的强有力的号召。《摩罗诗力说》介绍的"摩罗派"诗人有英国的拜伦、雪莱,俄国的普希金、莱蒙托夫,波兰的密茨凯维支、斯洛伐斯基、克拉辛,匈牙利的裴多菲,他们都是18世纪末到19世纪初欧洲流行的积极浪漫主义文学的代表。这些作家在思想上表现为：对黑暗现实不满，企望寻求解决社会矛盾的途径。他们同情革命，同情民族解放运动和工人运动，具有渴望自由、为理想而奋斗的积极斗争意志。在创作上，他们注重主观抒情色彩，大胆发挥主观想象力，以幻想、夸张、离奇的情节，以大自然为背景，表现理想化的生活与人物。鲁迅深切地感受到欧洲浪漫主义文学对于中国文学改革的重要性，他称赞拜伦的自由人道的精神，指出其贵在"如狂涛，如厉风，举一切伪饰陋习，悉与荡涤，瞻顾前后，素所不知；精神郁勃，莫可制抑，力战而毙，亦必自救其精神；不克厥敌，战则不止"。他称道雪莱为了反抗虚伪腐败的风俗习惯而创作："修黎抗伪弊习以成诗"，并指出他凭借自己的理想创造新的世界："热诚勃然，无可沮遏，自趁其神思而奔神思之乡。"他向人们介绍普希金的浪漫、莱蒙托夫的想象丰富、密茨凯维支和斯洛伐斯基的以牙还牙与伸张正义、裴多菲的鼓吹自由和豪情奔放。和王国维相比，鲁迅更注重反抗专制压迫和争取独立自由的牺牲精神。他深刻地认识到欧洲积极浪漫主义文学的反抗本质，对它有着由衷的肯定和欣赏，欲撷取来作为反对封建旧文学的斗争武器。他说："而要其大归，则趣于一：大都不为顺世和悦之音，动吭一呼，闻者兴起，争天拒俗，而精神复深感后世人心，绵延至于无已。"

鲁迅对浪漫主义文学反抗本质的介绍、宣传，和后来浪漫主义文学思潮注重反抗的主张是一致的。现代中国浪漫主义思潮的代表郭沫若就公开地表达了反抗意识。他指出："中国的政治生涯几乎到了破产的地位。……我们的事业，在月下浑沌之中，要先从破坏做起。我们的精神为反抗的烈火燃得透明。"[23] 成仿吾也向社会发出了呼吁："对于现代的虚伪与它的罪孽，我们要不惜加以猛烈的炮火。"[24]

其二，鲁迅提出了以"真"为核心的浪漫主义文学主张。在介绍拜伦等欧洲积极浪漫主义作家时，鲁迅就曾指出，这些诗人的性格、言论行动和思想，由于民族各异，所处的环境也不一样，有着各种各样的情况,但是"求真"却是他们的共同之处。他说:"上述诸人,……实统于一宗:无不刚健不挠,拘诚守真;不取媚于群,以随顺旧俗;发出雄声,以起其国人之新生,而大其国于天下。"和王国维相比,鲁迅从审美角度提出了自己的崭新见解,深掘到文学艺术的内在规律,在真、善、美的全面追求中突出"抱诚守真"的浪漫主义主张。他认为,诗重在"率真行诚,无所掩饰",要打破"实利"的观念,把一切虚伪的陋习都加以扫荡。这较之王国维的文学最高境界"真情实感"有了更高层次的内涵。鲁迅把"真实观念"归纳为"诗人之思想感情,与人类普遍观念之一致""诗与道德合,即为观念之诚,生命在是,不朽在是。"他把诗歌的生命、不朽和真实相提并论,并指出:"观念之诚失,其诗宜亡。"他批评司各特等人作文平稳周详,与旧的宗教道德相融洽,失去真实感,并批评18世纪英国社会的弄虚作假的习惯和模仿陈词滥调而大事涂饰的文风。他赞扬拜伦等人"超脱古范,直抒所信。"鲁迅也反对那种只追求实利的做法,他谴责那些整日为实利而忙忙碌碌、既得实利又终日昏昏的人,是卑鄙、怯懦、吝啬、势利刻薄。他主张"以诗移人性情,使即于诚善美强力敢为之域"。如果专为实利,"终至堕落而之实利,为时既久,精神沦亡"。因此,鲁迅极力推崇摩罗诗人的"热诚",他急切地呼吁:"今索诸中国,为精神界之战士安在?有作至诚之声,致吾人于善美刚健者乎?有作温煦之声,援吾人出于荒寒者乎?"

后来创造社明确宣称:"我们所持的,是忠实的直率的态度。"[25]其求真的观念和鲁迅前期的浪漫主义文学主张如出一辙。郭沫若多次否定过追求功利的创作态度。他说:"假使创作家能以功利主义为前提从事创作,上之想借文艺为宣传的利器,下之想借文艺为糊口的饭碗,这个我敢断定一句,都是文艺的堕落,隔离文艺的精神太远了……。"[26]这认识和《摩罗诗力说》的观点也是相同的。

其三,鲁迅超越了王国维的美学思想范畴,从研究文学艺术的本质和特征出发，强调了诗的寓教于悦的审美价值。他说："由纯文学上言之，则以一切美术之本质，皆在使观听之人，为之兴感怡悦。文章为美术之一，质当亦然。"鲁迅认为文学是艺术的一个种类，它和个人、国家的存亡都没有直接的联系，完全脱离了实利，甚至和探讨哲理的哲学也不同。文学对于人们好比大海，人们阅读文学作品犹如在大海中游泳。大海绝无思想感情，也没有给人以格言教训，可是游泳中游泳者的意志和肌体却发生着变化，元气和体力都得到了增强。在阅读文学作品时，人们得到的是潜移默化的教育。鲁迅说："故文章之于人生，其为用决不次于衣食，宫室，宗教，道德，……文章之用益神。所以者何？以能涵养吾人之神思耳。"正是从"涵养吾人之神思"这点出发，他肯定了文学寓教于悦的特征，确认文学的任务和作用乃是培养人的思想、道德、情操。他指出：文章"虽缕判条分，理密不如学术，而人生诚理，直笼其辞句中，使闻其声音，灵府朗然，与人生即会"，"盖世界大文，无不能启人生之阀机……，所谓阀机，即人生之诚理是也"。他视文学为揭示人生真理的样式，认为文学能使人们在阅读的满足中明白自己以前竭力研究而不能理解的道理。他说："此其效力，有教示意；既为教示，斯益人生；而其教复非常教。自觉勇猛，发扬精进，彼实示之。凡苓落颓唐之邦，无不以不耳此教示始。"也就是说，文学含有教育意义，对人生有所裨益，启发人们自觉地勇往直前，奋发图强。任何弱小的民族，无一不是从接受这种教育开始的。

后来"艺术派"的理论家成仿吾也曾一再申明过这种美学主张。他称："一种美的文学，纵或它没有什么可以教我，而它所给我们的美的快感和安慰，对于我们日常生活的更新的效果，我们是不能不承认的。……文学是我们的精神的粮食，我们由文学可以感到多少生的欢喜！可以感到多少生的跳跃！"[27]对于美的感受给人以怡悦的教育作用的认识，也是和鲁迅相同的。

鲁迅这时的浪漫主义文学观念已经接近现代浪漫主义文学的内核，

成为五四时期浪漫主义文学思潮形成的基础。他的早期关于摩罗诗派的介绍，以及关于摩罗派的深刻论述，对现代浪漫主义思潮的形成起了推动作用。

[参考文献]

[1][2][4][6][7][8][9][14][17][18][19][21] 王国维：《人间词话》，引自《〈人间词话〉及评论汇编》，书目文献出版社，1983年版，第1-71页。以下注中王国维的文章，均出自此书。

[3][10][15] 王国维《人间词话删稿》。

[5] 王国维《〈人间词〉乙稿序》。

[11] 王国维《红楼梦评论》。

[12][24][27] 成仿吾：《新文学之使命》，见《文学运动史料选》第1卷，上海：上海教育出版社，1979年版，第214页。

[13][23] 郭沫若：《我们的文学新运动》，见《文学运动史料选》第1卷，上海：上海教育出版社，1979年版，第388-390页。

[16] 王国维《人间词话附录》。

[20] 王国维《〈人间词〉甲稿序》。

[22] 鲁迅论述未注出处者，皆引自《摩罗诗力说》，见《鲁迅全集》，北京：人民文学出版社，1981年版，第1卷63-115页。

[25] 郁达夫《〈创造月刊〉卷头语》，见《文学运动史料选》第1卷，上海：上海教育出版社，1979年版，第224页。

[26] 郭沫若《文艺之社会的使命》，见《文艺论集》。

鲁迅与中国儿童文学传统

中国的儿童文学作为一种独立的文学样式,是伴随着现代文学的诞生、发展而从无到有,蔚为壮观的。五四以来,不少作家把自己的精力投向儿童文学的理论倡导和创作实践,使中国现代儿童文学取得了可喜的成就,开了中国儿童文学的先河。叶圣陶的《稻草人》《古代英雄的石像》,冰心的《寄小读者》,张天翼的《大林和小林》《秃秃大王》《金鸭帝田》,以及陈伯吹、苏苏、贺宜、严文井、金近、包蕾等一大批儿童文学作家的创作,为我国社会主义儿童文学的发展奠定了坚实的基础。

现代文学的奠基人、中国伟大的思想家、文学家、革命家鲁迅,不仅是反帝反封建的成人文学领域的光辉旗帜,而且在儿童文学方面作出了积极的贡献,成为中国儿童文学的先驱。从走上文学道路的起始,鲁迅便把目光注视到了儿童文学上。

1911年他创作的第一篇小说《怀旧》,便取角度于儿童,以一个儿童的口吻、第一人称叙述的。这是一个才九岁的没有受陈规陋习影响的天真幼稚的孩子,他满怀童稚之心,观察辛亥革命发生的社会现实,并以自己的理解与遐想,揭示出社会各阶层人物的态度及辛亥革命脱离人民群众的致命弱点。这篇小说是以文言写的,虽然不能列入现代小说的行列,但却显示了明显的儿童文学的特点。小说展示了天真纯朴的少年儿童的形象,他没有受到世俗偏见的影响,其真切的情感、鲜明的爱憎、简单的推理和自然的遐想观照出的虚伪丑恶世态的真相。儿童的情趣与作品的社会性、时代性融为一体。发表这篇小说的《小说月报》编者恽铁樵曾非常醒目地批注："曾见青年才能握管，便讲词章，卒致满纸饾饤，无有是处，极宜此等文字药之。"[1]可见，《怀旧》已打破旧式文章的"词章"，独具一格，只不过当时的人们还不曾领悟"儿童文学"的真谛，说不出"此等文字"的奥秘。

此后，创新崭新的儿童形象，刻划新一代儿童的思想感情，便一直是鲁迅文学创作中的主要内容之一。他的第二篇白话小说《孔乙己》，也是用少年儿童的目光，以酒店小伙计为叙述者叙述的。小伙计以少年纯真的眼睛透视着社会生活的真相，再现了封建社会的知识分子可怜又可悲的境遇。不仅入木三分地刻划出主人公孔乙己的本质特征，而且让人们洞察童心和丑恶的社会之间的反差。我们在认识孔乙己的同时，也看到了小伙计纯真的内心世界。此外，《故乡》中的少年闰土，《社戏》中的阿发、六一、双喜，《长明灯》里游戏、猜谜并唱着"我放火！哈哈哈"歌谣的孩子们，《阿长与〈山海经〉》中的少年鲁迅，《从百草园到三味书屋》里的私塾学生等，真可以构成一个少年儿童的系列。如果不是环境所迫，为了和敌人作短兵相接的战斗，鲁迅后来把自己的主要精力放在杂文创作上，那么，他一定能够创作出更多更好的儿童文学作品的。正如茅盾同志所说："在中国文坛上，鲁迅君常常是创造新形式的先锋。"[2]儿童文学这一形式，便是由鲁迅首先开创，后来由诸位作家发扬光大的。

鲁迅不仅在文学创作中真实地再现了儿童的世界，塑造出生动的少年儿童形象，而且对儿童文学进行过理论的探讨，作过许多精辟的论述。虽然这些论述散见于他的各类文章，还不够完整、系统，但是，它却是我国早期儿童文学理论研究的代表，是鲁迅文学观、美学观在儿童文学领域的集中表现。

从反封建思想革命的角度，强调儿童文学的时代性，是鲁迅对儿童文学创作的根本态度。他彻底地否定了中国传统文学艺术中歪曲儿童形象的僵化模式，指出其延续旧制、不思变革的疲惫衰败的本质。鲁迅尖锐地批评了那种为封建教育服务的，只塑造或"顽童"或"好孩子"的陋习，他说："现在总算中国也有印给儿童看的画本了，其中的主角自然是儿童，然而画中人物，大抵偏不是带着横暴冥顽的气味，甚而至于流氓模样的，过度的恶作剧的顽童，就是钩头耸背，低眉顺眼，一副死板板的脸相的所谓'好孩子'。"[3]他反对儿童文学创作遵循封建道德歪曲儿童形象，主张儿童文学也应当是为"观民风"的。他指出："观民风是不但可以由诗文，也可以由图画，而且可以由不为人们所重的儿童画的。"[4]这里他说的是儿童画，实际也包含了"不为人们所重"的儿童文学。

在翻译苏联童话《表》时，鲁迅以"译者的话"援引了日译本序言中的几段话："日本现在所读的外国童话，几乎都是旧作品，……大抵是长大了的阿哥阿姊的儿童时代所看过的书，甚至于还是连父母也还没有生下来，七八十年前所有的，非常之旧的作品。""旧的作品中，虽有古时候的感觉、感情、情绪和生活，而象现代的新的孩子那样，以新的眼睛和新的耳朵，来观察动物，植物和人类世界者，却是没有的。"[5]可见，鲁迅十分重视儿童文学要立足现代生活，用新的眼睛和新的耳朵，观察新的时代生活，表现时代感情和时代精神。他认为世界是在不断发展、不断进步，儿童文学创作绝对不能够停留在古代寓言、故事的撷取上，他批评了新印出来的儿童书依然是"司马温公敲水缸""岳武穆王脊梁上刺字"，甚而至于"仙人下棋山中方七日，世上已千年"或"龙文鞭影"之类的倾向。为了打破旧有的寓言故事的传统格局，鲁迅翻译介绍了不少外国优秀的儿童文学作品，向中国儿童文学引进新的素养，如《爱罗先珂童话集》、荷兰童话《小约翰》、俄国童话《小彼得》、苏联童话《表》、高尔基的《俄罗斯童话》等等。这些外国儿童文学不仅带来了异域的新体式，而且表现了有别于中国古代寓言故事的新的思想精神。

鲁迅非常重视儿童文学的教育性特点，鲜明地阐述了自己"寓教于乐"的儿童文学观念，他把"有益"和"有味"作为儿童文学作品的两个基本标准。他强调儿童文学必须"有益"，指出儿童文学作品应当给孩子们以"涵养广博的智识"和"高尚的情操"，使儿童们向着变化不停的新世界，不断地"发荣滋长"，[6]而儿童文学作品本身应当"含有美的感情与纯朴的心"。[7]这即是说，儿童文学作品应该从德、智、美的角度教育儿童明辨是非，培养孩子们分别真善美、假恶丑的能力，树立良好的思想道德观念。鲁迅笔下的儿童文学形象就都表现出明确的邪正观念和爱憎分明的感情。如《怀旧》中的"余"，就本能地厌恶"秃先生""金耀宗"而亲近勤劳朴实的"王翁""李媪"，他直觉地作出对"长毛"的判断："长毛来而秃先生去，长毛盖好人，王翁善我，必长毛耳"。真是天真而纯正。《从百花园到三味书屋》中的"我"对女佣长妈妈、闰土的父亲和启蒙老师都怀着由衷的爱，对百草园的生活乐趣异常向往，而对私塾教育则极端厌恶。鲁迅在译介外国童话时，也把作品的教育作用为自己的第一要旨，他曾明确声称："在开译之前，自己确曾抱了不小的野心。第一，是要将这样的崭新的童话，介绍一点进中国来，以供孩子的父母，师长，以及教育家，童话作家来参考。"[8]。可见，他视童话为父母、师长、教育家们教育孩子的重要工具。

为此，鲁迅非常看重儿童文学作品的真实性而反对虚假的造作，并把这作为培养少年儿童单纯真诚的重要内容。他指出："小孩子多不愿意'诈'听，听故事也不喜欢谣言"，[9]而是要求"新的美""新的乐趣"[10]。鲁迅自己就创造出了许多真实动人的美的境界和美的形象，给人以美的教育与感受。例如《故乡》中"深蓝的天空中挂着一轮金黄的圆月，下面是海边的沙地，都种着一望无际的碧绿的西瓜"；《社戏》中"两岸的豆麦和河底的水草所发散出来的清香，夹杂在水气中扑面的吹来；月色便朦胧在这水气里。淡黑的起伏的连山，仿佛是踊跃的铁的兽脊似的，都远远地向船尾跑去了"；《从百花园到三味书屋》中的碧绿的菜畦、光滑的石井栏、高大的皂荚树、紫红的桑椹、长吟的鸣蝉、肥胖的黄蜂、敏捷的叫天子、低唱的油蛉、弹琴的蟋蟀、缠络的何首乌藤和木莲、小珊瑚珠式的覆盆子等，构成了一幅幅优美形象的大自然景观。而"一个十一、二岁的少年，项带银圈，手捏一柄钢叉，向一匹猹尽力刺去"的少年闰土，"委实没有一个不会凫水的，而且两三个还是弄潮的好手"，"架起两支橹，一支两人，一里一换，有说笑的，有嚷的，夹着潺潺的船头激水的声音"的赵庄的孩子们，等等，则构成了一群神采奕奕的美的形象。

　　对于儿童文学作品的艺术创造，鲁迅主张："孩子的世界，与成人截然不同；倘不先行理解，一味蛮做，便大碍于孩子的发展。"[11]他把儿童文学看成为有别于成人文学的一个独立完整的世界。儿童有儿童的心理和思维规律，有幼稚天真、健康无瑕的观察方式，有简单直觉的理解判断能力，因此，作为儿童精神食粮的儿童文学作品必须注意满足儿童的特殊需要。鲁迅指出："孩子是可以敬服的，他常常想到星月以上的境界，想到地面下的情形，想到花卉的用处，想到昆虫的语言；他想飞上天空，他想潜入蚁穴"[12]。因而从题材的选择到主题的提炼，都要以符合孩子们广阔的生活情趣为前提，开掘少年儿童形象的内心世界。鲁迅采取的办法是向孩子们展开"童心的，美的，然而有真实性的梦"[13]。在他的一系列以儿童为题材的作品里，我们可以看到儿童生活的真实乐趣。例如，月光下的刺猬、雪地上的捉鸟，神奇的故事传说、惹人欢愉的小动物等儿童趣事，极为儿童们所喜爱。《社戏》中划船看戏的兴奋和老旦出场时的着急，细致地表现了儿童的微妙心理，很容易引起孩子们的共鸣。其他所涉猎的人兽草木、花鸟虫鱼、经典古籍、趣闻轶事、风俗礼节等，知识面广，能使小读者产生浓厚的兴趣。

此外，鲁迅还注意到作品语言的儿童化。要使儿童能够读并获得教益，就必须采用儿童们所熟悉的语言。他在翻译外国儿童作品时就非常注意"不用什么难字，给十岁上下的孩子们也可以看"，他曾不无感叹地说："一开译，可就立刻碰到了钉子了，孩子的话，我知道得太少，不能够表达出原文的意思来，因此仍然译得不三不四"。[14]当然，这是鲁迅的自谦之辞，但从中我们可以看到他对于儿童文学语言的精益求精的追求。

鲁迅还极力主张儿童文学要有独立自主的创新精神，即不要照搬我国古代文学中世代相传、早已为人们所熟知的东西，也不要完全模仿外国文学作品，跟在别人的后头亦步亦趋。他指出：旧的作品虽然也不无"有益"和"有味"的东西，但那只是"古时代的'有益'，古时代的'有味'"[15]，与现代生活相距十分遥远，缺乏现代的思想感情。他多次谈到中国孩子与外国孩子的不同，而中国作品应塑造中国儿童的形象。他说："温文尔雅，不大言笑，不大动弹的，是中国孩子；健壮活泼，不怕生人，大叫大跳的，是日本孩子。"[16]他反对盲目地照搬外国童话，指出外国作品中的背景——"煤矿、森林、玻璃厂、染色厂；读者恐怕大多数都未曾亲历，那么，印象也当然不能怎样地分明"，故事中的"物件，在欧美虽然很普通，中国却纵是中产人家，也往往未曾见过。火炉即是其一；水瓶和杯子，则是细颈大肚的玻璃瓶和长圆的玻璃杯，在我们这里，只在西洋菜馆的桌上和汽船的二等舱中，可以见到"[17]。

我国儿童文学的奠基人之一的叶圣陶，曾以自己鲜明的创作特色，打开了现代儿童文学的新局面。他遵循民族化大众化的方法，力求中国作风和中国气派，即继承古代民间故事的表达方式，又借鉴西洋童话的新形式。和那些仅仅撷取现成民间故事及简单模仿外国童话的做法不同，他常从现实生活中寻找题材，通过生动的形象的个性刻划，挖掘出深刻的思想哲理。鲁迅高度评价叶圣陶的童话创作，称誉他"是给中国的童话开了一条自己创作的路的",并遗憾地指出,在叶圣陶之后,中国的童话创作"不但并无蜕变,而且也没有人追踪,倒是拼命的向后转"。鲁迅把儿童文学的民族化大众化作为创作的方向,努力培植中国自己的儿童文学作品。

总之,鲁迅对中国儿童文学的诞生和发展作出了自己卓越的贡献。他的理论倡导和创作实践,为现代中国儿童文学传统的形成,起了良好的奠基作用。追究起来,这原因不是别的,除了爱祖国、爱民族的根本思想外,就是因为这位反封建思想革命和文学革命的伟大旗手有着一颗金子般的童心。茅盾在《论鲁迅》中所说:"如果你把鲁迅的杂感集三种仔细读过了一遍,你大概不会反对我称他为'老孩子'!……他的胸中燃着少年之火,精神上,他是一个'老孩子'!"这个评价是十分中肯的。

[参考文献]

[1] 转引自王瑶《鲁迅〈怀旧〉略说》。
[2] 茅盾《读〈呐喊〉》。
[3] 鲁迅《上海的儿童》。
[4][5][7][9] 鲁迅《〈表〉译者的话》。⑥鲁迅《〈池边〉译者附记》。
[8] 鲁迅《二十四孝图》。
[10] 鲁迅《我们现在怎样做父亲》。
[11] 鲁迅《看图识字》。
[12] 鲁迅《〈爱罗先珂童话集〉序》。
[15] 鲁迅《从孩子的照相说起》。
[16] 鲁迅《〈小彼得〉译本序》。

鲁迅小说的叙述观点

英国作家珀西·卢鲍克在1921年发表的《小说写作技巧》中曾认为："在整个复杂的小说写作技巧中，观点起着决定性的作用——所谓观点即叙述者与他所讲的故事之间的关系。"[1]著名小说家福斯特在他的《小说面面观》中也极为重视叙述观点的转换，他指出："小说家可以根据不同情况变换叙事观点。狄更斯和托尔斯泰就是如此处理的。我觉得这种扩大或缩小观察力的能力（变换叙事观点也是其象征之一），这种断断续续处理知识的权力，正是小说艺术的特色之一，而且，这与我们对生命的理解是一致的。"[2]他们的论述似乎有点夸大或言过其实，但是，不同的叙述观点的选择确实能够得到不同的艺术效果。

小说是语言的艺术，它的故事、人物和情节等必须由语言的表述来完成。语言的表述除了有先后次序外，更有叙述观点的选择。它必须以特定的角度来观察、描述小说作品的艺术世界。全知叙述观点的作品中叙述者无所不在、无所不知，可以把一切和盘托出，清澈见底，这种观点清澈含蓄。旁知叙述观点的作品中叙述者以特定的侧面视角，观察作品中的人和事，并非全知但能引起人联想，由部分而及整体，这种观点能增加作品的容量。自知叙述观点则由叙述者反身自省，以旁人无从观察的角度，探测人物心灵深处对周围世界的反映和折射，这是现代心理小说的最佳表现方式。次知叙述观点作品中的叙述者则灵活变化，随故事情节的发展，通过作品中的不同人物，不断转换视点。这种观点能形成一种放射体结构，使作品呈现出多角度、多层面，耐人寻味。我国古典传统小说发端于话本，其叙述观点长期以来形成了一个单一的固定模式，这就是说书人的全知观点。在小说里，叙述者是来龙去脉无所不知地描述着一个完整无缺的故事。这种单一的形式经年既久，既成了传统小说的特色，也作为传统小说的缺陷而存在。它在某种程度上造成了我们民族惯于完整的有头有尾的习惯欣赏心理。这种习惯欣赏心理往往排斥其他不合传统的叙述方式，视其他叙述观点为异端，这就大大局囿了我国小说创作的发展，特别是阻碍了不符合传统叙述方式的新叙述观点的选择。

在五四文学革命中，中国文化革命的先驱者们对千百年来的旧文学传统进行了猛烈的冲击。他们放眼世界，化他为我，砸碎一切阻碍中国文学发展的陈规陋矩，创造着崭新的中国现代文学。冲破传统的单一叙述观点的束缚，采取外来的灵活多变的叙述方式来进行现代小说的创作，便是其中突出的一例。鲁迅先生以其中国现代小说奠基者的姿态，充分注意到旧小说叙述观点单一的弊病，大胆地汲取外国小说中一些新的叙述方式，在创作中进行了多方面的卓有成效的尝试。他的划时代的著作——《呐喊》《彷徨》就以丰富多彩的叙述观点为现代小说奠定了坚实的基础，为小说的革新开辟了广阔的道路。

1918年5月，鲁迅先生发表了中国现代文学史上第一篇真正的白话小说《狂人日记》，接着，又"一发而不可收"，继续创作了二十余篇货真价实的现代小说。它们的出现，标志着我国小说创作已经进入一个崭新的阶段。这些作品不仅达到了"表现的深切"，而且呈现出"格式的特别"。它们和旧小说相比，具有非常明显的异质性，特别是对于叙述观点的选择。我们不妨拿几篇作品为例具体探讨一下。

具有划时代意义的《狂人日记》不但是一篇彻底反封建的战斗檄文，同时也是叙述观点的创新作。它采用自知的观点，以日记体的形式，形象而真切地刻划了一个迫害狂的自我变态心理。鲁迅先生利用自己的医学知识，把社会生活的内容艺术地溶入狂人所特有的内心感受。他以旁人无法探测的自知角度，描述了狂人对周围环境反常的条件反射，并以此来揭露封建社会制度对人们身心的摧残，让人们结合自己的实际感受，从其象征的意义上去领会作品的深刻主题。自叙的角度确实使人耳目一新，它可以称得上是我国现代最早的心态小说。

《孔乙己》则是另一叙述观点——旁知观点的代表。它从小说主人公孔乙己潦倒终生的见证人——咸亨酒店小伙计的观察角度出发，去揭示在封建文化教育制度毒害下的旧知识分子的可悲境遇。小伙计那充满稚气的旁白，促使人们去揣测、推断孔乙己于咸亨酒店之外的遭遇，它的作用远远超过了对孔乙己所作的直接的描述，旁观的角度新颖而又扩大了作品的容量。

《药》《端午节》《肥皂》《长明灯》《离婚》等大多数作品采取的是现在人们常用的非传统的第三人称次知叙述。这些作品中的故事、人物不是由叙述者包办到底，而是由叙述者和作品中的人物交替转换叙述的。如《药》中茶馆里康大叔等人对夏瑜的议论，就以转述之法完成了对夏瑜的刻划，即所谓的暗线处理方式。又如《离婚》中爱姑对七大人的幻想及见面时的观察，也是以作品人物在特定环境中的具体感受将七大人作了形象而生动的描摹。这些作品中人物的对话常常直接构成作品叙事的组成部分。人物的叙述语言也是非传统的性格化的语言。这类灵活的叙述角度，一反过去由说书人一揽到底的死板介绍，运用起来得心应手，因而至今长盛不衰，成为现代小说的主要叙述方式。

《故乡》《一件小事》《在酒楼上》《孤独者》等作品，则是鲁迅先生在小说创作中独创的一个颇具特色的叙述体系。从表面看，它们均为旁知叙述观点，作品中的"我"是叙述者。然而这类旁知却是不同凡响的，这里的叙述者"我"既是小说描写的主体之一，也把鲁迅先生自己的思想、观点、情感、气质、志趣和品格熔铸其间。"我"成了鲁迅先生自己和故事人物、小说叙述者的结合体，它便于作者直接展开对社会现实种种问题的深入思考，直接对人物和故事本身的意义做出评估。

《阿Q正传》则是鲁迅先生以全知的传统叙述观点进行现代小说创作的范例。它采取人们习惯欣赏的章回体，故事有头有尾，情节波澜起伏，引人入胜。然而，它又不仅仅是照搬传统方法，而是在传统之中糅合了现代小说的艺术手法。鲁迅先生很少对故事作冗长的描述，而是注重刻划人物的性格，他集中表现的是阿Q的精神胜利法和性格悲剧。小说精选了一些最能表现阿Q性格特征的细节和场面，显示了与旧章回体小说的不同，成为崭新的现代小说。

总之，鲁迅先生以其开拓性精神，在小说创作中就叙述观点的选择做出了成功的探索与创造。正如茅盾在《读〈呐喊〉中所说："在中国文坛上，鲁迅常常是创造新形式的先锋，《呐喊》里的十多篇小说几乎一篇有一篇的新形式，而这些新形式又莫不给青年作者以极大的影响，欣然有多数人跟上去试验。"[3]《呐喊》《彷徨》小说叙述观点的多样化，便是有力的佐证。对于叙述方式的创新，是鲁迅先生一贯追求的，他强调要"摆脱旧套"，要令人"耳目一新"。《呐喊》《彷徨》小说的色彩斑斓的叙述观点的选择并非一朝一夕之功。鲁迅先生自从事文艺运动始便注意到中外小新的叙述方式，心领神会，潜移默化，才导致了令人刮目的新的开拓。

从成书后的《中国小说史略》就可发现鲁迅先生对传统小说叙述方式的关注。在谈到《红楼梦》时，他评价说："全书所写，虽不外悲喜之情，聚散之迹，而人物事故，则摆脱旧套，与在先之人情小说甚不同。"[4]在论及《聊斋志异》时，他又说："《聊斋志异》虽亦如当时同类之书，不外记神仙狐鬼精魅故事，然描写委曲，叙次井然，用传奇法，而以志怪，变幻之状，如在目前；又或易调改弦，别叙畸人异行，出于幻域，顿入人间；遇述琐闻，亦多简洁，故读者耳目，为之一新。"[5]这里，鲁迅先生从叙述方面给予了《聊斋志异》以高度评价，他用"叙次""易调改弦""别叙""偶述"几词准确地概括了《聊斋志异》独具一格的叙述。

在对待外国小说方面也是如此。于日本学留时，鲁迅先生曾经和周作人一道译出了《域外小说集》。当时中国流行林琴南用古文翻译外国小说的"意译"之法，这类译者只按原书大意，任意增删，叙述仍取中国传统方法。鲁迅先生一反当时流行之法，用"直译"的方法，使译文尽可能保持原著的文字结构、原有的叙述观点。鲁迅先生翻译的三篇小说——安特莱夫的《谩》《默》和迦尔洵的《四日》，就有两篇——《谩》和《四日》是以作品中的主人公之一，第一人称的"吾"来叙述的。这虽然主要表现的是鲁迅先生以"信"作为第一要素的翻译主张，但它却把域外的新的叙述观点带给了中国小说创作领域。这是鲁迅先生力图开展文艺运动所作的最初的改革尝试。阿英在《晚清小说史》中曾经指出："晚清翻译小说，林纾影响虽是最大，但就对文学的理解上，以及忠实于原作方面，是不能不首推周氏弟兄的。"可以说，鲁迅先生在译著的叙述观点上，首先突破了中国传统习惯，接受了外来的新样式。

1911年，鲁迅先生创作了第一篇小说《怀旧》，这篇还是文言的小说虽然还不能进入现代小说的行列，却是鲁迅先生在创作中第一次突破传统的全知全能叙述方式，采用第一人称的旁知观点叙述的。《怀旧》以一个少年儿童（作品中人物）的天真的眼睛，观察着辛亥革命前后恶浊的中国社会人情世态。革命军要来，塾师"秃先生"和富户金耀宗的恐惧，王翁、李媪的麻木与无知，但终于消息是误传，革命军并未来，这一切在儿童的眼里已构成一幅完整的时代风云图。这篇不是现代小说的文言创作，在叙述观点的选择上实际上已经现代化了，它开了变换叙述角度的先例。

以此为基础，鲁迅先生进行各种各样的新叙述观点的尝试和创新，则是在所必然的了。

叙述观点的选择、创新，并不是为了猎奇，而是为了更好地刻划鲜明的人物性格，表现丰富的思想内涵，巧妙安排故事的情节和结构。心理小说多取自知观点，是因为心灵的隐秘只有对心灵本身作更多的内在发掘才能使人洞察秋毫，它远比从外在的表现（如语言、行为、外表等）去推断来得更干脆、利索。推理小说多取旁知观点，用知其一而不解其它的方法，易引起人们探究的好奇心，产生悬念。严肃小说的视角相对来说比较广泛，随意性大。全知、旁知和次知及部分自知并不鲜见，但亦必须视需要而定。鲁迅先生在《呐喊》《彷徨》中对于叙述观点的选择，并非只是为了创新形式而创新形式。他是为了更深刻地发掘作品的主题，塑造栩栩如生的人物性格，表现自己的主观意识，而根据各篇作品表现的不同具体内容，精心选取的。

　　《狂人日记》意在"暴露封建家族制度和礼教的弊害"。可算得是鲁迅先生小说创作的总纲，其矛头对准了整个吃人的封建社会。在当时的历史条件下，他用曲笔，精心安排了一位精神病患者作为作品的主人公，运用自知的叙述观点，以第一人称的日记形式，刻划出被封建统治迫害得发了狂的反常心态。从真实的角度看，自知观点成功地发掘了平常人无法理解的狂人内心世界，它比任何角度都更细致、更形象。从象征的意义看，自知观点更能把反封建战士的越轨出格的思想和行为表现得淋漓尽致。狂人的疯言狂语，如"我翻开历史一查，这历史没有年代，歪歪斜斜的每叶上都写着'仁义道德'几个字。我横竖睡不着，仔细看了半夜，才从字缝里看出字来，满本都写着两个字是'吃人'！"只有自知述者才能表述得出来。它一方面从生活的常规上体现了狂人确实是一位真实的精神病患者，一方面却从社会发展的本质规律上闪烁着代表历史发展潮流的灿烂光辉。这些话看似疯言狂语，却实际具有着深刻的真理性。鲁迅先生的目的自然不是为写狂人而写狂人，狂人只是彻底反封建的革命精神的表现形式，自知的叙述观点又使这种呈现达到了最佳效果。狂人直抒胸臆地坦露出自己的内心世界，表现出抗世拒俗的革命姿态，令人惊心动魄。

《孔乙己》的叙述者——小伙计，也是安排得非常巧妙的。孔乙己是封建教育制度和科举制度毒害下的牺牲品，他仕途不通却又好逸恶劳，酒店便成了他活动最频繁的场所。小伙计便是直接的见证人。俗话说："旁观者清"，孔乙己的穷酸、迂腐，贫困潦倒，最后沦为乞丐，都尽收小伙计的眼中。在小伙计的眼里，孔乙己只是供人们取乐的笑料，统治阶级践踏他，劳动人民与他之间也隔着一条鸿沟，因而他只是社会中一个多余的人，他的悲剧结局是不可避免的。小伙计的旁知观点准确而鲜明地刻划了孔乙己的本质特征。同时，小伙计和孔乙己都是处于社会底层中的人，他们在思想本质上毕竟会有一些相通之处，因此，小伙计的眼睛又能发现孔乙己的另外一面：善良。如从不拖欠酒钱、教伙计识字，和孩子们交朋友等等。鲁迅先生对自己笔下的这个穷苦没落的旧知识分子形象是既憎恶又同情的，他写了孔乙己品质的善良、思想的丑恶、精神的孤独、遭遇的可怜，孔乙己处境悲惨，仍执迷不悟，轻视劳动，鄙薄劳动人民，鲁迅先生偏以一个"下等人"的视角去描述他，并且时而流露出嘲笑口吻，揭示出孔乙己性格的可悲；而这个"下等人"与孔乙己感情上的内在联系，又指出了孔乙己性格的可怜。小伙计的旁知观点为鲁迅先生表现自己的复杂感情，提供了最有效的途径。

《在酒楼上》《故乡》《一件小事》等则明显带有身边小说和自叙传的色彩。作品的叙述者是一位新知识分子，他憎恶旧的，希望新的，对现实充满着思虑。在他身上赋予了作者自身思想性格的特点，其经历和精神状况都能从鲁迅先生身上找到印证。这样的叙述观点，既能以旁知的角度观察叙述者周围的人和事，又能从自知的角度直抒胸臆，评点作品中发生着的人和事，画龙点睛，更深刻有力地揭示作品的主旨。例如《在酒楼上》描写辛亥革命后知识分子挣扎、彷徨，以至于颓废的过程，表现了他们在理想与现实、革新与保守矛盾面前的软弱、惶惑。显然，主人公吕纬甫的性格弱点是作者所痛恶的。这一点，作品通过叙述者——作品主人公之一的"我"，作了富有感情的描述："我就邀他同坐，但他似乎略略踌躇之后，方才坐下来。我起先以为奇，接着便有些悲伤，而且不快了，'他'是乱蓬蓬的须发；苍白的长方脸，然而衰瘦了，精神很沉静，或者却是颓唐。又浓又黑的眉毛底下的眼睛也失去了精采。"对于吕纬甫的"颓唐""失去了精彩"所感到的"悲伤"和"不快"，正是鲁迅先生对这个笔下人物真情实感。这种直接议论式的描述强烈地感染着读者，使人们在感情上也产生出一种与叙述者相同的淡淡的悲哀。这种角度信笔所至，收到了其他叙述观点难以得到的效果。又如《祝福》，作者揭露的是封建制度和礼教对于农村妇女的残酷迫害。为此，叙述者"我"抒发了自己的感慨："我独坐在发出黄光的菜油灯下想，这百无聊赖的祥林嫂，被人们弃在尘芥堆中的，看得厌倦了陈旧的玩物，先前还将形骸露在尘芥里，从活得有趣的人们看来，恐怕要惊讶她何以要存在，现在总算被无常打扫得干干净净了。"这一针见血的评点，是对封建社会摧残广大劳动妇女的愤怒抨击，也是对吃人社会灭绝人性的罪恶所作出的强烈控诉。它有利于读者更进一步领会作品的深刻意义。

《阿Q正传》的叙述观点是全知全能的，然而，它与传统的全知观点并不相同。鲁迅先生把叙述者摆到了与自己相悖对立的位置上，造成了一种强烈的反讽效果。他在谈到《阿Q正传》的创作时曾说："因为要切'开心话'这题目，就胡乱加上些不必有的滑稽，其实在全篇里也是不相称的。"[6]这是他的自谦之词，但从中我们也能略见其创作方法的独特。这里的"不必有"和"不相称"指的就是叙述者视角和鲁迅先生自己观点的相悖性。鲁迅先生做小说是基于"启蒙主义"和"改良这人生"的，所以他的取材"多采自病态社会的不幸的人们中"，意思是在"揭出痛苦，引起疗救的注意"。他对阿Q这类人物的"不幸"与"不争"是深感悲哀和愤怒的。可是，《阿Q正传》的全知叙述者却不直接表现"哀""怒"之情，而取幽默之法，用"喜"和"乐"的滑稽，让人捧腹。实际上，这是一种催人泪下的笑，笑声中饱含作者深切的"哀"和"怒"。这种反讽，不能不引起人们的反思，在反思中，人们深深感受到辛亥革命的经验教训的惨痛，加深了对精神胜利法的实质的认识。无疑，这是表现作品主题的不可多得的叙述方式。

鲁迅先生在小说创作中对叙述观点的选择还是他"丰满而又洗练"的个人风格的有力佐证。特定的叙述角度形成了作品特有的简洁和凝练。《孔乙己》的小伙计角度，既集中地表现了与"咸亨酒店"联系在一起的穷酸迂腐的孔乙己性格，又将酒店之外的材料以转述方式作了暗场处理，避免了繁琐、邋遢的短篇所不容许的多层描写，简洁、精当地表现了孔乙己完整的一生，真正达到了"以一斑而观全豹"的效果。《祝福》也是这样，以"我"和祥林嫂的关系为主线。从"我"和祥林嫂的相遇开始，到"我"终于得不到关于祥林嫂的消息为止，把祥林嫂的一生作为"我"的旁知材料。既简洁凝练，又首尾呼应，一气呵成，容量大而篇幅小，结构井然。这类例子在鲁迅小说创作中不胜枚举。

毋须赘述，鲁迅先生小说的叙述观点是完全崭新的现代艺术形式。它不仅凝聚着作者的艺术匠心，表现出作者圆熟高超的艺术创作技巧，同时也体现了作者鲜明的反封建的思想意识和审美风格。鲁迅先生率先冲击封建传统千百年来形成的旧艺术观、旧艺术形式，以无所畏惧、择善从之的积极态度，大胆革新，反对因循守旧，充分吸取外来文化的有益成分，创造出了具有自己民族特色的新的艺术形式。这无疑为后来的小说创作树立了光辉的榜样，留下了许多足资借鉴的宝贵财富。

[参考文献]

[1] 转引自［英］乔纳森·雷班：《现代小说写作技巧》，戈木译，陕西人民出版，1984年版。

[2] 引自［英］爱·摩·福特：《小说面面观》，苏炳文译，花城出版社，1984年版。

[3] 引自《茅盾论现代作品》，北京大学出版社，1980年版。

[4][5] 鲁迅：《中国小说史略》，人民文学出版社，1973年版，第204、179页。

[6] 鲁迅《华盖集续编·阿Q正传的成因》。

简论鲁迅关于动物题材的小说

也许是从小就养成的爱好小动物的习惯，也许是学医和动物之间有着密切的联系，鲁迅关于动物的知识极为广泛。在他笔下出现的动物非常之多，如：狗、猫、鼠、苍蝇、蚊子、蟋蟀、牛、兔……，形象生动，情趣盎然，蕴含深刻。然而，关于动物题材的小说，鲁迅只写过两篇，其一为《兔和猫》，其二为《鸭的喜剧》，均收在他的第一本小说集《呐喊》中。

在鲁迅小说创作的评论中，人们往往集中于诸如《狂人日记》《阿Q正传》《祝福》等一些代表作。鲁迅小说的许多选本，也往往只选一些人们所熟悉的作品。《兔和猫》《鸭的喜剧》常常不为人们所重视，以至于变得鲜为人知。本文企望通过简要的分析探讨，重新认识鲁迅关于动物题材的小说的价值，以期引起人们的重视。

《兔和猫》《鸭的喜剧》是鲁迅"五四"时期的作品，它们均创作于1922年10月，前者发表于1922年10月10日《晨报副刊》，后者发表于1922年12月《妇女杂志》。和《呐喊》中的其他许多作品一样，是作者"不能全忘却"生活的一部分。鲁迅在《〈呐喊〉自序》中曾说："我在年青的时候也曾经做过许多梦，后来大半忘却了，但自己也并不以为可惜。所谓回忆者，虽说可以使人欢欣，有时也不免使人寂寞，使精神的丝缕还牵着已逝的寂寞的时光，又有什么意味呢，而我偏苦于不能全忘却，这不能全忘却的一部分，到现在便成了《呐喊》的来由。"

《兔和猫》《鸭的喜剧》既是动物题材的小说，带有寓言性质，又与一般的动物故事不同，它们是立足现实生活，对于现实生活的写照，是鲁迅对于人生苦苦思索的产物。

在作品中，鲁迅对一些动物作了形象生动的描写，使作品充满了生活的情趣。如《兔和猫》集中地描写了"兔"的形象，它写了"买兔——养兔——育小兔"的乐趣，也写了"兔的失踪——掘兔洞——麻烦的养兔法"的失意。在这里，幼弱而驯服的兔子天真活泼、惹人喜爱，它们的起落兴衰和人们的喜怒哀乐紧紧地联系在一起。而《鸭的喜剧》中动物的形象则不仅止于鸭子。围绕着主人公爱罗先珂的造就"池沼音乐家"以打破沙漠般寂寞的理想，以及"自食其力"的主张，先后描述了蝌蚪、小鸡和鸭子等小动物。蝌蚪游泳、嬉戏、渐渐长出脚了；小鸡遍地跑，啄完了铺地锦的嫩叶；小鸭遍身松花黄、蹒跚地摇曳、泼水翻筋斗，特别是小时"咻咻"、长成后"鸭鸭"的叫声，给人带来了无穷的乐趣。可是，动物世界也与人类社会一样，幼弱的小动物常常是强悍暴虐动物的口中食，"弱肉强食"的现象也是屡见不鲜的。《兔和猫》中的大黑猫便是作者鞭挞的对象。虽然作品未对它作正面的描绘，但三太太的提示："可恶的是一匹大黑猫，常在矮墙上恶狠狠的看"，以及根据"依稀的""爪痕"所作的小兔断是"遭了那大黑猫的毒手"的推测，大黑猫强暴残忍、欺负弱小的本质则揭露无遗。以至于"我"给它准备了一瓶剧毒的氰酸钾。《鸭的喜剧》中可爱的小蝌蚪竟也被鸭子吃了个精光。在这些对动物的描述中，我们可以清楚地体会到作者对幼弱者的爱心、对暴虐者的憎恶。

在南京读书时，鲁迅读过《天演论》，受过进化论思想的影响，"物竞天择，适者生存"的自然规律给了他很深的刺激。他不满地主资本家之类的"强者"对劳苦大众这样的"弱者"的欺压，更不满帝国主义列强对羸弱的中华民族的蚕食鲸吞，他曾愤怒地斥责"威足以凌天下""攻小终以逞欲"的"兽性爱国之士"，[1] 主张"自强保种"。这种同情"弱小",要改变祖国的贫弱,使祖国富强起来而独立于世界民族之林的思想,使鲁迅在新文化运动中战斗不止。《兔和猫》《鸭的喜剧》中对动物的描写,流露出"扶弱锄强"亦属自然。

然而,作为伟大的文学家和思想家的鲁迅的作品,还有透过有关动物题材的表层次的深刻蕴含,有着作者对于社会现实的超前性思考。早在日本留学期间,鲁迅就认识到:"凡是愚弱的国民,即使体格如何健全,如何茁壮,也只能做毫无意义的示众的材料和看客。"[2]他最感痛心的就是"国民性"的羸弱。千百年来的封建思想文化、伦理道德沉重地压在中国人民的头上,造成了人们的麻木、愚昧和落后。面对着"弱肉强食"的局面,人们还处在自我麻醉之中。因此,在描述动物故事的同时,鲁迅更把故事的背景——人类社会生活,作为主要的刻划对象。

《兔和猫》就人们对兔和猫的态度,刻划了两种截然不同的典型。其一是三太太,和其他人一样,她有着对大黑猫危害生灵的憎恶,但她更有着超越常人的对小兔的爱怜。不嫌麻烦地饲喂小兔吃奶,甚至怀疑除大黑猫外,母兔也"哺乳不匀",造成"不能争食的就先死了",而不以大兔为然。其二是"我"的母亲,她"实在太修善",宽厚、容忍,对世上一切事物都抱着恻隐之心,常劝导"我"不要打猫,甚至对于三太太的"麻烦养兔法"也极以轻蔑和冷嘲。她们一个是该恨的不恨,对残暴的大黑猫也施以"仁政";一个是不该恨的也恨,凭主观臆断把弱者大白兔视为仇恨的对象。二者表面看似公允,一碗水端平,可实质是不问青红皂白,无是非。鲁迅在审视中国社会历史的发展时,深刻地认识到儒家中庸主义的严重危害,它严重阻碍了社会的发展与进步。他曾指出,客观事物的发展"不即于中道,甲张则乙驰,乙盛而甲衰",要想毫无偏颇,则"使自己变成无价值""成了最无聊的东西"[3]。要想推动社会发展进步,必须扫除中庸主义。三太太和"我"的母亲的绝对化态度与鲁迅的思考有着紧密的联系。人们不禁要对这看似平淡的情节作一番深入的咀嚼，其意味深长。

《鸭的喜剧》中，动物则是人的思想的呈现物。爱罗先珂这位真正的知识分子为了打破生活中的沙漠般的寂寞（暗喻军阀政府黑暗统治的严酷），期望着以"自然之音"——蛙鸣来改变环境，因而有了蝌蚪；爱罗先珂为了"自食其力"的主张得以实施，于是有了小鸡、小鸭。但是，期望和主张与现实有着较大的距离，这些美好举动的结果是：小鸡啄完了铺地锦的嫩叶，小鸭在荷池里洗澡时把蝌蚪吃光了。当小鸭长成，爱罗先珂却耐不住寂寞而回国未归，北京沙漠依旧。一个善意的讽刺便孕育在其中了。鲁迅一贯重视对知识分子革命性问题的探索，常常解剖知识分子的思想性的弱点，爱罗先珂的追求自然、脱离现实的理想，既是当时知识分子思想观念的写照，启人思考。

如果说，三太太，"我"的母亲和爱罗先珂是作者透过动物题材对现实生活所作的客观剖析，那么，两篇作品中的"我"的形象，则是鲁迅自我的思想、气质和品格的写实。"我"是一个生活中的普通知识分子，但思想活跃、感觉敏锐、联想丰富、探索进取，对于问题的思考显示出了思想家的特色：深邃精当、发人深省。

《兔和猫》中的"我"有着常人一样的爱憎，更有着非凡的独特思维。在白兔家族受到扶助又重新繁荣，大家"也又都高兴了"的时候，"我"却"总觉得凄凉"。这种复杂的感情并非反常，而是一种超前性的深沉思索。现实中的鲁迅，就常常具有这样独特的思维，他"于天上看见深渊"，"于一切眼中看见无所有"，"于无所希望中得救"[4]。在北伐战争的胜利消息不断传来，人人沉浸在胜利的欢乐中时，鲁迅能洞察杀机四伏的暗流，挥笔写下了《庆祝沪宁克复的那一边》，告诫人们不要"小有胜利，就陶醉在凯歌中"，要"不断进击"，以防敌人"乘隙而起"。此后的两天，果然爆发了震惊世界的"四·一二"反革命政变。作品中"我"凄凉地由两只小兔的死，而联想起"膏于鹰吻"的鸽子、被马车轧死的小狗、被蝇虎咬住的苍蝇……。世上横遭厄运、默默地生而默默地死的生物太多了，无人顾及。世界真是"毁得太滥"了！与三太太、"我"的母亲不一样，"我"不是就事论事的只对某个具体事物（如兔和猫）作出判断、评价，而是对事物的根本——所谓的"造物"，提出了彻底的否定。"我"生出了责备"造物"的激情："我以为他实在将生命造得太滥，毁得太滥了。"弱小生命的被杀戮，人不知鬼不觉，"生物史上不着一些痕迹"，在中国封建社会的漫长历史中已经司空见惯。广大的民众除去充当"示众的材料"和"看客"外，几乎不可能有其他的选择。他们被肆虐，变得麻木不仁，只能蝇营狗苟地活着，这是多么惨痛的事实！这是鲁迅长期以来忧虑和思考的问题。正如他在《灯下漫笔》中所指出的："实际上，中国人向来就没有争过到'人'的价格，至多不过是奴隶，到现在还如此。"《兔和猫》中两只小兔的死，形象地再现了这一令人悲哀的历史现实，"我"的充满哲理的生发，则深刻地点明了作品的意蕴。

《鸭的喜剧》中的"我"，也有着自己独特的品格和气质：深刻而幽默。鲁迅曾指出："凡有来到中国的，倘能疾首蹙额而憎恶中国，我敢诚意地捧献我的感谢，因为他一定是不愿意吃中国人的肉的"，"倘有外国的谁，到了已有赴宴的资格的现在，而还替我们诅咒中国的现状者，这才是真有良心的真可佩服的人！"[5]"我"眼中的爱罗先珂，正是"很高的眉棱在金色的长发之间微蹙"，常诉苦"寂寞呀，沙漠上似的寂寞呀！"寥寥数笔，一位进步的外国友人形象跃然纸上。作品描述了爱罗先珂经历了人生痛苦之后的超现实的自然追求，对于这知识分子身上的弱点，"我"以鸭子的"鸭鸭"叫声而爱罗先珂"绝无沙息，不知道究竟在哪里了"，表达了深深的痛惜和批评。对于周围的事物，"我"有着独特的视角与感受。与爱罗先珂的"寂寞"相对应，"我"则"只以为很是嚷嚷"，相同的态度呈现为两种不同的方式，对比鲜明，效果强烈。耐人寻味的是，"我"觉得"在北京仿佛没有春和秋……冬末和夏初衔接起来，夏才去，冬又开始了"。冬之寒彻，夏之酷热，形象地揭示了军阀统治的黑暗残酷，这里季节的错乱并没有给人们造成迷惘，人们清楚地懂得，它是社会情状的象征。当爱罗先珂称赞缅甸夏夜的美妙音乐时，"我"调侃式地与他争辩起来，称夏天大雨之后能听到许多虾蟆叫，"因为北京到处都有沟。"由于"爱国"而论辩得出北京有"沟"的结论，不禁让人想起鲁迅为"国粹派"所描绘的画像："只要从来如此，便是宝贝。即使无名肿毒，倘若生在中国人身上，也便'红肿之处，艳若桃花；溃烂之时，美如乳酪'。国粹所在，妙不可言"[6]，令人忍俊不禁。仿佛"沟"也成了值得夸耀的荣光，会意之趣，油然而生。

知识分子思想上的迷惘在"我"的身上也有所表现。《兔和猫》中"我"指责"造物太胡闹"而"不能不反抗他了"，然而，"我"又觉得"虽然也许是倒帮他的忙……"。这是以启蒙主义、进化论为基点的激进知识分子的思想局限所致。"我"看到了"造物"的丑恶，决计要反抗，可又看不清前途，对自己反抗的结果没有十分的把握。在有神论者的眼里，"造物"是上帝，是一种制约人们行为规范的精神力量；对于无神论者来说，"造物"是没有具象的，它是千百年来束缚人们思想的封建伦理道德，是长期以来左右人们行为的旧的传统习惯。它根深蒂固，非大力不足以动摇和推倒。反抗旧制会不会带来新的弊端？反抗"毁得太滥"而除去强暴，会不会导致弱小的无节制繁衍——"造得太滥"？改变"造得太滥"不是得"毁"吗？正像《鸭的喜剧》中蝌蚪被自己放养的鸭子吃了一样。在理想和现实相去甚远的时代，反抗的结果如何？这正是鲁迅所思考的。"我"对自己的反抗也持有怀疑了！这就是鲁迅的自剖，他时时解剖着社会，时时解剖着别人，同时也时时解剖着自己。

鲁迅热爱童话，喜爱动物，翻译过不少动物童话，但他最喜欢的是叶圣陶式的童话。叶圣陶童话创作的特点在于不单纯模仿西方童话，也不简单撷取民间故事，而是在现实生活中取材，写人们熟悉的人、事、思想感情，表现出中国作风和中国气派。鲁迅称赞叶圣陶是"给中国的童话开了一条自己创作的路"[7]。鲁迅自己这两篇与童话较为接近的关于动物题材的小说，正体现了这种精神。它们取材于现实生活，几乎都是平淡无奇的生活片断，不是像通常的小说那样，设计曲折起伏的故事情节，对人物精雕细刻，而是借动物以表现人类社会，并由此传达出作家对社会问题的深沉思考。它们既是鲁迅小说中比较特殊的品种，又与其他小说内容相同、风格相近。它们是鲁迅小说总体的一部分，是《呐喊》中的精品。

茅盾曾经说过："鲁迅君常常是创造新形式的先锋，《呐喊》里的十多篇小说几乎是一篇有一篇新形式。"[8]《兔和猫》《鸭的喜剧》便是突出的例子。

[参考文献]

[1] 鲁迅：《破恶声论》，见《鲁迅全集》第八卷，北京：人民文学出版社，1981年版第23页。

[2] 鲁迅：《〈呐喊〉自序》，见《鲁迅全集》第一卷，北京：人民文学出版社，1973年版第269页。

[3] 鲁迅：《科学史教篇》，见《鲁迅全集》第一卷，北京：人民文学出版社，1973年版第24页。

[4] 钱理群：《心灵的探寻》，上海：上海文艺出版社，1988年版。

[5] 鲁迅：《灯下漫笔》，见《鲁迅全集》第一卷，北京：人民文学出版社，1973年版第193页。

[6] 鲁迅：《随感录三十九》，见《鲁迅全集》第二卷，北京：人民文学出版社，1973年版第35页。

[7] 鲁迅：《〈表〉译者的话》，见《鲁迅全集》第十四卷，北京：人民文学出版社，1973年第295页。

[8] 茅盾：《读〈呐喊〉》，见《茅盾论中国现代作家作品》，北京：北京大学出版社，1980年版。

后　记

　　鲁迅研究是长期以来人们热门的课题，也是高校汉语言文学专业中国现代文学学科的重要内容，多年来一直长盛不衰。我从事中国现代文学的教学与科研三十多年，对鲁迅研究也是情有独钟。还是20世纪80年代中期，我在北京大学中文系进修学习期间，就对钱理群老师开的"鲁迅研究"课程非常感兴趣，他给我留下了十分深刻的印象，这也是我热心于鲁迅研究的原因之一。我最初尝试着开设"鲁迅研究"的专业选修课，起始于江西上饶师范学院中文系，那时是我经北京大学中文系进修学习一年，又进教育部举办的福建师范大学"中国现代文学助教进修班"一年结业回来之后。

　　后来我来重庆，调任重庆长江师范学院（原涪陵师范学院），这门课依然继续开设。十几年来，我被学校委以学科建设带头人之责，致力于中国现代文学教学与研究，和现代文学学科的同仁们一道，团结协作，在学科建设方面取得了可喜的成绩。我们的中国现代文学学科被批准为"重庆市市级重点学科"，我们的中国现代文学课程也被评为"重庆市级精品课程"，我们的教学团队则被评为"重庆市级教学团队"。我开的"鲁迅研究"课程也经多年的教学实践总结，经验的积累，不断修订、增补，成了学校常设的一门专业选修课程。

2013年，应老友西南大学教授杨思聪之荐，学院领导的器重，我到重庆人文科技学院文学与新闻传播学院任教，"鲁迅研究"自然也成了这里的汉语言文学专业选修课。自2012级开始，到2015级，已前后历经四届，选课者甚众，每届四个大班（每个班在百余人上下）。对于"鲁迅研究"，学生们学习兴趣甚浓，求知欲强，这些年来，为教学之需，我先后编写出版过几本关于鲁迅小说、散文、杂文导读方面的书籍，《鲁迅〈野草〉解读》便是其中的一本。

《野草》人称"鲁迅的哲学"，是鲁迅人生观察、体验、思考的结晶，凝聚了博大精深的人生哲理。作为思想家鲁迅的创作，《野草》所具有的丰富而深刻的内涵，独特的思维方式，大学生要真正了解、认识、掌握它，不大容易；而作为散文诗体的艺术形式，《野草》更多地采用了隐喻、暗示、象征等创作方法，有诗的内涵、诗的构思、诗的意象、诗的情感、诗的语言、诗的韵味，要读懂它就更有难度。所以，写作《鲁迅〈野草〉解读》的意图就是要帮助大学生读懂这部作品。对《野草》中的作品，此书既要有社会的解读、主体的阐释，又要有艺术的品评、审美的鉴赏。尤其是《野草》中独特的自我解剖的成分，更让我们从中看到了鲁迅先生自己眼中的真实的自我，以及鲁迅先生在独特的艺术创造中的心境与思维、个性与心理等。

随着时代的变迁，人们对鲁迅的认识在不断的发展变化。过去人们立足于民族解放斗争中，更多是站在民族的角度认识鲁迅：鲁迅是民族英雄、伟大的思想家、文学家、革命家，而忽略了其个人的普通平凡的层面。那时，人们更多的是注重作品与社会的联系，往往从社会学角度阐释鲁迅，从社会政治的变化和时代风云变幻来阐释作品。可是现在，人们更趋于打破传统模式、全方位多侧面认识鲁迅，人们新的观念中的鲁迅，既有个人的层面，又有民族精神代表的层面，还有人类探索真理的伟人层面。伴着现代文化的发展，改革开放局面的到来，中外文化的交融互通，多层次多角度认识鲁迅、阐释鲁迅的观念、现象则应运而生。现在对于鲁迅艺术创造的阐释，更是千姿百态，众说纷纭，莫衷一是。

　　光阴荏苒，我签约来原西南大学育才学院，开设"中国现代文学""鲁迅研究"等课程，至今不觉已是第5个年头，未曾想原来出版的《鲁迅〈野草〉解读》还能够修订再版。这本小书能够修订再版，得益于北京中联华文图书有限公司对学术、文学著作的资助。其实，此前我在学术研究和著作出版过程中，就得到过他们的支持与帮助。因此，我非常感谢北京中联华文图书有限公司对学术、文学著作的重视和大力支持，也感谢张金良老师长期以来对我的关心与帮助。

魏洪丘于合川区草街街道
重庆人文科技学院　六艺庄
2017年11月26日